再一次，献给我所有的学生，
你们向我展示出了，
如何将碎片聚合成形……

[美] Syd Field 著
悉德·菲尔德

{电影剧作}
{问题攻略}

修订版

经典剧作教程 ③

The
Screenwriter's
Problem
Solver

钟大丰 鲍玉珩 译

北京联合出版公司
Beijing United Publishing Co.,Ltd.

后浪电影学院 024
POST WAVE FILM ACADEMY

致中国读者

> 我的任务……就是让你听,让你感觉——而最重要的是,让你看。就这些。而且,这就是一切。
>
> ——约瑟夫·康拉德

我好像把我一生大部分的时间都花在了坐在昏暗的剧场里,手拿着爆米花,目不转睛地盯着那神奇的银幕上反射的光的河流组成的影像上。我是那些在好莱坞电影工业的氛围里长大的孩子们中的一个。就像我哥哥在"治安官的男孩"乐队吹喇叭时一样,我曾在弗兰克·卡普拉导演、斯宾塞·屈赛(Spencer Tracy)和凯瑟琳·赫本(Katharine Hepburn)主演的《联邦一州》(State of the Union, 1948)一片里扮演过乐队成员。可对此我除了还记得范·强生(Van Johnson)教我下跳棋之外,别的什么也没记住。

是的,我真的可以说我是好莱坞的孩子。

在过去的三十五年里,我看着电影成了我们文化的一个组成部分,我们传统的一个组成部分,看着它变成了一种国际化的生活方式。一旦一个观众加入到昏暗的剧场里,成为其中的一员,他就变成了一个生命的存在,融入到一个无法用语言表述却又与那超越时间、空间和环境而存在的人类精神有着根深蒂固的联系的"集体情感"之中。

看电影既是一种个人的经验,又是一种集体的经验,那是一系列与时间相抗争的瞬间。看着银幕上那些闪动着的影像便可以目击所有的人生经验。它可以像史蒂文·斯皮尔伯格的《第三类接触》(Close Encounters of the Third Kind, 1977)开始的段落那样美妙而充满诗意;或者像斯坦利·库布里克的《2001 太空漫游》(*2001 : A Space Odyssey*, 1968)里猿猴把木棒扔向天空融入宇宙飞船时那样涵盖整个人类的历史。数千年的时间和人类的演进浓缩在了两小段影片里面，那是多么奇幻而又神秘的时刻呀。这就是电影的力量。

这些年来对于电影中的戏剧性结构的理解成了争论的焦点。围绕着常规的和非常规的故事讲述方法展开了激烈的讨论。我觉得这很好，因为它带来有所启发的探讨，新的观点从影片里生发出来。结构不会变化，只有形式——也就是把故事结合在一起的方法——将会改变。如果要用一些新的用画面讲故事的方法，那我已经很清楚我该从哪里开始了。当我们可能了解过去的时候，过去却无法了解我们。

当我坐在昏暗的剧场里，我一直满怀着希望和乐观。我不知道我是在为我自己生活中遇到的问题寻找着答案，还是沉默地坐在黑暗中庆幸着自己没有在那恶魔般的银幕上面对我所看到的那些斗争和挑战。是的，我知道那些只是反光的影子，但我可能从中得到某些启示和对自己的生活有帮助的知识。

当我回顾我的人生足迹时想到了这些。我看到我从哪里开始自己的旅程，凝视着自己到过的地方和自己走过的道路，明白了终点并非那么重要。这旅程本身就既是目的，也是结局。

就像在电影里一样。

悉德·菲尔德
美国加州贝佛利山庄
2001 年 6 月

目　录
Contents

致中国读者 …………………………………………………… 1
引　言 ………………………………………………………… 5

导　论

第一章　解决问题的艺术 ……………………………………… 3
第二章　那么,问题是什么? ………………………………… 13
第三章　确定问题之所在 …………………………………… 21
第四章　处理问题 …………………………………………… 31

Part 1　一些常见问题

第五章　废话滔滔 …………………………………………… 43
第六章　恍惚、失落和困惑 ………………………………… 53
第七章　沉闷无味的本质 …………………………………… 63

Part 2　有关情节的问题

第八章　太多了,太快了 …………………………………… 77
第九章　太依赖解释 ………………………………………… 87
第十章　缺了点什么 ………………………………………… 99
第十一章　另一时间、另一地点:在时间与动作之间架设
　　　　　桥梁 …………………………………………… 109

3

Part 3　有关人物的问题

第十二章　什么是人物 ･････････････････････････････ 123
第十三章　回顾人生轨迹 ･･･････････････････････････ 133
第十四章　沉闷、单薄和令人厌烦 ･･･････････････････ 143
第十五章　主动变被动 ･････････････････････････････ 155
第十六章　闪　回 ･････････････････････････････････ 165

Part 4　有关结构的问题

第十七章　场景中的阻断 ･･･････････････････････････ 179
第十八章　建置与完成 ･････････････････････････････ 189
第十九章　晚进早出 ･･･････････････････････････････ 201
第二十章　好, 系好你的安全带 ･････････････････････ 213
第二十一章　结　尾 ･･･････････････････････････････ 225
第二十二章　疑难解决指南 ･････････････････････････ 237

附录:中英文片名对照表 ･･･････････････････････････ 245
出版后记 ･･･ 249

引　言

当我最初考虑写这本书时,我希望找到一种可以供电影剧作者使用的工具——用它去识别和确认在电影剧本写作中出现的各种各样的问题。但是一旦我开始写作时,我就逐渐意识到我正在写的是关于各种问题的解决方案,而不是如何去识别问题。这种方法不奏效。于是我重新思考我的运作方式。要解决任何一个问题就意味着你必须有能力去认识它、鉴别它,然后再确定它;只有通过这样的方式,所有问题才能真正得到解决。

我开始更多地思考这个"问题",也更多地弄清了大多数电影剧作者不知道他们的问题是什么!剧作者们会隐隐约约感觉到剧作在什么地方无法奏效了:也许是情节太薄弱或者太厚重了;或者是人物太强了或太弱了;或者缺乏足够的动作;或者是人物不知怎么就从稿纸上消失了;或者是整个故事是全靠对话讲述出来的。

于是我就开始分析剧本写作中问题解决的整个过程。我这部书唯一能够做的,就是识别和确认问题的各种各样的症状,就像一位医生看病一样要区分病人的不同症状,然后再对症下药。

当我从这种观点出发去探索剧本写作解决问题的过程时(这本身就是一个过程),我开始看清通常不只是单一症状存在,而是几个症状同时并存于剧本中。很快我就发现电影剧本写作中很多问题是患同一个病症,但是这些问题是不一样的;而你只有去分析问题的来龙去脉才能对其做出一个区别,而正是这些区别指导着我们走上去认识、确定和解决的大路。因为道理就是这样:只有你知道问题是什么之后,你才能真正地解决它。

头脑里有了这个意识,我就开始明白主要有三个方面的问题:当你写作电影剧本时,所有的问题会出现在情节(plot)、人物(character)或者结构(structure)上。

解决问题的艺术实际上就是鉴别问题的艺术!

你可以用两种方式去看待这些问题:第一种方式,就是去接受这样一个事实,即问题就是剧本中有什么东西不奏效了。如果出现了这种情况,你可以回避、否认,假装它不存在。这是一种简单的处理方法。

但是还有另外一种探索问题的方式,这就是把任何一些剧本创作时出现的问题当成是一种挑战,一个可以使得你的电影剧本写作能力进一步提高的机会。

它们是一个硬币的两个面。你如何看待问题则取决于你自己。

"世界就是你所看到的那样。"

致 谢

特别感谢:道格、史蒂夫、吉姆、亚当、迈克尔,还有所有仍在持续不断为我的"周四之夜"课程提供帮助、支持、鼓励以及非凡洞察力的其他人。献给特里什·陶德,他挖掘出了我所拥有的特质,使它从能够从内而外传播发散出来,并且为我指出了正确的方向;献给杰西、休、史蒂夫、加布里埃尔、马克,以及作家电脑商店①的其余工作人员;最后,当然,要献给阿维娃,以及我们决定一起走的路⋯⋯

向以下诸位致以真诚谢意:感谢弗兰克·德拉邦特奉献的《肖申克的救赎》,感谢大卫·凯普允许我引用他的《侏罗纪公园》,感谢昆汀·塔伦蒂诺允许我引用他的《低俗小说》,感谢丽莎·钱伯斯和帕特里夏·特罗伊允许我从《编剧》(*Written By*)一书中引用《致命武器》一文中的部分文字,感谢美国编剧协会行业杂志,感谢 MDP Worldwide 公司授权允许我就《旧爱》(*Loved*,1997)一片进行讨论。

由衷感谢吉姆·卡梅隆和威尔·威舍,感谢他们对《侏罗纪公园 2:失落的世界》的深刻见解和独到眼光;感谢杰瑞·布鲁克海默,感谢他对我努力解读《红潮风暴》所做出的支持;感谢埃尔文·萨金特,感谢他的敏锐洞见;也感谢道格、彻丽以及琼,感谢他们拆解和分析他们的剧本作品。

---

① 作家电脑商店(Writer's Computer Store),一个不错的作家书籍与软件来源。他们是世界最大的 Scriptware 卖家之一,而 Scriptware 是最畅销的剧本写作文字处理软件。

导　论

《明亮的星》（*Bright Star*，2009）

"世界即你所见。"——圣者瓦西斯塔
"你努力去做的那些并不奏效的事情，往往会向你展示出怎么做才会奏效。"

Chapter 1
解决问题的艺术
THE ART OF PROBLEM SOLVING

　　几个星期之前,在我的一个电影剧本写作讲习班上,一个学生交上来她的电影剧本的几页稿纸,脸上带着焦虑和忧愁的表情。我没有讲任何话,只是接过这几张稿纸然后去阅读。

　　她写的是剧本的第二幕的开始场景:主人公是一位律师,她正在调查她母亲突如其来的神秘死亡,她的母亲是在于某家医院中做一个小手术时死亡的。

　　她在惊讶和悲伤中决定去查明为什么她的母亲突然死亡了,但是没有人给她任何回答,也没有人愿意和她谈话。医生只是安慰她,护士一无所知,而医院的主管人员关心她,建议她去做心理治疗。她的悲伤此时变成了愤怒,于是她决心要弄个水落石出。一个接一个的追寻,她终于找到了一位护士的住址,这位护士曾照顾过自己临危的母亲。而在母亲死后没几天,这位护士神秘地辞职、搬了家改了住址,从此就消失不见了。但是通过她的不懈努力以及其他律师朋友们的帮助,她终于找到了这位护士。现在,她想要和这位护士谈话。

　　以上就是我的这位学生一开始写完的场景。当我阅读她的几页稿纸之后,我开始了解到一些她为什么对自己写的东西这么担心的内情。她写的这一场戏完全像是一场审讯。主人公对那位护士提出问题,而护士则对她母亲的死亡不愿意透露任何东西。

这是一场很重要的戏，它应该是这样来设计的：一方面要推动整个故事向前发展，另一方面要展示有关主人公的一些信息。她很坚强、有毅力而且很聪明，她不会只是接受已经发生了的事件，她下决心要找出会发生这个事件的原因。而这场戏是这位主人公第一次要确定她的怀疑线索，她怀疑有什么东西在隐藏着。这里有人做了一件错事，而正是这个错误导致了她母亲的死亡。

我一直等到全班同学都阅读完了这几页稿纸后，才转向这位写了这场戏的年轻姑娘，问她："你自己觉得怎么样？"

她很快就回答了这个问题。"我觉得某个地方出差错了，"她说，"我感到不对劲。"

她说对了。她有问题了。

电影剧本写作中出现问题是经常的。老话说的对："写作就是翻来覆去地写！"但从我的经验来讲，对待问题你可以有两种方式。

第一种方式说，问题就是剧本有些东西无法奏效，就这么简单。

第二种方式说，问题是一种机会、一次挑战，它们最终会使你进一步提高并改进你的电影剧本写作的技艺。

这是两种不同的观点。但是从观察的角度来看，无论以何种方式你看到的都一样：一个问题可以称之为激发你的创造力的导火索。你可以把它看成是一个障碍或者是一个机会，一个问题或者是不奏效的什么事情，或者是一次促使你向上达到另一个高度的机会。

全凭你自己了！

对于一些人来讲，他们简单地认为如果剧本写作过程中出现了某个问题就会产生令人恐慌的打击；它是一次可怕的、令人提起来都恐惧的经历。

我曾经到世界各地去举办电影剧本写作的研讨会、讲习班。我在不同的国家听到过同样的东西。当这些电影剧作者们谈到自己在写作中的问题时，时常说的话都是："我的问题是我剧本的结构不奏效了，"或者"我的人物太薄弱了，"或者"对话太直白了。"

当我告诉他们这里面没有问题，只有解决的方案时，他们哈哈大笑，因为他们认为我在开玩笑。但是我没有开玩笑！

我想大多数电影剧作者最害怕的——或者是任何参与剧作的人最害怕的,就是在大多数的情况下,他们知道这里出现问题了!他们不知道的是,到底出现了什么问题。他们不能够确认或者形容它。问题作为一个令人感到难受、不知所措的东西确实存在着,就像一个找不到头绪的乱线团,或卡在嗓子眼儿里的一块骨头。

我的这位学生知道,或者说感觉到了她写的这几页中出现了问题,但是她不知道是什么问题。解决问题的艺术就意味着,要意识到这些模糊的、令人无法确定的感觉,并且让这些感觉作为一个向导指引你去检查这个问题的原因或者源头。解决问题的艺术实际上就是鉴别问题的艺术。

在我的这个学生的例子中,主人公——这位律师——现在已经进场了,她和这位护士有了一场对话的戏。这场戏写得很顺畅,很不错,但是整体效果有些单调并且令人乏味。基本就是对话主导剧本。这不是电影剧作,而是舞台剧的剧作。这里面没有恐惧的感觉,也没有紧张感。当我读到一些节奏写得很慢和内容很枯燥的稿页时,我第一件事就是去寻找戏里面的冲突起因。而在这些稿页上你很难找到什么冲突。

我想知道这个学生她自己对于这场戏是如何感觉的,于是我看了她好一会儿,然后问:"你自己觉得如何?"

"我想有什么地方错了,"她回答,"有什么东西,反正是不奏效了。"

"什么东西呢?"我问,希望得到一些具体的回答。

"噢,我不知道。我只感到有什么地方错了。"

"那到底是什么东西呢?"我坚持问。

她想了一会儿,然后回答:"我想它有些软弱单薄,有些模糊不清。"

软弱单薄和模糊不清。

这是很准确的描述。它让你知道了有些东西不是你期望的那样奏效。而且如果你对于这些"小痛小痒"——像这种"软弱单薄和模糊不清"的感觉——不在意的话,它在后来就会发展成为更大的问题。

创作电影剧本是一种特殊的、要求甚高的技能,以致于如果一些地方不奏效了,无论是一个场景、一个段落,还是一个人物,它都会在稿纸上留下一条很长的"阴影"。它会成为灾祸种子,到后来会引发毁灭性的问题。所以当它们刚一出现,就应该重视这些症状,这是很重要的。

如果你感觉到你有了一个问题,但是不能马上说明或者界定它,你就不可能去面对和处理它。这是一个自然法则:如果你不知道问题是什么,你就无从面对并处理它。

你要知道,解决问题的艺术就是鉴别问题的艺术。而这种鉴别的能力要依靠作者自己的鉴别感觉和自我觉醒能力。如果你感到这里出现了一个问题——也许这个剧本太长了、对话太多,或者人物太软弱太单薄了——那么你如何才能去面对并处理它呢?

无计可施!除非到了你能够准确地把它描述出来的时候,除非到了你知道了问题是什么的时候,要不然你所能做的就是围着它转悠。如果你不知道毛病是什么,你就不能够面对并处理它。有很多电影剧作者就是一个劲儿地围着问题转悠而不知道如何处理。结果费了半天工夫,问题没有得到丝毫解决,那个不奏效的场景仍留在那儿。你只是让问题存在于那里,而且希望没有人注意到它。

这是经常发生的。这就是鸵鸟综合症。

但是一旦你知道了如何去界定并弄清这些问题——也许是主人公太被动了,结果像是从情节动作中消失了,或者太缺乏同情心了,又或许对话太直截了当了——你就知道如何把握这些问题,而且可以尽自己的最大能力去解决它。

那么,在这个我们称之为"解决问题"的过程中,我们如何去处理这个"软弱单薄和模糊不清"的毛病呢?

首先,要界定这个问题。一般来讲这就意味着要重新思考素材。回到原来的素材之中,分析一下你的意图(intentions)。这场戏的宗旨是什么?为什么要在这里呢?什么是你的主人公的戏剧性需求(dramatic need)——你的主人公在剧本的这个场景里想要赢取、获得、争取或者成就什么呢?

戏剧性需求这个东西通常可以被很简单地描述出来。如影片《末路狂花》(*Thelma & Louise*,1991,卡莉·克里编剧)中,两位女主人公的需求是平安地逃往墨西哥。在《与狼共舞》(*Dances with Wolves*,1990)中,约翰·邓巴的戏剧性需求是到边疆地区去适应当地的风土人情。

那么,你的人物的戏剧性需求是什么呢?请在场景的情境之中明确界定出来。如果你能够阐明这个戏剧性需求——无论通过动作还是对白——你就会丰富场景的细节和质感,这样也就拓展了场景表现的维度。

解决问题的第一步就是重新思考场景的戏剧性需求。你必须把它分解出来,为的是要离析并确定在这场戏之内起作用的情绪动力。

每个场景就是一个活的细胞、戏剧性动作的接头,它在剧作中要起到两个方面的作用。第一个作用,就是要推动故事向前发展;第二个作用,就是展示主要人物的有关信息。故事和人物,这两个剧本中的基本要素要在每一场戏中尽可能地以视觉的形式表现出来。不妨去读一下任何剧本的场景,研究一下电影作品,看看是否如此。非常常见的现象是当你阅读一个剧本的稿页时,你会发现这些一页又一页的东拉西扯的场景都淹没在跟故事发展线索毫无联系的偶发事件中。

从定义来说,一个电影剧本,就是通过画面、对白以及描写来讲述的故事,而故事被放置在一个戏剧性的情境之中。这就是我不厌其烦地反复讲述的东西。但由于某种原因我们时常忘记了这一点。每一个场景都推动着故事的叙述线从一开始向结尾处发展。有时不一定按照这个顺序,如影片《低俗小说》(*Pulp Fiction*,1994,昆汀·塔伦蒂诺编剧)、《生死豪情》(*Courage Under Fire*,1996,帕特里克·沙恩·邓肯编剧)、《英国病人》(*The English Patient*,1996,安东尼·明格拉根据迈克尔·翁达杰的小说改编),就不是按照这样的顺序。

我的这位学生写的这个场景,也就是她只能用"软弱单薄和模糊不清"来形容的这场戏,是推动故事向前发展的一个关键性的场景。但是她写的这场戏不够尖锐;对话太和缓了、太直接了;这里没有紧张或冲突,没有奏效的细节,而且气氛全冲淡了!所有内容表现得不够清晰,也没有层次感。

这样我就叫她去重新确定这个人物的戏剧性需求。在这场特殊的戏中,这个人物的需求就是要竭力寻找出有关她母亲的突然神秘死亡的所有信息。是不是这里有什么事情被谁做错了?属于什么样的错误呢?为什么这位护士突然辞掉工作而离开医院呢?有什么暗箱操作的事情吗?到底发生了什么事情呢?

这些都是这场戏包含在情境中的重要问题。情境，记住，就是可以有序地容纳一些东西的空间。它就像是一个玻璃杯中的空间，里面可以容纳各种物质——水、咖啡、茶、牛奶、啤酒、非酒精饮料、葡萄、果仁或者甘果等任何东西——在其中。玻璃杯子的内部空间不会变化，它只是把这些东西盛放在其中。在戏剧场景中最为重要的东西，就是戏剧情境（context）①。

　　我知道，我的学生应该把这个场景搞得更尖锐、更明确一些，制造更多的紧张感，而唯一的办法就是引发更多的冲突。于是我提出了一些建议：也许当这位主要人物来访时这位护士没在家。这样她能够做的第一件事就是等候。她也许在汽车里等候，等了几个小时。这样就为故事增加了气氛，让这位主人公带着某种紧张情绪进入这个场景当中。

　　然后我们还需要加进更多的冲突。主要人物不得不等候好几个小时。那么在这个场景中我们还能创造什么冲突呢？也许这个护士有一位男朋友，而这个人不那么聪明，他让这位主人公，也就是这位律师在那位护士回来之前就进入了他们住的公寓房间。他以为她们是老朋友呢。这样，当那位护士回家时她已经坐在屋里等候了。

　　这个元素会为这个场景增添很大程度的冲突。当那位护士回到家中，她很生气她的男朋友让一个陌生人、这个律师进屋。我们可以从她的神情和态度上看出她很害怕。这样就确实说明了这位护士知道她的母亲发生了什么事情，但是出于某种原因，她不想说出来。也许她正想离开这个小镇，但是，她很坚决，不肯轻易泄露什么事情。

　　这个元素在这个场景中起了什么作用呢？很明显，它加强了整个场景的戏剧张力。原本"软弱单薄"的现在看起来有了较多的紧张感和冲突，里面出现了某些尖锐的东西。

　　另外还有一种可以从这个场景中得到更多东西的方法。在本书中，后面我会讲到诸如"写出一些关于你的故事和人物的短文"、"确定和发展事件以及人物关系"等工作的价值。尽管这位护士是个小人物，她在整个故事中还是很重要的。对于这个故事的发展，这个场景是很重要的，因此在表现时

---

① Context，直译为前后关系、上下文，此处的戏剧情境即指故事的来龙去脉。——编者注

绝对不能太"软弱单薄"了。

我建议她写出这个护士生活的大致状况来。她在医院时到底看见了什么？她到底知道多少？那里真正发生的是什么事？我告诉她，一步接一步地写出由这个护士的角度观察到的涉及这位律师的母亲死亡的一切事情。

当这些都完成之后，我让她去确定这个护士和她的"男朋友"的关系。这里面也许有更多可动脑子来挖掘的地方，潜藏着巨大的戏剧性价值。于是我让我的学生写出一些短篇的自由联想式的小文章，讨论一下两人的关系。目的很简单，就是为了使得整个场景的细节更加突出。这位护士是在什么地方遇到这个人的，他们相处有多长时间了，是真正严肃的关系吗？也许这种关系已经了结了，也许他们正准备分手。对于这些问题的回答会使得你去发掘这个场景内的戏剧性驱动力，甚至可以拓展到场景以外。

这些步骤在建构戏剧性元素、推动故事向前发展方面是必需的，而且可以使场景的表现更为清晰、明确。

她返回到剧本创作开头，去做我建议她做的这些练习，并且开始从不同的视角来观察事情了。就这样，她通过简单地从她自己因剧作中处理不当而形成的不舒服的感觉中获得启示，从而为自己剧本的创作找到更多的可能。

在文学史上，有很多人想要尝试去定义写作的技艺，即确定它是什么以及它如何才起作用。我认为，写作的全部，就是提出一些问题，然后期待着答案。答案永远就在其中，而且在绝大多数例子中，它们都是以某种意料之外的形式展现出来的。这就是写作过程中的绝妙之处。

由于做了这么多的写作练习，我的这位学生已经有能力深入到这个场景中去了。她开始以不同的眼光来关注它。比如，她看到，她一开始写成的那个场景中的人物的互动关系是模糊不清和软弱单薄的，而现在通过确定这位主要人物的戏剧性需求明确了戏剧冲突。

"人物就是事件的决断者，"美国伟大的小说家亨利·詹姆斯写道，"而事件就是人物的启发者。"

我们不妨把它提到另一个层次。我们都知道戏剧就是冲突。没有冲突你就没有动作；而没有动作你就没有人物；没有人物你就没有故事；而没有故事你就没有电影剧本了！你必须要有一系列的事变和事件，由它们引导故事直到最后的结局。剧本看起来像是一个故事，而且它操作起来也像是一个故事。但实际上这里面除了有一连串的钩子、处理的技巧或特殊的效果之外，什么也没有了。

《虎胆龙威3：纽约大劫案》(*Die Hard: With a Vengeance*, 1995, 乔纳森·亨斯利编剧)这部影片就是一个很好的例子。我们所知道的这个由布鲁斯·威利斯饰演的主人公，一开始就醉醺醺地出现在一辆货车里；他有一年多没有看见他已经疏远的妻子了。这个醉醺醺的家伙就是被请来去寻找那个放炸弹的罪犯的。后来我们才知道，几年之前，威利斯饰演的人物要对这个放炸弹的罪犯的兄长的死负责。这儿没有对于人物的重要的描写，有的只是一系列的行动事件，它们以一种复杂的混乱的方式编织在一起。你看看所有的情节就是这样纠缠着的！

我希望我的学生去强化她的戏剧性焦点。为了理解这个场景中与护士的冲突的动力是什么，我建议她去做另外一个练习，即让她从这位护士的视角来写这场戏。换句话讲，如果这个故事是关于这位护士的，而护士正是其中主要人物的话；而且假如她知道这个事故的真相，而又不想对任何人讲出来时，她会怎样做？当这位无辜死去的人的女儿前来了解事情的真相时，她又该作出什么反应？

"改变一场戏的视角"这样一个小的练习，会很有效地把主人公的视角弄得明确尖锐一些，而这样就会把戏剧性冲突引导至一个强有力的结局。

我的学生就是这样做的。而且这为她的写作打开了一个新的觉醒的天地。她重新写的这个场景也变得干净、利落和紧凑了。这里面也具备了细节和戏剧性情境，而且能够推动故事向更紧张的和高度戏剧化的方式发展。

而所有这些都是从这位女士的不舒服的感觉开始的，从她逐渐地认识到这场戏太"软弱单薄和模糊不清"时开始的。

在电影行业里流传着一句老话：你努力去做的那些不奏效的事情，往往会向你展示出怎么做才会奏效。

解决问题的艺术就是鉴别问题的艺术。

你或者把问题看成是不奏效的地方,或者把它看成是一个挑战、一个提高你的电影剧本写作能力的机会!

这完全取决于你自己!

Chapter 2

那么,问题是什么?

SO, WHAT'S THE PROBLEM

有多少次当你读着自己写完的东西时,你头脑中突然有了一种奇怪的感觉:你知道其中有什么东西不对劲了,可是你又不知道它到底是什么。你翻来覆去地考虑这个场景,或者这个段落,一次又一次地去审视它、再审视它,用各种方法去检查,可是就是不奏效!

你要做什么呢?如果你不知道毛病是什么,你怎么能处理它呢?你是如何挑出问题和界定问题的呢?

什么是问题?你也许知道一些和它有关的东西:如这个场景节奏太慢,对白太多,太单调了,或者主要人物有点薄弱,或者动作太多了,结尾太慢或者太急促了,但是你不知道如何去处理它。你能够发现问题之所在吗?你能够去界定它,把它挑出来,清楚地说明它吗?你又如何把它分离出来,然后加以辨识呢?

在你能对这些问题进行创造性的解决之前,你首先要知道的就是问题是什么?这就意味着你必须重新思考,或者重新组织那些你需要处理的东西。

这就意味着逐字的"改写"。你们都听说过这句老话:"写作就是改写。"没错,真是这么回事。我曾经对很多国家的剧作者们讲过这句话,他们着了慌:"你是说我要重新写过?"他们埋怨起来。我的回答是:没错,是的,是这样的!

我曾经和一位学生共同为导演和演员们准备一个剧本,他至少反复写作有十五次。他几乎改变了整个第二幕的一半,删改了次要情节,变动了几个人物,从故事中剔除了没有必要的节外生枝的线索。

"改写"这个词意味着"修订和改正"。当你想解决问题时,这就是你必须要做的事情。无论你是写整个剧本,还是只是写一幕戏,还是写一个段落、一个场景或一个镜头,解决问题的程序都是一样的。你所要尝试去做的,就是要鉴别和界定它,去追踪探索有关它在什么地方和它到底是什么的线索。它在解决问题的过程中就这样成为了问题。

那么,问题是什么呢?

有些时候你会立刻就知道它:也许场景中的对白太多了、太说教了、太琐碎了,或者太直白了一些——但是你也许知道问题是什么,可还了解得不是很透彻,因而也不知如何来处理。

这时就需要进行改写了。你鉴别和界定这个问题是什么时所必须做的第一件事就是,把它放置在一个情境或者一个窗口之中,这样你才能勾勒计算出到底是哪个参数变量不奏效了——也许它是一个人物、一个场景或一个段落。

最好的办法就是做一次写作练习。请坐下来,拿起一杆笔或者打开电脑,同时拿来几页稿纸,把自己的任何和这个问题有关的想法都随手写出来。自由联想一下,问一问你自己:"我现在在寻找的是什么样的问题呢?"

请记住,最重要的是每一个问题都要以"什么"为开始。以"什么"这个词开始来询问自己。不要用"为什么"。因为你如果询问"为什么"有些东西不奏效的话,你会获得18个不同的答案,而且它们全都正确。

但是如果你以"什么"一词为开始来结构问句时,这里面就含有"一个特殊的回答"的意思。而这正是你所寻找的东西。

请查看一下!

这基本上是一个可称之为"踹屁股"的逼迫性练习。当你开始把对于有问题的区域和你认为这个问题是什么的一些想法和感觉抛开时,你实际上已经开始了一个新的创作过程——这个过程让你开始走上了解决问题的路程。

你的想法和观察正确与否是无关紧要的。你只要坐下来写一个短小的自由联想的文章:"我觉得这个场景、这个段落或者这一幕戏有什么不妥了吗?"你不要泛泛而谈,问自己整个电影剧本错在哪里了。让已经出现的事情就这样出现好了。你觉得问题是什么,甭管它的对错,只要问你自己一下一些有关素材的基本问题。通过写下关于你认为什么奏效或者什么不奏效的想法、词汇、概念来自由联想一下。

你认为怎么做才能使你的故事更强一些,改进它或者使它更复杂和生动一些呢?你的本能告诉你什么?倾听一下你的感觉。有很多这样的夜晚,当我知道我所写的东西中有什么地方不对劲了,可是我却无从把握、无法去界定它的时候,我就做一次"睡梦作业"。在我睡觉之前,我询问自己的"激发创作能力的自我",希望它在梦中给我以启示,从而能够帮助我去分清什么东西不奏效了。在很多时候,当夜我会做梦,这个梦时常以"梦幻语言"的方式来向我阐释并启发我什么东西在剧本中不奏效了。有的时候我没有任何梦,而且几天过去了,然后突然我会闪现灵感,它告诉我问题是什么,以及如何才能解决它。

我坚决相信这一点:如果说你制造出这问题来的话,你就一定能够自己解决它。因此,你就应该通过内省来寻找答案!

只有问题确实存在,才能够解决它们。你怎么样去解决真的并不是很重要。也许这种解决的方法会出现在你的梦中,或者你驾驶着汽车时,你在公园跑步时,甚至可能出现在你做饭时。当你最不注意时,问题的解答可能将不期而至。

你所应该做的就是去寻找它,要相信你自己。

让这个问题的答案按照它自己的时间出现吧。有些时候答案会很容易出现,有时不容易。这正是绝妙之处。因为你从来就不知道你自己什么时候会得到一个解决答案,或者什么样的解决答案,你只知道终究会找到它的。

解决问题就是剧本创造过程的一个环节。

如此说来,究竟什么是问题呢?你去阅读你认为不奏效的那些稿页,去看看你能不能辨识和界定这些问题。也许你的故事没有按照某个行动的线索来发展,而是朝几个不同的方向发展,或许在你的主要人物身上发生的事件太多了。比方说,你的主要人物是一位警察,但你认为应该多表现一些他的同伴,结果在剧本中你写了很多这位同伴的场景;不久你就会发现你创作了一个完整的却是脱离了原故事的次要发展脉络;或者你想让那个坏家伙表现得更坏一些,所以为了要显示出他有多么坏,你就不断地给他加场景,就像《虎胆龙威3:纽约大劫案》那部电影一样。在一个故事中"加码"是很容易的,但往往是适得其反。你在次要人物身上花费太多的时间,最后你就会脱离了你的主要人物,而你的故事会同时向好几个方向发展,最后的结局也就乱七八糟。真正的问题是你没有聚焦在主要人物身上,而你的故事主要讲的是他。

有时当电影剧作者们不知道下一步应该怎么办,或者下面应该要发生什么事件时,他们就简单地在原故事线上再加上一些人物。他们没有下功夫做一些诸如发展场景中的戏剧性情境、故事、人物,以及增强戏剧性行动的工作,而只是去添加一些新的人物。但这样做根本不起作用,因为真正的问题是如何发展故事,不是人物,尽管这两者之间是相互影响彼此关联的。

也许你阅读你的这些稿页后,觉得你的故事中的人物太多了,或者主人公太被动、太不活跃了,好像是淹没在背景之中,而次要人物冒了出来占据了故事发展的主导位置。

你的故事讲的是什么?而且你的故事讲的是谁?你必须时刻把这一点牢记在心中。

现在,请做这个小练习,去自由联想一下什么是你的问题。最重要的是要记住:当你做这个联想时,要以一种清晰的头脑去阅读你的稿纸,寻找那些不起效用的东西。只要是把自由联想得到的任何想法、词汇和概念全写下来,你不必担心什么语法或拼写上的错误(除你之外没有人去读它们的);你就随手写下来,甭管好坏或对错。也不用对你所写的给出任何评价或者建议。因为如果你太理性地检讨自己,你的判断会消除或者抹平你的创造力。

那么你要寻找的又是什么呢?

实际上你能够寻找的只有三件东西:情节、人物、结构。只有在这三个方面你才可能有问题，而一个完整的故事也只能分成这三个方面。而且它们就是解决问题的过程中的重要环节或者手段。如果你审视一下电影剧本中的任何问题——无论是这个剧本太长了，对白太多了，还是其中的动作太多了而人物却不足，或者人物太多了而动作不足——不管问题是什么，所有的问题全可以划归在情节、人物、结构的范围之内。

这样，问题是什么呢？

它是有关情节的问题、人物的问题还是结构的问题呢？

这是确定电影剧本写作中出现问题的方面的出发点——或者说是任何文学写作的问题出发点。是什么东西不奏效了呢？如果一个场景不起作用了，那么是不是因为在情节、人物或者结构方面出现了问题呢？是不是素材太枯燥无味了？是不是对白太多了？动作是否在推动故事向前发展呢，或者它是否展现出有关人物的信息呢？

如果这个动作线从原来的故事中游离得太远了，你可能要做出一个决定，即要去增加一些元素把故事拉回来再向前发展。这个元素就是一个情节元素。但是当你修改这个情节时，你会发现你被迫要去重新结构你的素材。而改变你的情节以及重新结构素材还要影响到你的人物的动作和反应动作，需要更多的调整。这就是你需要如此面对和处理的环节。所有这三个方面都是互相关联的，只是处理的方式不同。

当你能够在一个电影剧本中去区分和界定什么不起作用时，你会发现任何问题都同这三个方面有着某种联系。这没有什么值得奇怪的。因为在我们生活中每一件事情都同其他事情有所联系。没有任何事情能够独立存在，它们只能在同其他事情的关系中存在。这样，电影剧本中的任何问题都是同这三个方面有关，即情节、人物和结构。

既然你就是那个需要识别什么不奏效了的人，那你必须做出它是什么的抉择。问题出现的形式差不多，你既要能够把它们掰成三个部分，还要可以把它们揉成一团。

很多问题可以被识别界定为情节问题。举例来说，这个故事线的戏剧冲击力是否清晰、利落和明确呢？或者它有些拖曳和模糊？故事里面发生的事件是否太多了？是不是太细致太琐碎了？或者是故事里面的事件不够多,因而无法保持一种戏剧的紧张度和流畅度,或者是故事被过多的对白打断了?换言之,故事设定的这个行动是否可信?

比如说,你在结尾之处出现了一个问题。也许这个结尾来得太快了,或者它不够生动,不够有气势。那你该怎么办呢?你需要扩展它,把这个动作拓宽——这样,为了解决这个问题,你必须要放开你的原结尾,创造更多的偶然事件来扩大你的动作。这就意味着把更多的注意力集中在主要人物身上。一旦你做到这些后,你会发现所有的素材都需要重新结构。

情节、人物和结构。

如果你的人物话太多,而且看上去总是在解释情境,这样就使动作显得拖沓。是不是人物过多了从而使得动作无法展开?这个戏剧动作线是否真实,还是全凭偶然和设计来构造?所有的这些问题都可以归结在人物的问题内。要界定这个问题,你就需要回到你的原素材当中,去寻找一些方法使得你的人物更积极活跃和精力充沛一些。而这样做的唯一办法就是增加一些戏剧性的元素。这样,你就要重新结构这一幕,并且把你的人物和情节紧密地缝合在一起,就像织锦一样把两者织为一体。

在解决问题的过程中,所有的东西都可以归结为情节、人物和结构的花样变化。它们自己行动,互相牵扯而且彼此影响,就像耍杂技的人手中的三个桔子一样。

当你能够做出区别、分离并界定出这个问题是一个情节的问题时,你就可以进一步缩小它的范围。比如说你的结尾或某个故事情节点要依靠一个特殊的环节或一条信息等,而它显得太机械太做作了。你感到这是一个情节的问题,你就要回到原故事线中去增添介绍或者建置一个新的事件或事变,一个与原来故事有着某种自然关联的事件。在影片《肖申克的救赎》(*The Shawshank Redemption*, 1994,弗兰克·德拉邦特编剧)中,安迪(蒂姆·罗宾斯饰)的妻子被谋杀的案件从第一页第一个字就被建置起来了。开始的第一个场景就是他坐在车里,喝着威士忌酒,手里玩弄着枪。随后这个场景被暗杀和法庭审讯的场景切断。而正是这个偶然事件或者插曲使得整个电影剧本沿着故事线发展,整个故事都是围绕着这个偶然事件而建构的。而在第二幕的后半部分,当一位年轻的囚犯告诉安迪,他以前同牢房的伙伴告诉过他,自己曾经犯过两次谋杀罪,我们才第一次怀疑安迪是否真杀死了自己的妻子。

如果这个事件没有在一开始就建置起来的话,那么影片的结尾就不会这么强而有力。像这样的事件或者事变被很小心地引介入故事线中,这样结尾就有高潮,而且可信,从而就产生了最大限度的戏剧性效果。

电影剧本的写作技艺实际就是一个理解各个部分与整体的关系,以及情节、人物和结构之间的关系的过程。所有的故事元素:动作、情节、人物、地点、音乐、特殊效果、情节点等,都是相互关联的,就好像冰块和水的关系一样。冰块被确定为一个固态的结构,而水则被确定为液态的结构。但是当冰块溶进水中时,你就分不清冰块的固态结构和水的液态结构了。同样的关系也可以从火和它释放的热能的关系看出来。这两样东西只有在相互的关系中才能被识别和界定出来。它们彼此都是互相牵涉的。一个故事和一个电影剧本的关系也是同样如此的。

只有在你辨析出问题的所在后,你才有能力去界定它。你能界定这个问题是一个有关情节的、人物的还是结构的问题吗?这是我们的出发点。如果你没有能力去把问题区分出来的话,那么你就试着从你看问题的方式来界定它。例如,主要人物太弱了,对白太直白或者太枯燥了,那么你就做一次自由联想的练习,它会引导你去决定你的问题的实质。

无论是情节的、人物的还是结构的问题,只有你清楚地知道你的问题是什么之后,你才有能力去弄清和界定它们。

下一步就是要确定你的问题的所在之处。

Chapter 3
确定问题之所在
LOCATING THE PROBLEM

在你确定了什么是问题之后,下一步就是要从戏剧性的故事线来确定出它出现在什么地方——去看看它在你的故事设计的什么地方出现。这就是说要从结构的角度去确定它的位置,在事件逻辑发展的什么地方和什么时候出现了这个问题。这样,无论是情节问题(plot)、人物问题(character)或结构问题(structure)都无关紧要。

只有当你鉴别了问题之后,你才能确定它的所在。所以首先要鉴别它,然后再确定它的所在。这样问题出现在什么地方就成为了解决问题的主要的原动力。

问题是什么呢?是建置和设立你的人物的戏剧性需求吗?第一幕的结尾之处的情节点 I 在这个故事中是否起着关键的作用,还是仅仅是一个简单的事件呢?人物之间的关系是不是清晰、强烈而且令人信服呢?你的故事线从故事发展的角度来看,是依照外在动力还是内在情绪的方式来设定的?另外人物或者事件顺序是怎么安排的?

确定你的问题之所在最重要的贡献,就是它能够使你创造出一个新的审查剧本的视点。这样你就能够看清在故事线的内外起作用的力量。你可以查看这个故事,就像审视一张地图一样,去巡视整个结构,使得你能够去发现那些在特殊的地点起作用的力量。

这样说来问题到底出在哪里呢?是在第一幕、第二幕,还是第三幕呢?

这些问题则引起我们对电影剧本的结构进行一番讨论。电影剧本有着独特的形式,它既不是小说也不是戏剧,但是包含了以上两种艺术形式的元素。结构是所有电影剧本的基础,是一个脊骨或骨架,它把所有的东西联结为一体。威廉·戈德曼[影片《虎豹小霸王》(*Butch Cassidy and the Sundance Kid*,1969)、《霹雳钻》(*Marathon Man*,1976)、《赌侠马华力》(*Maverick*,1994)编剧]曾经说过:"电影剧本就是结构。"他讲得对!结构是故事的向心力,是你要穿越荒漠时的地形图。它既是向导又是支柱,因而柔韧性是它的本质。结构就像大风中的一棵树,虽被风吹得弯曲但不会折断。电影剧本结构性元素可以贯穿整个戏剧性故事线。

为什么结构在电影剧本中如此重要呢?

"结构"这个词本意为"去建构筑造,或者使凑在一起",以及"部分和整体的关系"。如果你用动作、人物和事件来建构一个故事,那么这些元素就需要按照故事结构成为一个有着明确的开端、中段和结尾的联系体,当然有时不一定按照这样的次序。这样,每一个单元,包括开端、中段和结尾,都是这个故事、这个戏剧性(或喜剧性)故事线的一个组成部分。是故事形成了结构,而不是结构形成了故事。

当你在延展一个电影剧本时,你就把所有的东西建构或者组织在一起而成为一系列的相互关联的事变、片断或者事件。它必须指引你朝向最后的戏剧性的结局,即你的故事的结尾。

首先你建构它,然后你将它结构为各个组成部分——即开端、中段和结尾,而这些整体和部分之间的关系使之成为一个有机的整体。

以象棋游戏为例,它就是一个整体。但是一个象棋游戏是由四个单独的和明确的部分组成:首先是棋子,如士、相、王、后、车、马等等;其次是棋手,起码要有人来下棋;然后是棋盘,没有棋盘无法下棋;最后是规则,因为是它规定了象棋游戏。这样,这个整体,即象棋和所有部分——棋子、棋手、棋盘、规则——之间的关系,决定了游戏之为此游戏。

一个故事也是一个整体,它是由一些特殊的部分如人物、动作、第一幕、第二幕、第三幕、场景、段落、地点、音乐、特殊效果等等构成的。也正是这种所有组成部分之间的关系赋予了整个电影剧本以力量和凝聚力。

一个电影剧本就是由画面、对话和描写讲述出来的一个故事，而且这些东西都被设置在戏剧性结构的情境之内。

假如我们可以把一个电影剧本像一幅画那样挂在墙上，审视它，就会看出它有自己的独特的形式。如果想要看出它像什么样子，要看出它的本质的话，我们就要使用电影剧本结构的示例。一个示例就是一个模版、一个样式或者一个构思的规划。以一张桌子的示例为例，它就是一张桌面加上四条腿。在这个示例的范围内你可以有小桌子、大桌子、窄桌子、宽桌子、四方桌子、圆桌子、长方桌子、椭圆桌子、玻璃桌子、木头桌子、铸铁桌子、塑料桌子等等。无论是什么样的桌子，这个示例都不会变。不管你如何改变它、弄弯它、变化它，做成祭坛上的桌子或者把腿弄扭曲等，它依然是一张桌面加上四条腿。这个形式是不会改变的。

有人认为一个电影剧本的形式实际上就是一个样式。事实也是这样。但它们两者之间的区别是简单而又独特的。一个形式就是一个空间，或者一个情境，它自己不变。以一个玻璃杯为例，玻璃杯内部就有一个空间，它能够容纳任何内容在其中：如水、茶、软饮料、啤酒、牛奶、果汁等，或者葡萄干、干果仁儿、葡萄等等任何东西，但是玻璃杯内部的空间不变。它容纳任何内容在其中，就像剧本的结构把所有不同的场景、动作、地点、人物和情景等安放在一定的位置上一样。

一个电影剧本的形式不会改变，就如同地球引力一样，它只是把所有的东西——你的故事的所有部分——凝聚在一起，当然内容总是在变化。

这就是电影剧本的形式，也就是示例的模样。如果说一个电影剧本就是一部用画面讲述的故事，那么所有的故事的共同之处是什么呢？也就是我们提到的，有一个开端、中段和结尾（尽管不一定按照这个次序）。用戏剧术语来讲，开端就是第一幕，中段就是第二幕，而结尾就是第三幕。

它看起来就像下面这个样子：

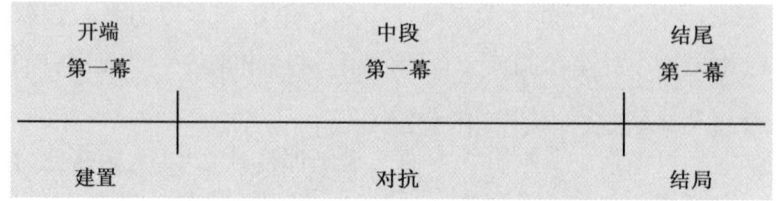

第一幕是戏剧动作的一个单元,它的篇幅大约有20~30页长。它被安放在一个被称之为建置的戏剧性情境之中。第一幕建置了故事,它建立了故事讲到的是谁和是什么,并且确定了人物之间的关系以及他们的需求。

第二幕是戏剧性动作的另一个单元,它的篇幅大约有60页长。它被安放在一个我们称之为对抗的戏剧性情境之中。在电影剧本中的这一部分里,主要人物要遭遇和征服一个又一个障碍,最后要实现和达到自己的戏剧性需求。这个戏剧性需求就是电影剧本中所界定的,主要人物所要赢取、获得、争取或者成就的东西或者目标。如果你知道你的人物的戏剧性需求是什么,你就可以为这个需求设置障碍。这样这个故事就成为了你的一个人物如何克服一个又一个的障碍,最后达到自己的目标而实现了自己的需求的过程。

戏剧就是冲突。没有冲突就没有人物,没有人物就没有动作,没有动作就没有故事,而没有故事就根本不会有电影剧本。

在第二幕中间部分要出现一个中间点,大概要在第60页上面,它是一个事变、片断或者事件,把整个第二幕分为戏剧性动作的两个基本部分:即第二幕的前半部分和第二幕的后半部分,而正是这个中间点把第二幕的两个部分联结起来了。它是戏剧性动作链上的重要环节。一个中间点可能是一个静默的时刻,或者一个戏剧性的段落。在影片《证人》(Witness,1985,威廉·凯利和厄尔·华莱士编剧)中,中间点就是一个静默的时刻:即当哈里森·福特和凯莉·麦吉利斯两人在谷仓跳舞时,他们逐渐地意识到他们无法再压抑彼此之间的感情。在《与狼共舞》(Dances with Wolves,1990,迈克尔·布雷克编剧)中,它是一个戏剧性的段落:即那个动人的猎牛场面。这个中间点的作用是推动故事向前发展。它是戏剧性动作链上把第二幕的前半部分和第二幕的后半部分联结在一起的重要环节。

它看起来是下面的样子：

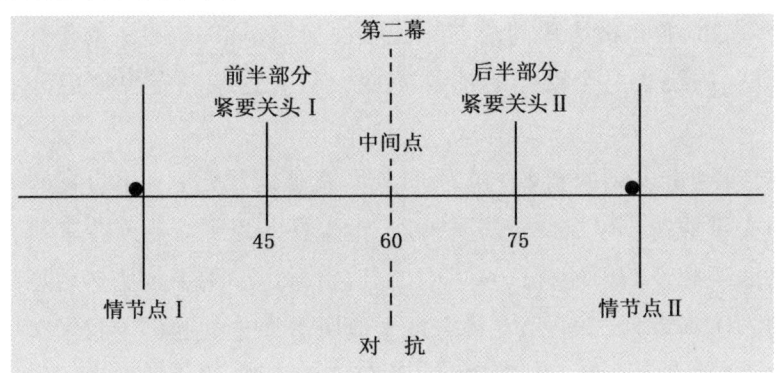

第三幕是戏剧性动作的又一个单元，它的篇幅大约有 30 页长，被安放在一个被称为结局的戏剧性情境之内。结局的意思就是"解决"。在你的故事结尾都发生了什么事情？你的人物依然活着还是死了？成功了还是失败了？赢了比赛还是输了？结婚了还是离婚了？

建置（set-up）、对抗（confrontation）、结局（resolution）分别对应的是第一幕、第二幕和第三幕。但是我们如何从一开始发展到中段，从第一幕发展到第二幕，然后又从第二幕发展到第三幕呢？

通过在第一幕将近结尾处创造一个情节点Ⅰ，以及在第二幕将近结尾处创造一个情节点Ⅱ——一个情节点可以是任何一个偶然事变、片断或事件，它"钩住"动作并且把它转向另外一个方向，这样就可以令之从第一幕发展到第二幕并由第二幕发展到第三幕。一个电影剧本中会有很多情节点，但只有情节点Ⅰ和情节点Ⅱ会推动并限定故事线向前发展。

第一幕是戏剧性动作的一个单元，它从电影剧本的开始起直到第一幕将近结尾处的情节点Ⅰ为止，被安放在一个被称为建置的戏剧性情境之内。在这个戏剧性动作的单元之内，你必须要建置故事，树立主要人物，同时建置戏剧性前提。你的故事讲的是什么？是什么东西使得你的人物要进行这样的行动？你的人物生活之间的关系是什么？你一定要在这里显示出这些东西，而且它们必须在第一幕中被建置起来。

第一幕是戏剧性动作的一个单元，它可以分成为三个明确的部分：前 10

页、第二个 10 页，和情节点 I。在前 10 页之内，三个最基本的东西要建立起来：主要人物（你的故事讲的是谁）、戏剧性前提（你的故事讲的是什么）、戏剧性情境（围绕着这个动作的情景环境），所有这些一定要被引介和建置出来。

　　在影片《肖申克的救赎》里，前 10 页就是这样的：一开始我们看到安迪·迪夫雷纳把车停在一个房子外面，他坐在车里喝着酒。收音机里播放着轻松曲调的音乐。他打开车里的工具盒，拿出一把手枪。然后场景一下子就切到法庭审判：安迪站在被告席上倾听着原告的起诉。我们又一下子切回来：安迪坐在车里，吸烟，饮酒，并且在等待着；然后切到屋子里面，一个女人和一个男人在疯狂做爱。接着又切到法庭审讯：我们了解到他被指控残忍地谋杀了自己的妻子和她的情人；然后又回到安迪这里，这个段落直到他被送到肖申克监狱为止。这样这个段落就建置了谁是主要人物——安迪；戏剧性前提——他被判处要在肖申克监狱里执行两个"无期徒刑"；以及戏剧性情境——他坚持声称自己是无辜和清白的，而且没有犯任何罪行。

　　这三个叙述性动作的线索（安迪在车里、安迪受审，和他看到自己的妻子和她的情人）以视觉的形式建立了一个戏剧性钩子（dramatic hook）；这个偶然事变或者事件，直接引导故事到情节点 I。我们有时称它为"鼓动性的事件"。在影片《肖申克的救赎》里面，这个戏剧性钩子就是发生在当安迪进入监狱这一瞬间，即发生在电影剧本第 10 页上的那个事件。我们不知道有关他的事情，但通过一位名叫瑞德（摩根·弗里曼饰）的人的眼睛和他的旁白，我们得知了有关安迪的一些信息。瑞德和别人打赌，胜者赢一盒香烟，他认为安迪入狱的第一个夜晚就会受不了而精神崩溃。但结果什么都没有发生，而是另外一个人受不了，精神崩溃了。

　　这里要注意的一个重要的环节是，我们同安迪一起进入监狱后，通过他的眼睛我们同他在同一时间看到了监狱内的环境和气氛。这样，观众和主要人物就被同一个戏剧性的关系联结在一起了：我们一起在同一时刻了解到了故事线上发生的事情。

安迪的入狱也建置在这个电影剧本的第二个10页；在这里重点放在追随聚焦主要人物身上。在这里，我们通过瑞德的旁白跟随安迪进入了监狱。这样我们是根据瑞德的视角来观察安迪的狱中生活的。安迪是主要人物，尽管在这时瑞德占了很大的比重。所以在第二个10页中，我们的重点是放在安迪身上的。安迪进入了监狱，他的生活会是什么样子呢？而且其他人物在这时也被介绍进入到电影剧本中，他们在安迪的生活中会起到什么作用呢？我们看到犯人被逐个检查入狱，发给牢服，听从典狱长的训斥，用水龙头冲洗身子，喷药除虱子，然后被关入牢房。

在建置和建立了主要人物的牢狱生活之后，是开始建置情节点Ⅰ的时候了，这时大约是电影开始后的第25分钟左右。安迪走近瑞德问道："我听说你是个'万事儿能'。"随后又问到瑞德是否能够为他找到一把砸石头的铁榔头来。

他们之间的秘密交谈开始了这两人之间的往来，而这就是这部影片的基石。这就是为什么第一幕结尾处的情节点Ⅰ总是你的故事的真正的开始。

情节点Ⅰ是一个偶发事变，它推动故事向前发展进入到第二幕。第二幕是戏剧性动作的一个单元，它的篇幅大约有60页长，被安放在一个被称为对抗的戏剧性情境之中。第二幕由情节点Ⅰ的结尾开始而继续发展到情节点Ⅱ为止。在电影剧本的这一部分内，主要人物要克服一个又一个的障碍去实现自己的戏剧性需求——它是主要人物在你的剧本发展过程中想要赢得、获取、达到或者成就的目标。

在肖申克监狱中的所有事情都成为了某种障碍：不论是一个犯人企图对安迪进行性骚扰，还是难捱的光阴，还是饭里面生的蛆，还是只是学会如何在牢狱环境中生存，故事的动作线都要维持和发展安迪和瑞德的关系。几年之后他们结成了生死知交。

当你在写第二幕时，很容易就会迷失在你的创作的迷宫里。这就是为什么中间点会如此重要：因为正是它把第二幕的前半部分同第二幕的后半部分联结在一起；而且它是戏剧性动作链上的重要环节。第二幕的前半部分中,安迪学会了如何适应牢狱的生活,并且发展了他同瑞德的关系。而且由于安迪原是位银行家、受过教育,所以他获得了看守们的信任,并且搞到了他在情节点Ⅱ逃走时所需的工具。这个中间点——正如我们前面曾讲到的——或者是一个静默的时刻,或者是富于动作的某个戏剧性段落,它使第二幕的前半部分同第二幕的后半部分联结成为一体。前半部分是安迪如何获得典狱长的信任,而后半部分是这种信任如何将剧情直接导向第二幕结尾处的情节点Ⅱ。

在影片《肖申克的救赎》里,这个中间点是一个简单的时刻,即安迪收到一大包书籍(经过了六年多的不断写信申请)而且得到同意在监狱开设一个图书馆的时刻。他有些自鸣得意地在监狱广播喇叭中播放莫扎特的音乐,导致他被关在单人牢房中好长时间。

要想建立起第二幕的前半部分和第二幕的后半部分,你必须要有一个主要的段落使动作保持连贯一体。在第二幕的前半部分,这个段落发生在你的电影剧本的大约第45页上;在第二幕的后半部分,这样的时刻发生在你的电影剧本的大约第75页上。我称它为"紧要关头",因为它是一个发生在此刻而使得你的故事能沿着线索发展的事变或者事件。它是一个动作叙述的"紧要关头",保持你的故事在叙述线上,而且引导它指向中间点,或者第二幕结尾处的情节点Ⅱ。

在《肖申克的救赎》里面,紧要关头Ⅰ就是典狱长命令看守检查安迪的牢房,但实际上典狱长是要看看安迪是否能信得过,好为利用安迪作为今后的经济顾问做准备。典狱长认为安迪还可靠,于是就把他调到图书馆。而后监狱的看守们纷纷请教安迪如何理财。也正是这个偶然事变使得故事向前发展,而且保持故事的方向直到它的中间点——它出现在剧本中的大约第60页上。

当你要确定你的问题的具体位置时,你必须要找到问题发生在什么地方。只有这样你才能找到导致问题出现的事件是什么,以及下一个故事点是什么。

下面就是《肖申克的救赎》这个电影剧本是如何结构的:在剧本的第

10页上,主人公进入了监狱;在情节点Ⅰ上,他同瑞德结识,并得到了雕石锤,这导致了他有机会被派去修理屋顶,而故事被引导到紧要关头Ⅰ,这时他获得了典狱长的信任;在中间点上,他开始图书馆的工作;为了揭开安迪并没有杀害他的妻子与她的情人的真相,在紧要关头Ⅱ一个新的犯人汤米被引介入场;这样又出现了典狱长拒绝帮助安迪讨还清白,并且策划了汤米被害事件;这个事件使得安迪坚定了越狱逃跑的决心;故事发展到情节点Ⅱ。

第三幕是戏剧性动作的一个单元,它的篇幅大约有30页长(虽然现在的电影剧本越来越短,大约只用20页左右)。它从第二幕的情节点Ⅱ的结尾开始直到剧本的结束,被安放在一个被称为结局的戏剧性情境之内。换言之,这个故事必须要自行解决,而结局——你记得吧——意思就是解决。什么是你剧本的最后的解决方案呢?

在《肖申克的救赎》里面,安迪越狱成功,故事把焦点转到瑞德身上:我们听到瑞德的旁白叙述安迪如何逃走;此后我们看到瑞德终于获得了假释并且在超市里当装袋员。他再也不能忍受无边的恐惧,而后决定到墨西哥同安迪相会;他按照安迪给他的指引线索来到了巴克斯顿镇;然后我们看到他找到了那个石栅栏、一棵大橡树和一块大黑岩石。"就在这儿了!"他向下挖掘,终于找到了安迪留下的纸条和给他的钱。

我们看着瑞德上了公共汽车,随后就是故事的结局:我们看到他沿着墨西哥的海滩走,他和安迪最后相会了。

建置、对抗、结局分别对应的是第一幕、第二幕、第三幕。此外还有情节点Ⅰ、Ⅱ和紧要关头Ⅰ、Ⅱ。

这些事变、片断或事件是故事线的主要的结构连接点和环链。而这正是戏剧性结构的价值:它把一切东西都有序地建立起来,成为了基础、骨架,而且牢牢把握住每个场景、每个段落和动作,把它们安放在一定的位置上面。这就是戏剧性结构的示例。

下面就是这个示例:

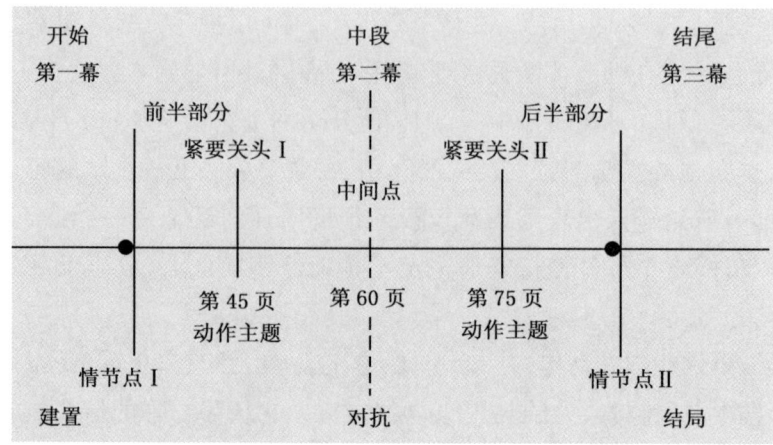

当你知道你的电影剧本出了毛病时,当你能够去鉴别并且确定问题之所在时,你就可以在你所讲述的故事当中已经结构好的故事线上去寻找它的位置。这就是说,你应该回到这个示例中,去鉴别并且界定它。也只有这样你才能够寻找出一个正确的解决方案,以便通过增加场景、镜头或者段落使动作更为流畅,并向前发展。只有当你能够在这个示例上确定你的问题的位置之后,你才能找出解决你的问题的合适方法。

在电影剧本写作过程中遇到的任何问题得到解决之前,你必须要把这个问题放置到它在整个故事情境中的位置上面来加以考虑。

这就是说,要在这个示例上确定问题的位置![1]

---

[1] 在本书的翻译过程中,我有幸请教了原作者悉德·菲尔德先生。本章介绍的这个电影剧本结构的示例(原文为:Paradigm,可译为图表、图板、示例、范例等)是电影剧本写作中遇到的疑难问题解答的关键,也是本书的重要概念和基础。菲尔德先生以在高速公路开车为例:你要在高速公路上开车去某个地方,首先你必须要知道方向、位置和所要到达的目的地,以及路途情况、距离有多远等。这时你就需要一张地图——美国的AAA俱乐部会提供给你这样的地图,上面标明一切信息和方位。按照这张地图,你就能够顺利开车到达你想去的地方。我们介绍的这个电影剧本结构的示例就如同上面说的地图一样,你可以按照它找出你的问题的所在位置,同时确定故事发展前进的方向。这个地图也如同大仲马小说中的基督山伯爵寻找宝藏时手中持有的那个图示一样。总之我们要注意到这个示例的价值! ——译者注

Chapter 4
处理问题

APPROACHING THE PROBLEM

  真正处理问题的唯一途径——无论是什么样的问题——就是要考虑改写。老话说得对,"写作就是改写!"你也许不喜欢改写这个步骤,但是它的确就是一个过程。这就是说情况每天都在变化。你今天所写出的或者所编纂出的什么东西明天就会变得过时了;而明天你写成的或者编纂成的什么东西后天也会过时!

  电影剧本的写作就是一个过程,而且它的实际意义大于你想像的操作过程本身。它是个活生生的有生命的东西,正如某种关系一样,而且会随着时间的推移发生变化。事情就是这样! 要能够接受这样的事实,并且按事实去行动。

  当你准备好去处理问题时,我给你的第一个建议就是先创立一个全面的视野,重新去定义和区分你对于材料取舍的观点,要用一种客观的眼光去看你自己写的东西,不管是好是坏,都不要受到你主观意识的评价的影响。

  我告诉我的学生们——不论他们是从哪一国来的,如果他们想要从素材堆里脱身出来,而且把自己放置在一个全面客观的位置上的话,他们要写出三篇短文——要用自由联想或者自动书写的方式写作,每篇文章不得超过一页或者一页半,目的是全面客观地观察自己的整体素材。

  但在写作这些短文前,你首先需要一口气从头到尾仔细阅读你的剧本,不要有任何干扰,比如要去打个电话或者想去厨房擦洗地板。你不需要任何干扰! 更重要的是,把笔和稿纸全锁在抽屉里面。这是一次练习。

当你阅读剧本时,你将会发现一些情绪上的转变:你读到一个场景时,会感到怎么会有人写出这样笨拙的东西;或者会想到这是我所读到的最坏的东西;或者会看到这些事变和事件是如此荒唐可笑以至于没有人能够相信它们是真的。你会感到彻底的沮丧,但要坚持读下去。于是你会发现你写成的某个场景并不是那么差;随后又看到有些场景写得的确十分奏效。突然你会觉悟到你写的有些场景不过是长了一些并且废话多了一些,你把它稍微删减或者修饰一下就行了。你会感到你在兴高采烈和沮丧难过这两种情绪之间飘来荡去打秋千。这样,在你阅读材料的过程中,你的情绪不断地起伏变化着。

当你读完之后,抽出一些时间来思考一下你的剧本,全面地考察一下你对于这个故事、人物和动作的整体看法。当你开始从头到尾地"巡视"你的故事的发展时,你就应该很好地平衡自己的情绪,而且开始以一种全局的视野来观察部分和整体之间的关系,第一幕、第二幕和第三幕之间的关系。

想一想你所阅读的东西。故事的建置是否正确? 人物之间的关系怎样? 它们可信吗? 人物是不是话太多了,解释的地方是否多了? 第二幕中的冲突和障碍如何? 剧本的结尾是否成功?

你可以随意而为。你想要做什么改变呢?

好好想一想。这就需要从头到尾以人物和动作为主来看看故事。

现在可以开始写这三篇短文了。

第一篇短文,请回答这个问题:到底是什么东西吸引我来写这个剧本呢? 什么样的想法使得我要这样做呢? 是这个人物吸引了我,还是这个人物所处的情境吸引了我呢? 想一想。如果你回到了刚一开始动笔创造一个"楔子"这样的时刻,你就会找到是什么东西吸引自己来写作这个剧本。

然后,在这个自由联想的短文写作过程中,随时把一切首先吸引你的想法、文字以及观念都记下来,不要计较什么语法、拼写或者标点符号,只要把你自己的想法、文字和观念全随意写在纸上。当我这样做时,我只是写下一些支离破碎的东西,只是一些信手写成的东西,没有什么逻辑规则,这只是一个自由联想的过程。只是要尽力抓住并且确定是什么东西这样地吸引了你,使得你有这样一个想法。

第二篇短文,请回答这个问题:当我结束写作时剧本讲述的是个怎样的故事?换言之,我开始是要写出某一种故事的,但最后所写出的东西却完全是另一回事。比如,开始你想写一个法庭惊悚片,结果却出现了很多跟爱情有关的情节场面。或者你开始是写一个有点幽默的正剧,结果成了个介乎正剧和喜剧之间的东西。例如,詹姆斯·L·布鲁克斯在一开始创作《家有娇娃》(*I'll Do Anything*, 1994)时是想写一个音乐喜剧,可是音乐部分不成功。于是他就拿掉了音乐,可是喜剧部分也不行。在写作过程中,时常会是一开始写某个东西,可是却以另外某个东西来结束的。因此,进入你自己所写的故事之中,看看它和你原来的想法有怎样的联系。记住,用一页或者两页的篇幅,自由联想一下。

第三篇短文,回答这个问题:我应该怎样去做才能把我所写成的东西改成我所希望的东西呢?换言之,当初的期望和最后的结果要对等匹配。同样,这还是一个自由联想的方式。你会发现,你必须在第一幕中加强几个场景,也许要增加四五个新的场景;拿掉一些场景;要早一点儿开始建置和建立戏剧性前提。你应该怎样做才能改变你的素材使之成为你所期望的东西呢?你也许要集中注意你的人物,也许要创造更多的次要情节。无论它是什么,你所需要做的就是进行一些修改。

也许你已经写成的东西比你一开始想写的东西好一些。那就好办了。但是你还是要回到第一幕和第二幕的前半部分,以更多的戏剧性效果来建置你的故事。

重要的是,你必须头脑清醒,明白你自己所写成的东西,而且知道如何处理它。这三篇自由联想的短文所完成的工作就是这些。埃尔文·萨金特[《普通人》(*Ordinary People*, 1980)、《朱莉娅》(*Julia*, 1977)、《情挑六月花》(*White Palace*, 1990)等电影剧本的作者]曾经这样形容这个过程:"关掉灯,闭上眼,写下你手指头想说的话。要自由一些,尽量做到你能够达到的自由程度。不要有意识地去寻找感觉,感觉会自己出来的。对此要有信心。感觉是一切虚妄事情的核心,它无从确定什么事情,可是又和所有的事情相关。这样,表面虚假的东西消失了,而真理就会出现。此后,当你打开灯光时,你就会像发现金矿一样发现了它,那些泥土都不见了,你会发现至少一块或者两块金子在那里闪闪发光。闭上你的眼睛,然后下笔……"

一旦你鉴别出问题,处理问题最好的办法就是依照一个戏剧行动的某个具体场景或者动作单位来逐个解决。每一幕都是一个隔离的、独立的并且和整体相连的部分。第一幕是一个整体,因为它从头开始直到情节点Ⅰ的结尾为止,被安放在一个被称为建置的戏剧性情境之内。

第二幕的前半部分从第二幕开头到中间点为止,被安放在一个被称为动作线的戏剧性情境之中。第二幕的后半部分从中间点的结束开始到第二幕结尾处的情节点Ⅱ的结尾为止,也被安放在这个被称为动作线的戏剧性情境之中。而第三幕是戏剧性动作的一个单位,它从第三幕开头开始到电影剧本的最后结尾为止,被固定在一个被称为结局的戏剧性情境之中。

请看下面的这个示例:

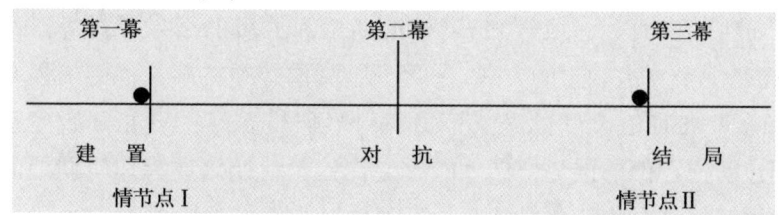

每一幕都是戏剧性动作的一个分离的、完整的单位,它们都和情节、人物、结构相关联。因为每个单元既是一个整体也是一个部分,所以它就提供给你们一个处理任何问题的理想的工具,无论你的问题涉及到情节、人物,还是结构。

那么,问题是什么;而它又在哪里呢?

在第一幕里面吗? 如果是,那就到第一幕中寻找:把第一幕当成戏剧性动作的一个独立的、分离的单元,同时也是整体的一个部分。请参看下面的示例:

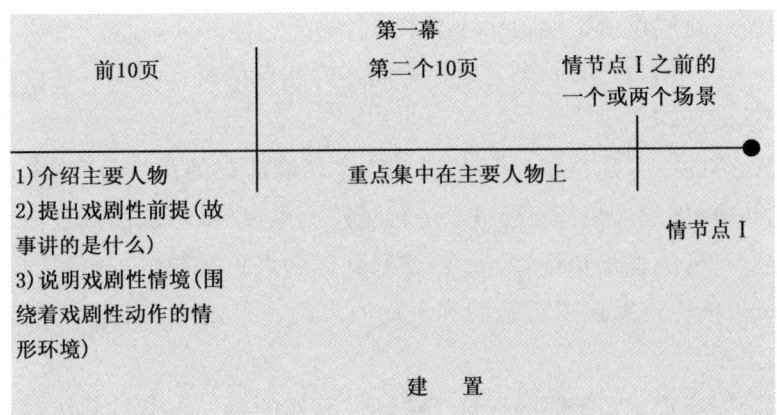

既然第一幕的内容是建置,那你如何通过人物和动作来建置你的故事呢?你的剧本中是以动作作为推动力呢,还是以人物作为推动力?如果你用一个动作场面来开始,那么它是否充分实现了它的戏剧性作用呢?它是什么样的一个段落呢?是一个谋杀的场面吗,如同影片《玉焰》(*Jade*,1995,乔·埃泽特哈斯编剧)那样?或者是像影片《恋爱编织梦》(*How to Make an American Quilt*,1995)那样的,以人物作为推动力的场景或段落?还是如同影片《阿波罗13号》(*Apollo 13*,1995)那样,是动作和人物两方面的结合?

如果你已经确定问题出在前10页之中,你也许就需要重新考虑和重新设计这前10页的戏剧性动作单元了。在这里你要介绍主要人物、说明戏剧性前提、建立戏剧性环境以及围绕戏剧性动作的戏剧情境。动作是否足够强而有力,人物是否被表现出来了?如何做到这些?是通过一个动作还是通过对白?在影片《与狼共舞》之中,迈克尔·布莱克表现约翰·邓巴(凯文·科斯特纳饰)挣扎着从手术台上脱身出来——他要进行截肢手术。但是邓巴表现出一种超常的勇气和毅力,他忍着巨痛穿上靴子。一个很简单的动作,加上少许对话,就向我们显示出正是这个人物的性格(坚强而且果断)引导着邓巴去探索西部边陲,促使他实现在当地的转变。我们通过他的行为看到他的性格。正如在前面提出来的那样,电影就是行为。

就像本书一再强调的那样,在一个电影剧本中,每一件事情都要联结着其他每件事情。如果你已经开始去重新确定或者重新结构前10页的故事线和戏剧性前提,你就要了解你所做出的这些改动——诸如明确和加强动作和对白——这些都会影响到你的剧本中的另外一些部分。

每一个作用力都有一个力量相等而方向相反的反作用力。这就是牛顿的第三运动定律。

无论你的故事是关于一个人陷入特殊环境的束缚之中,还是表现一种内心的斗争,你的人物都将要进入一种情感的旅途,最后的高潮是他或者她将会改变自己的思维和行为。你可能感到你的人物需要进行更好的阐释和表现,所以你也许发现要重新回到人物原来的背景之中去确定或重新确定他们的关系。

你必须花费一定的时间在这个戏剧性动作的单元内通过动作和人物来建置你的故事线的基础。

如果你感到第一幕中的素材所传达的节奏太慢了,或者视觉表现不够充分,请检查一下你的外在处境,看看这里面是否存在能充分展开视觉表现力的地方?你的人物是否说得过多或者解释得过多了?太多的对白会使得动作减慢,除非是故事和环境相互冲突时。比如在影片《低俗小说》(*Pulp Fiction*,1994)中,主要人物塞缪尔·杰克逊经常从圣经中引经据典,甚至到了有些滑稽的地步。然后我们发现他是一个职业杀手。他能够背诵圣经中的字句,同时又扣动扳机杀人。正是人物的这种矛盾性格使得这个电影剧本如此奏效,这就是塔伦蒂诺是一位天才的电影创作者的原因所在。

如果你的问题是在第二个 10 页之中,而且你把注意力集中在主要人物身上,那么这些内容是否是以推动故事向前发展直到情节点 I 的方式来同时揭示人物的关系呢?

如果你感到人物关系单薄了一些,或者你又引介了一个或更多人物的话,你就应该通过写出一至两页的每个人物的背景来重新确定人物之间的关系。这样的练习会使得你电影剧本中的人物的性格更有深度,人物之间的关系也更加丰富饱满,因为现在你以一种新的视点来理解这些人物,其结果是更为新颖和深刻。

也许你想通过在主要人物之间插入一个新的人物来创造两条视觉动作线。一旦你同时操作两条戏剧动作线,就可能会削弱故事的锋芒。记住把重点集中在人物身上。如果没这样做,而这个一开始的戏剧性动作太薄弱了的话，你就应该去掉几个次要人物，而把注意力集中在主要人物身上。你的故事要永远朝向情节点 I 发展，所以任何那些没有起到推动故事向前发展作用的东西，都要砍掉或者重写。当你在写一个电影剧本时，要狠心一些，特别是在你解决问题的过程中，即使有时你觉得你正在把自己所写的最好的东西砍掉。

记住，你所做的一切都是为了更好地运用素材。

你是否在第一幕即将结束时建置了一个情节点呢？你是否尽自己的最大能力使得这个情节点奏效了呢？它有作用吗？你很清楚它是什么样子吗？如果不清楚，你就要让自己弄得清楚些，这样你就可以将它建置起来而且让它更有戏剧效果。无论它是一个动作段落，还是某个人物的决定，或者是一个地点位置的变化，情节点 I 是你的故事的真正起点。这就是为什么你必须花费这么多时间来认真写作第一幕。你必须完完全全地清楚剧中人物是谁，故事线是什么，而且使它顺利发展。这样你就能够进入第二幕的前半部分，走向你从第一个场景就建置起来的故事的高潮。

很多剧作者们在解决问题的过程中要重新改写第一幕内容的 80% 到 85%，这一点也不奇怪。他们或者是使对白更为简练突出，或者是写出一些新的场景使得动作的焦点更鲜明，只保留原稿中很少的几个场景。第一幕最重要的是要确定是否提供了足够的视觉和情绪上的信息。如果你需要进行大幅的改写才能解决第一幕中的某个特殊的问题，那就重新考虑一下整个这个戏剧性动作单元：拿出一些 3×5 英寸的卡片，用 14 张卡片重新结构一下故事线；以每个场景使用一张卡片的方式——虽然在你动笔写作时会感到有些抵触。

如果你感到在第二幕之间有问题，你就需要经过同样一个程序。你必须首先鉴别问题，然后在你真正进入解决问题的阶段之前，你必须要在这个故事线上的某一个正确的结构框架上来确定这个问题的位置。

首先，你观察到的这个问题到底在什么地方？是在第二幕的前半部分，还是在后半部分？如果这个问题在第二幕的前半部分，那么它在什么地方呢？是在情节点 I 和紧要关头 I 之间，还是在紧要关头 I 和中间点之间呢？

如果问题是在第二幕的后半部分的话,那么它是在中间点和紧要关头Ⅱ之间,还是在紧要关头Ⅱ和情节点Ⅱ之间呢?

当你已经区分和确定了这个问题之后,你需要特别锁定自己的视野,以便有能力去设计一个解决问题的办法。找到问题出现的准确位置是非常重要的。因为只有这样你才能够从一个全面的结构的角度来处理它,才能找到并确定导致问题产生的戏剧性元素。当你开始如此分解问题的时候,你就会很清楚地看出你需要如何去做才能解决它。

记住,第二幕是一个戏剧性动作的单元,其篇幅大约有60页长,它从第一幕结尾处的情节点Ⅰ的结束开始一直发展到情节点Ⅱ的结尾处,被安放在一个被称为对抗的戏剧性情境之中。中间点把整个第二幕一劈为二分成两个基本部分:即第二幕的前半部分和第二幕的后半部分。

它看起来像是这个样子:

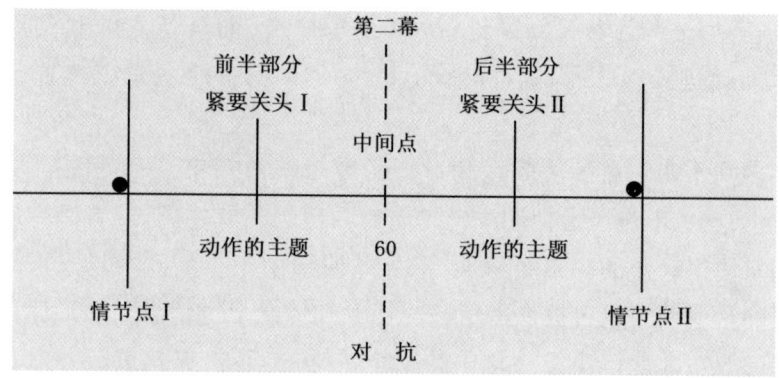

进入第二幕前半部分最好的方法就是你自己要确信是从人物的戏剧性需求入手来进入故事线的。你的主要人物在你的电影剧本中的行动过程之中希望赢取、获得、取得或者达到什么目标?在第二幕之中驱动人物不断努力的东西又是什么呢?你必须有能力在整个电影剧本前后的来龙去脉之中回答所有这些问题。

第二幕前半部分的动作主题是什么?你自己要很明确这一点。它产生于你的人物的戏剧性需求。如果第二幕前半部分的动作主题正如影片《与狼共舞》那样是探索边陲,那你就能够对这种需求设置出种种障碍。这样你的故事就会是你的主要人物如何克服了种种障碍而实现了他或者她的戏剧性需求。

约翰·邓巴到了边陲的第一件事情就是清理塞吉威克要塞,一完成这件事,他就开始了对这块土地的探索和适应。他开始同印第安族人建立关系,而正是从这点开始发展和扩大了故事线。这就是他的探索发现的征途。

如果你的问题涉及到了主要人物,他也许话太多了因而减慢了他的动作;或者你对于这个人物的注意也许太狭隘太局促了(比方说,在你的场景设置中,是否总是一个内景接着一个内景呢?)——所以,你需要从视觉上开发这个动作,使用不同的场景和地点。

解决问题就意味着你有能力在电影剧本的某个特定的方位上寻找出问题的所在,然后开始通过修改一些场景或者重新写一些新的场景来进行处理。在很多情况下,你会发现你希望用一个视觉动作来替代那些冗长对白,可以只用少许对白就能揭示出人物性格。这样你就能一直使得你的故事顺利向前推进,在每个场景之间、每个情节片断之间搭建一座时间和动作相互协调的桥梁。(第十一章将再详论及此。)

紧要关头Ⅰ、中间点、紧要关头Ⅱ和情节点Ⅱ等这些结构故事的关键要素把第二幕的动作紧紧地安放在特定的位置上,这样它就可以在故事前后的来龙去脉之中被清楚地确定和识别出来。在这样的过程中,你需要做出一个选择:你需要开发这个动作以使得它更加视觉化吗?或者你能否规整一下对白,使它更奏效。要牢记:你的每个场景或者每个段落的目的是推动故事向前发展或者是揭示人物的某些信息。

你需要做些什么呢?把一切都写下来。你也许想把整个第二幕的前半部分用14张卡片排列出来,而第7张卡片就是紧要关头Ⅰ。也许你想要回到你的人物的生活之中,重新简要地确定人物关系——写一至两页的有关这个人物的职业生活、个人生活和私生活的自由联想短文,看看这里是否有什么东西你能够加进来,从而丰富并拓展一下你的电影剧本的内容。

这个原则也同样适用于第二幕的后半部分,无论你的问题是什么,无论它涉及情节、人物,还是结构,先从这个示例中找出问题的位置。它在哪里?是在中间点和紧要关头Ⅱ之间,还是在紧要关头Ⅱ和情节点Ⅱ之间呢?一旦你明确问题的所在,你就可以从戏剧性动作的某个特殊的单元角度去处理它。首先,要清楚第二幕后半部分的动作的主题是什么。问题出现在什么特定的地方呢？然后把它放置在故事的结构发展线上去分解它，看看是什么事件导致出现了这个问题呢？你需要做些什么才能重新结构这些素材呢？如果需要的话，同样把你的故事动作线用14张卡片排列出来，然后如同你在前面处理第二幕前半部分的问题过程那样进行解决。

对于第三幕也同样可以按上面提到的步骤来处理：

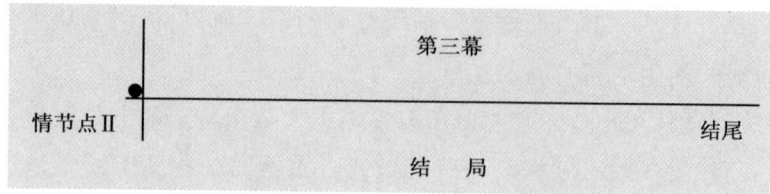

在第三幕之中问题出现在哪里呢？它涉及这个故事的结局吗？或者这个结尾太单薄一些，或太短了一些，或人为痕迹太重，或太显而易见了？你需要去丰富和拓展第三幕中的动作以便更为有效地建置这个结局吗？你的结尾是什么呢？如果是这些情况的话，你就要重新回到你的第三幕的结构之中，要重新建构动作使得它能够更为奏效地来结束整个故事。同样，这就意味着你需要写一些新的场景，同时对于其他部分进行加工润色，甚至改变视角等——一切要根据具体问题而定。

这个结尾可信吗？是不是太快了一些？或者你需要增加些什么？有时你可能需要重新创造出一个新的结尾来更好地为动作画个圆满的句号。在电影制作过程中找出一个新的结尾是很经常的事情。不仅仅是好莱坞的电影实践会时常为了适应观众来安排一个独特的结尾，全球范围所有的电影行业都时常这样去做。一个结尾有时奏效，有时也不奏效。它要么很好地解决了故事线的发展，要么没有。而且有时连你自己都不知道它是否有效，除非等到你完成了整个剧本之后。

要记住的最重要的一点就是：解决问题的过程是一致的，无论它是些什么问题，无论它涉及到的是情节、人物，还是结构。

每一个戏剧性动作单元都可以有效地分解成一个个组成部分，从而适当地进行改写和重新结构，这就为我们在解决问题的过程中提供了一个坚实的基础。

Part 1
一些常见问题

《一天》（*One Day*, 2011）

Chapter 5
废话滔滔

TALKING HEADS

最近我在里约热内卢指导了一个电影剧本讲习班。由各国的政府文化艺术部门专门挑选的来自巴西、阿根廷、乌拉圭、委内瑞拉和智利等国的电影剧作者参加了学习。大家都集中在里约热内卢参加这个为期三个星期的进修班。

时间安排紧凑。我们每天见面四个小时,一星期上六天课。第一个星期我们花费在准备材料上,第二和第三个星期我们以每天10页的速度进行写作。有时更多一些。

这是很困难的。我告诉他们,他们所需要的唯一的东西,就是他们所没有的东西——时间。他们没有足够的时间去完成他们的故事,去润色他们的人物;他们能够做到的唯一一件事就是写作,把脑子里面所涌现出来的一切主意、文字和想法写下来。这样他们就能不顾头脑里的任何阻碍和限制,而使得创造性的自我充分体现出来并且引导着他们进入电影剧本写作的过程。

他们当中有说葡萄牙语的,有说西班牙语的,有说英语的,但语言不是什么障碍。每个作者都可以用自己的语言进行写作,写好之后再翻译成为英语。每个人都根据自己的语言来阅读材料。

我与拉丁美洲作者相处的经验更确证了我在其他各地旅游和举办进修班所知道的信息:即无论你在世界的什么地方,你讲什么语言,或者来自什么文化背景,电影剧本写作的语言和语法都是相同的——无论是在巴黎还是北京,里约热内卢还是墨西哥城,东京又或者好莱坞。写作就是写作。

电影剧作者处理他们的材料的方法可能不太一致,如在欧洲和美国的情形就不一样,但是其中出现的问题大致一样。欧洲的剧作者和拉丁美洲的剧作者处理他们的材料的方法大致相同。欧洲作者有一种历史的和文化的传统,而且他们是在强调一种观念或思想的基础上来处理自己的材料。这种传统是从15世纪开始,在所有的学院中形成并且继承和延续下来的。

这种处理方式今天依然很普遍。欧洲和拉美的剧作者们从故事的思想出发来处理电影剧本。正是这个主题推动着故事向前进、把它戏剧化、使它成为一种视觉的隐喻。电影制作者们接过这个主题,再把它戏剧化。请看一下伟大的电影导演克日什托夫·基耶斯洛夫斯基的三部曲《红色》《白色》《蓝色》。每一个故事里面都包含着一个确定的主题,比如公平。而这个主题可以通过你的视觉、人物的情绪以及服装道具和地域色彩识别出来,色彩反映出概念、主题,而且成为每个故事的重要组成部分。

最近,我有机会看到了米开朗基罗·安东尼奥尼的新片《云上的日子》(*Beyond the Clouds*,1995)。影片一开始的画面就是约翰·马尔科维奇在高高飞行于云层之间的飞机里面告诉我们他是一位导演,一位生活的观察者。然后,我们跟随他观察这部电影作品的四个完全不同的段落,并且在观察人物们的行为举止时听到他所做出的一些评价。

这部电影背后的主题是"寻找爱情"。紧扣这个主题,我们观察到了四种不同的人际关系。在第一个段落里面,一位姑娘想通过"言语"来寻找某种关系。正是这种"爱的言语"对于她才十分重要。在第二个段落中,这位导演陷入爱河之中,他爱上了一位寻找着"热烈的爱情"的异国情调美女。第三个段落讲的是一段维持多年的婚姻受到了威胁:丈夫爱上了一位美丽的女人,而结果是妻子离开了他去寻找她的丈夫从来未曾给予她的爱情。最后一个段落是一位年轻人追随着一位前往教堂的年轻姑娘,他一直等着她做完弥撒,然后了解到她"害怕生活",打算第二天就去修道院当修女。

每个人都在寻找爱情。也正是这个主题驱使着故事向前发展。把这个主题戏剧化之后就创造出了一个结构。

以维姆·文德斯的电影《柏林苍穹下》(*Der Himmel über Berlin*,1987,彼得·汉德克编剧)为例,电影剧作者从一个理性化了的主题出发,并为它穿上了一件戏剧化的外衣。故事讲的是一位天使[布鲁诺·甘茨(Bruno Ganz)饰],他一心想要知道当人的滋味。文德斯给我们展示了真正的人类走过的道路。在开始的一系列镜头中我们看到和听到人们的意识流,如同观看游行队伍在我们眼前经过。男女老少,我们目睹他们的思想、他们的希望和恐惧、他们的忧虑、他们的梦想。这是一个奇妙的开端。最后,这位天使下凡变成了一个人。我们跟随着他开始走过人生的道路,其中充满了爱、欢乐和忧愁。

但是在美国我们处理电影剧本的方法是不同的。在这里,电影剧作者先从一个想法开始,然后循着这个想法,把它塑造成为一个故事,用一条戏剧性的故事线来装饰它。

其间的区别是什么呢?

不妨看看《恋爱编织梦》。它讲的是一个有关人际关系脆弱的本质、对于承担义务的恐惧、母亲和女儿之间的关系的故事。从故事中我们了解到一起参加被子绗缝联谊会的女人们的生活。但是故事集中表现的是芬(薇诺娜·赖德饰)和她的未婚夫山姆的关系。我们见证了她的怀疑和情感,同时通过她我们又看到了其他女人的故事。这些女人组合在一起就如同那张为了芬的婚礼而制作的"爱的棉被"一样。就是这样一个故事,有开端、中段和结尾。在结尾时她的关系终于有了结局,她和山姆走到了一起。最后一个画面是结婚后的新人在夜幕中弯身进入了山姆的大众牌汽车。其中有建置、对抗、结局,开端、中段、结尾。

这里是故事驱动着电影发展,而不是人物关系当中所承担的某个主题。

几年之前我看过一部法国人拍摄的短片。说的是一个人走进了巴黎的香榭丽舍大道上的一家麦当劳快餐店。他要了一大包炸薯条。他在餐馆中找到一个显眼的地方,然后突然把薯条到处乱抛:扔在人们身上、墙上、地板上,到处都是。人们生气了(这是一个严肃喜剧)。很多顾客批评责怪他,可他一点不顾并且依然乱扔。警察来了,向他发出警告。

但当警察走后,这个人继续他的闹剧,到处扔薯条。不一会,整个餐馆就闹翻了天，人们乱了套。在闹哄哄的高潮中，这个家伙拿出了照相机，开始拍摄。他一张又一张地拍摄。然后镜头切换到巴黎的一家画廊中的摄影展览。展出的大幅照片的主题就是那些在餐馆乱了套的人们。这时，我们才明白原来那个人是一位颇有声望的现代派艺术家；而当初在麦当劳餐馆数落他的那些人物，现在却掏腰包来买这些被称之为艺术品的照片。

艺术就是自由表达。这就是影片后面的主题，而这个主题被戏剧化了。

欧洲的电影剧作者选择了一个主题，而且把它戏剧化了。美国的电影剧作者选择一个主题会把它编进一个故事里面来加以戏剧化。如果我们接受这个艺术就是自由表达的主题，我们就会创作一个故事。这样我们就要寻找一种视觉的隐喻，一种视觉的场所，去揭示我们的人物：这位艺术家为一个新的艺术形式、一种新的表达方式而努力奋斗。

谁是这个艺术家？他的生活经历如何？他生活中的各种关系是怎样的？他的事业在哪里？他和艺术的关系怎样？他的朋友和他的家庭分别什么样？他是否功成名就？

这些问题都必须有答案，才能创作出一个故事。我们要这些信息，要这些问题的答案（写作就是一种提出正确的问题的真正能力），这样我们才能把这个主题结构在一条故事线里面。在第一幕我们要建置这个艺术家的生活经历：表现出他是谁，他的职业是什么。在第一幕结尾处的情节点Ⅰ要有一个特殊的事件或事变，它最后要表现出这位艺术家为了生存下去，必须改变自己的艺术表达方式，寻找一种新的形式，也许甚至是新的媒介。我们还要建置出他生活中的一个艰难阶段。

第二幕要集中表现他如何奋斗去创造一种新的艺术形式，而所有他所经历的这些冲突、困难都影响到了他的职业生活、个人生活以及私生活。逐渐地我们看到他开始培养起那些全新的表达形式。然后，在情节点Ⅱ他发现了自己必须要做的事情，由此引出一种新颖的环境和表演相融合的艺术形式。

第三幕表现他如何在麦当劳餐馆内实践他的新的"艺术形式"。这就是原来那个法国短片的全部内容。

艺术就是自由表达——我们从法国人那里接受了这个欧洲的主题，然后考虑如何以一种美国人的视野来拍摄出这部影片。

有一点需要强调指出:那就是无论是欧洲的、拉丁美洲的还是美国的电影,电影剧本写作的问题都是一样的。不论这个剧本是用什么语言或者是在什么样的文化背景下写作出来的。

一个剧本是一个用画面讲述的故事。当你只是用言辞而不是画面来讲故事时,你的剧本就一定会出现问题。

这看起来很明确,但是我有过种种的经验:同我一起工作的一些剧作者们忘记了一个电影剧本就是一个由画面讲述的故事。他们感到如果人物可以解释他们的独特的思想、感情或情绪,故事线就可以通过对白而不是动作向前发展。通过言辞,而不是通过画面。他们认为由于人物讲述了很多,于是就有了内涵和立体层次。但是,事实是,我们必须看到人物在某个特定的环境之中,而这个情境会揭示出他或她的个性,无论是何种冲突或障碍,是某种内在的、情绪的东西,还是外在的、物质性的东西。

为什么这个如此重要和独特呢?

因为我们所处的历史阶段正在经历着一场重要的通讯和交流革命。电影剧本作为一种形式已经是彻底地变化了。电影是一种艺术和科技的交合体。它是一种匠艺——有赖于科学技术的发展和进步。现在很多时候当电影剧作者创作出什么东西,科学界就得创造出某种技术使剧本里描绘的事情得以发生。比如《终结者2》(*Terminator 2: Judgment Day*, 1991),当电影剧本完成之后,影片的特效还没有创造出来呢! 他们只希望这种特技效果能够有效,而实际上果然有效。而且由于这种科技发展,使得电影艺术向更为"逼真"大步跃进。

如果没有这种为影片《终结者2》而发明的电脑图像技术,我们就不可能看到在《侏罗纪公园》(*Jurassic Park*, 1993,大卫·凯普编剧)中的那些惊人的场面,或者是《阿甘正传》(*Forrest Gump*, 1994,艾瑞克·罗斯编剧)中的特殊效果,或者目前充斥在电视荧屏上的种种令人眩晕的商业广告。

九十年代的电脑技术已经飞速发展,形成一场全球性的革命。网络通讯、网站、联机系统遍布全世界。在我写作这本书时(即1997年),在北美地区就有5000万人上网。《华尔街日报》报道说在今后一个短时期内,使用国际互联网的人数会两倍地或者四倍地增长。

这仅仅是开始。世界各地的人们都在把网络当作他们日常生活中收集新闻的手段,而且它也确实改变了全球范围内的人们相互交流的方式。这场革命也彻底地改变了我们观察事物的方式。现在这个时刻,我们进入了视觉社会,而不再只依靠文字了,近五十年来是一个大转变。我们现在不再从书写的文字世界中获得新闻、信息或意见,我们从CNN、地区电视台或者网站上获得这些信息。我们利用CD盘或录像来欣赏音乐节目。最近一项调查研究表明,人们每天要花费三个多小时来观看电视,周末用的时间更多;我们的孩子们不到六岁就会使用电脑,有很多时候是孩子们教我们如何使用电脑。

这种科技和艺术的进步正在创造出一种新的电影语言,那就是更多地使用视觉化的方式来在银幕上讲述故事。电影语言越来越视觉化,而剧本中出现的一页又一页的冗长对白,现在被认为是"废话滔滔"。两个人物在办公室或餐馆里面交谈,相互解释,这样的场景现在很少奏效了。

这个问题好像是目前电影剧本写作中最为普遍的问题了。一次又一次,在一个国家又一个国家里,很多故事是由对白而不是动作揭示出来的。人物说来说去,只能使得故事单调而令人乏味,通过被解释出来的事件来推动故事发展。

废话滔滔!

这不是电影剧本写作,而是舞台剧的写作。所有电影剧本写作的最核心的部分就是要寻找一个所在:在那里沉默要比言辞好得多! 寻找出一种恰当的视觉化的场所或形象来讲述一个故事。

今天的电影更多趋向于视觉化,人物的情感是通过人物的动作或者反应来表现的。"什么是人物呢? 就是对于事件所做的决定。"亨利·詹姆斯说,"什么又是事件呢? 就是对于人物的阐释。"

人们对于故事中的偶然事件和情境的反应就告诉我们他们是谁了。换言之,他们做什么就代表了他们是什么样的人。

当我第一次看《阿甘正传》时,我感到这是一部话说得太多了的影片。故事的绝大部分是通过对白和旁白来讲述的。第一幕揭示了阿甘是谁,而且,通过他的画外音,我们知道了一些需要了解的事情。但是,这里的对白和画面不是相互抵触的,它们相互补充。阿甘告诉我们他穿着"矫正腿架",因为他的脊椎骨有些弯曲,而戴上矫正架就能够使得他"象箭一样挺直"。乍一看,阿甘有些木呆呆的,甚至有点傻,正如他的智商测验所呈现的那样。但是他引用他妈妈的话说:"蠢人自有蠢办法。"从表面上看,很多人会认为他是某种拖后腿的人,是在生活的海洋中挣扎的"一个跛子"。而从他戴的矫正架,我们看出他的确是"一个跛子",肉体上的残废者。但当他被人欺负追赶而逃命时,他的跛子的形象粉碎了。这里面,旁白和对白相互补充,而这种技巧使得这部电影避免了"废话滔滔"、单调和伤感等毛病。阿甘是一位追逐梦想的人,而且又能够实现这些梦想。

后来,他的行为揭示出另外一些事:阿甘绝不是"一个跛子"。虽然语言、影像、动作各不相同,但它们相互补充,从而使得故事向前发展。

影片《恋爱编织梦》(简·安德森编剧)也一样,在整个故事展开之前,我们需要知道谁是主要人物。这样芬讲述她的幼年故事就揭开了影片的序幕,她告诉我们她和她的母亲、祖母以及其他那些共同缝制棉被的朋友们的关系。随后,一个很漂亮的切入镜头就引进现在的情况,以视觉化的方式告诉我们她的问题是什么:她和男友山姆的关系,以及她如何担心结婚;她告诉我们她很难完成任何事情;她的硕士论文写了三次,因为每一次她即将完成时,她就转到另外一个主题重新开始。这一点,就像她的妈妈与她生活中的那些男人的关系一样。对于芬来讲,这种对于承诺的恐惧驱动着她的故事向前发展。在结尾时,她学会了随心而行,当她被指引走向山姆时,她明白并接受了事实:这个男人是她的真正的命运伴侣。这两部电影都是对于人物的研究。但是,要揭示人物是谁和他们面前的障碍是什么,我们必须通过他们的行动以及他们的言谈来观察他们到底是谁。

不是通过滔滔的废话!

如果你认为你的故事是用语言讲述的,而且问题就在这里,你不妨寻找一些场景和环境去展现你的人物的行为。在影片《末路狂花》中,一开始就是主要人物在整理行装准备到山里去度两天假。塞尔玛是这样装箱的:她把东西摊得遍地都是,然后抓过一些胡乱扔进手提箱里。她又打开梳妆台的抽屉,把里面的东西一下子就倒进箱子里面。接着她又拉开一个抽屉,把一些衣服扔进已经装得很满的箱子里。从中我们看出,这就是她的生活方式。

路易丝整理行装的方式与她大不相同:她们要去度两天的假,所以她挑选了两条内裤、两条裤子、两个乳罩、一条浴巾、两件毛衣、两双短袜,又扔进一双袜子作为备用,然后关上箱子。接着她又把一尘不染的厨房洗涤槽里的一只玻璃杯冲洗并擦干净后才离开家。

塞尔玛和路易丝之间的差异就像是夜晚和白天、一个苹果和一个桔子的差异一样。从她们两人装行李箱这个简单的动作,我们就可以获得很多有关这两个人物的信息:一位大大咧咧,一位精心细致,而这正好反映出这两个女人对于她们生活中的男性的不同态度。塞尔玛在 17 岁时就和达里尔结婚了,而和这个男人白头到老并不是件让人愉快的事情。路易丝说的好:"你这是自作自受!"

路易丝不想走塞尔玛的老路。而实际上正是路易丝在感情上的决定促使了《末路狂花》整个故事向前发展。在背景故事中我们知道路易丝的男朋友吉米,一个音乐家,出走了足有三个星期,可还没有给路易丝打过一个电话。路易丝生气了,决定"扯平一下";当知道吉米快回来后,路易丝就计划好那时不在家。她不会对他逆来顺受的,正是这样的决定建置了整个故事。路易丝这样和命运对着干的决心使得她后来坚决杀死企图强奸塞尔玛的坏蛋——这就是情节点Ⅰ。

这样,就在故事和人物的情境之间,一个简单的对于打包行李的视觉展现起到了比对白更能揭示信息的作用。

不要让你的人物来讲述他们的处境,而是让他们以更为视觉化的方式——即以自己的行动——来揭示故事线。动作就是人物。一个人的所为就是这个人自己。电影就是行为。

有的时候,你的人物需要表白而且滔滔不绝。没有关系,你看一下影片《低俗小说》。整个故事基本上全是对白,一个长长的对白场景引出了又一个对白场景。与众不同的是对白的质量。塔伦蒂诺确实是一位能够把握人物的怪僻性格和行为的好手。比如电影中的两个人物朱尔斯和文森特的一段关于麦当劳快餐店的讨论:

文森特：在阿姆斯特丹，你能在电影院里买啤酒。我不是说用纸杯装的那种。他们给你玻璃杯，像在啤酒吧里那样。在巴黎你还可以在麦当劳快餐店里买啤酒。哎，你知道在巴黎他们管1/4磅奶酪汉堡叫什么？

朱尔斯：不叫1/4磅奶酪汉堡吗？

文森特：不，他们使用的是公斤制，他们根本不懂什么是他妈的1/4磅。

朱尔斯：他们叫什么呢？

文森特：大奶酪汉堡。

朱尔斯：(重复)大奶酪汉堡。那他们管巨无霸叫什么呢？

文森特：巨无霸就叫巨无霸，不过他们叫"那种巨无霸"。

朱尔斯：他们管超级汉堡王叫什么呢？

文森特：我不知道，我没有去过他们的汉堡王店。可你知道，在荷兰，那里的人不往炸薯条上搁番茄酱搁什么东西吗？

朱尔斯：什么东西？

文森特：蛋黄酱。

朱尔斯：真他妈的蠢！

文森特：我看见他们这么吃。我是讲，他们不是在盘子边上放一点，他们把薯条他妈的倒进去和着吃。

朱尔斯：哇塞！

在这场戏结尾时，我们看到他们打开汽车的后备箱从中取出一些武器。我们一下子明白了这两个家伙原来是正要去杀人的杀手。正是两个人闲聊生活琐事和职业杀手身份之间的这种鲜明的对比使得这场戏非常吸引人而且有力量。这就是剧作者塔伦蒂诺的绝妙之处。

利用你的人物的对白来解释人物并且推动故事向前发展是件很容易做的事情。但是一个好的电影剧本绝不是"废话滔滔"的，它是用画面、对白和描写所讲述的故事，而且放置在一个戏剧化了的情境结构之中。

它是通过动作来视觉化地揭示一切的那种境界！

Chapter 6
恍惚、失落和困惑
DAZED, LOST, AND CONFUSED

  在电影剧本写作的过程中，会有一些时刻，当你正沉浸在感情和情绪的漩涡之中时，突然被一些阻碍和困惑的疑云所笼罩，好像到了山穷水尽疑无路的地步。

  很多作者，包括我自己，试图无视这种感受，把它放置一旁，藏在地毯下面。但是我们越是想不理它，只当它根本不存在，虚张声势不在乎它，我们就越意识到束手无策，在自己的创作迷宫中迷失了方向。

  这时候我们有种"撞墙"的感觉。几乎所有的作者都或多或少有过这样的碰壁或者被绊住的经历，而且都试图去冲破它。有时成功，有时失败。

  当然失败的时候多。而且不论你是处在写作的什么阶段——是刚开始写头一个字，还是改写阶段——它都会搞乱你的写作程序。我们时常以不同的方法来对待这个问题，也许会突然想找一些别的什么事情去做，如打扫厨房、逛逛商场、去洗刷盘子或者去看电影什么的。

  总而言之，故事的有些部分会比其他部分难写一些。而且有些场景要比其他场景多花一些工夫。但是，在经历了这些难写部分的痛苦以及与自己的这些想法和感受进行抗争的几天后，你对自己作为剧作者能力的怀疑开始浮上心头。你也许会发现你想得太多了，同时会不断问自己这样的问题：我正在做什么呢？我如何才能回到正常的轨道上？我很困惑我自己是否进入了作者的阻滞阶段呢？你会质疑自己的才华和能力是否能胜任剧本写作的工作。

此后，有一天早晨，你起床之后，突然感觉到一阵沉重的眩晕压着你，脖颈也像围上一个疑虑的颈环。这种情绪就这样纠缠着你，你也不知道自己正在做什么。终于，你承认了你不知道如何帮助你自己了，不知道该往何处去。唯一一件清楚的事，就是你知道自己已经进入一种恍惚、失落和困惑的境地了。

欢迎你来到电影剧本写作的世界。

这是使无论何地的电影剧作者们都会产生恐惧的常见的问题之一。

在我最近的一个写作进修班中，一天晚上，一位学生走进教室，脸上带着过度疲惫以及备受折磨的神情。当我问她出什么事了，她的眼睛噙满了泪水，而且很严肃地说："我不知道我该向何处去，我彻底迷失了方向，我困惑极了，而且写出的东西都是垃圾！除了废话，就是废话。我只会在原地打圈圈，而不知道该做些什么。我真难过，我只会哭了！"

这是一个普遍的问题。如何从中解脱，每个人与每个人、每个剧本和每个剧本都不相同，但是要做的第一件事就是要承认你出问题了。而且，除非你去迎面对付，否则它自己是不会走开的。我们的生活中都会遭遇这样一个事实。

我这个学生出现的情况是她太沉溺于自己的素材，以至于看得不清楚了。所以我让她做的第一件事就是停止写作。当你处在这样的困难关头，你会淹没其中而且十分沮丧，所以你能做的事情就是重新组织素材。就此暂停写作，请关上你的电脑，放下笔、稿纸、打字机、录音机等所有你用来写作的工具。花费一些时间来思索你的故事：你的故事要讲的是什么？你的主要人物的戏剧性需求是什么？你想如何去理顺这个故事线呢？这些问题的答案就是使你重新踏回原来正常轨道的关键。

我的学生讲的是有四位姐妹在她们的祖父去世之后重新团聚的故事。在他的遗嘱里，他留给她们一所湖滨的房子，她们曾经在这儿度过童年。主要人物在许多年前离开了这个南方的小镇去纽约市寻找发展事业的机会。在那个城市中她曾有过许多成功的经历，但是，当这个故事开始时，她已经工作很多年的公司刚好被一家大的公司吞并。她被通知她所在的部门要重组,这样会影响到她的位置。故事的背景就是这样。当故事开始时,她正在为自己的未来、自己的计划和自己的处境忐忑不安。

当她重返镇子时,这个时刻对于她,是一个情感上的自我调整的时刻,是一个重新理清自己的生活以及重新协调和其他三姐妹的关系的时刻。过去和现在搅合在一起了,她身处其中,现在她必须要找一个出口爬出来。这是一个很戏剧性和情绪性的情境,里面充斥着各种戏剧性的可能。

我开始问她一些问题。这位作者解释说,她正在写第二幕的中间部分,所以我问她的第一件事就是她是否清楚自己的故事的结构点。她坦率地说她不清楚。她不知道中间点是什么,对此很糊涂。她也不知道第二幕结尾处的情节点Ⅱ是什么。她不知道该如何去做。

所以我们就一步一步按部就班地开始了解决问题的程序。我让她做的第一件事情就是重新确定故事的戏剧性结构。她回到自己的故事线中,然后按照我们的那个示例,鉴别出了情节点Ⅰ、紧要关头Ⅰ、中间点、紧要关头Ⅱ、情节点Ⅱ。此时她对于故事的结尾还没有把握:是让这位主要人物留下来,然后把她的生活的碎片调整好;还是让她离开,回到城市中,从而以新的觉醒的态度来对待未来的不能确定的生活呢?

我希望知道她对剧本中出现的问题做何感想,它是有关情节、人物还是结构的?"人物。"她毫不迟疑地回答。我没有表示同意,因为我想它也许是情节加人物的问题。

让我们从两方面来分析。从人物的方面来讲,这位剧作者应该知道并做过有关这个故事某些内在的潜台词或情绪性的细部处理。她应该追寻围绕着四姐妹关系的情感纠纷,并且侧重于她们是否已经解决了她们之间的分歧。从情节的角度来分析,她应该搞清会影响到剧中人物的某些外部动力:这座房子怎么了;如果已经卖掉了,那么她们会怎么办;如果她们打算留着,又该怎么办?问题、问题,这些都是问题。

我们还是从故事刚发生时人物的情绪状态开始。当她离开城市的家回来参加祖父的葬礼时,她有什么样的感觉?她的生活中发生了什么事情?在关于她工作的职业生活中,在关于她和其他人的种种关系的个人生活中以及她的私生活中——她是如何对待各种事物的?还有,她是如何看待自己的?

这样，我们就有了一些头绪。故事的背景是她的公司已经被一所大公司所吞并，那么她对此有何感觉呢？当故事开始时她年纪多大？有没有什么生物钟在敲响，或者已经敲响了？她的祖父的葬礼对于她来讲是否会阻碍一个有关事业的重要决定？我希望这位剧作者能够从一开头就明确作用于人物身上的这些力量。她在和别人的感情关系上发生了什么事情？她是否进入了某种感情关系之中？这段关系是状况不错呢，还是开始破裂了，或者她还是独身？要确定它，从他们两人相遇时的瞬间就明确它。如果她离开她的工作岗位她会怎么办呢，她会另找个工作吗？

　　在我的这位学生回到自己的故事当中去深入挖掘人物之前，这些感情上的问题一定需要回答和进一步明确。

　　然后我让她确定一下主人公和自己姐妹的关系。我问她是否能够回到主要人物的童年生活，去检查一下她们姐妹之间的情感关系。我建议她编出一些可能发生的什么新的事变或事件。当她做完这些之后，我叫她做一个练习，去创造一个她的主要人物（她叫艾比）生活中的一个关键经历，发生在她10岁到16岁之间的什么事情。也许是她同祖父之间发生过的什么事情，或者是她与其中一位姐妹间发生的什么纠葛。而这件事到现在艾比依然记得很清楚而且还在思考着。

　　在影片《末路狂花》中，路易丝拒绝踏入德克萨斯州一步，即使这样做会使得她有生命危险。后来我们知道她在德州度过青少年时光时，曾在这里被强奸过。这就是为什么当她看到在停车场上，哈兰想要强奸塞尔玛时，她就开枪射击的原因。

　　"什么是人物？人物就是对事件所做的决定！"亨利·詹姆斯这样回答。

　　我把这个特殊的短文练习叫做"回顾人生轨迹"（circle of being，请参看第十三章）。它就是早年发生在主要人物身上，大约在10到16岁左右的一桩特殊的事变。它成为一股暗流在现在的故事中的某个特定的时刻会反映出来。在艾比的例子中，就是当初她的母亲早逝，艾比答应去世的母亲要好好照顾自己的妹妹。虽然她作出了这样的承诺，但是从她内心来讲她痛恨这点，因为她的梦想就是离开这个她从小长大的小镇到大城市中去。

　　我告诉这个作者，她应该深入到剧中人物的生活中，同时重新确定当艾比回家处理她深爱着的祖父去世这件事时的情绪。当她回到家后感觉如何？我的学生甚至从来没有想过这些问题，即使这些情绪的力量已经影响到了主要人物。我对她说，如果你要写这个故事，你就有必要知道你的人物们的思想、感受和情绪，特别是她早年在湖滨长大的日子。最重要的是，她们互相之间目前感觉如何。

"回顾人生轨迹"练习的另外一个作用，就是说明这所房子对于她们姐妹每个人分别有什么样的影响。是记忆方面的，金钱方面的，还是情感依附什么的？如果这所房子对于每一个姐妹都意味着些什么，那它们到底分别是什么呢？如果你不知道的话，不妨去读一读契诃夫的名剧《三姊妹》。

在整个的剧本中，这种情感的力量一直作用在这四个人物的身上。它们就像是编织在你的故事线所组成的丝毯上的彩色丝带一样，相互缠绕着。

在《恋爱编织梦》中，人物们身体和情感上的过往通过整个故事线被编织在一起。人物们的情感生活，他们的记忆以及"回顾"都以一种巧妙的方式结构在一起，并且都是用来昭示薇诺娜·赖德饰演的这个人物的。我们观众也由此可以看到她在同山姆的关系中的表现，从理解、醒悟到有了变化。

如果你写的是类似这样的故事，可是又不知道作用在你的人物身上的情感性的动力，你就很容易"撞墙"和"绕圈子原地打转"，最后掉进"作者的阻滞阶段"的陷阱之中。

事情往往是这样发生的：你完全沉浸在日复一日的电影剧本写作的过程之中，有时出现了一个场景或一个戏剧片段没有发挥它应有的作用，你可能只是惊讶了一下为什么它没起作用。这个念头只是那么一闪而过，你甚至没有太注意。但是当这个场景到最后还是不奏效，你就开始感觉到自己内心起了微妙的变化，也许会怀疑为什么这个场景或者段落就不能协调一致呢？于是，你会在心里揣摩着，开始琢磨起这个问题。通常第一件发生的事情就是你开始询问自己："我如果不犯傻，自己会解决的。"你在心里会这么想。然后，你越是对这个问题纠缠不休，你就越对自己作为一个电影剧作者的身份产生怀疑，接着就开始对自己和自己的能力作出否定的批评。你开始滑进"陷阱"，很快就会让这些否定的评价完完全全地淹没了你自己。

"我知道我不应该偏离这个主题，"你会自己这样去想，或者认为，"我写不出什么他妈的有价值的东西了。"不久你就开始把你的这种怀疑进一步扩大和发展，"我不知道自己是否应该写这样的剧本，"或者"也许我就根本没有才能来做这些事情，"或者"我应该找一位伙伴，和别人一起合写。"它们就这样没完没了地出现了。

其实在所有你自己的这些思想、评价或者判断下面，是一个普遍的纠结，就是："这都是我自己的错误。"你认为，如果你能够做的话，你就会去做好的；如果你不能做，那是因为你没有这个才华和能力来做。总之，转向自我，开始自责！

难怪这就叫"作者阻滞阶段"呢。

如果你陷入这个特别的困境中，你富有创造性的一面就会被这些怀疑和否定所形成的障碍所遮盖。这就到了需要让"批评的声音显露"出来的时候了。就是说，要给那些纠缠于你的头脑之中的判断、批评和否定的声音一个机会，让它们自己说话。

首先，把所有你完成的内容拿出来——无论你是用电脑、打字机，还是笔记本、稿纸写的。然后取出一些纸张，在上面标出"批评专页"。当你写作时，每次当你开始感觉到一些否定的意见和评价出现时，就立刻把它们写在"批评专页"上面。把它们编上号码，分别标识出来，就像你准备到市场买东西前列出购物清单一样。比方说，你可能感觉到"有些地方写得真是糟糕透了！"或者"我真不知道自己写的是什么！"或者"这是行不通的！"或者"也许得让别人替我完成这个东西！"也可能是"怎么所有的人物全一个味？"或者可能是"我怎么如此没有眼光呢？"如此等等。无论你对于自己完成的部分是如何看待和评价的，把它们都写下来，列出1、2、3、4、5……

在你开始设置"批评专页"的第一天，也许你的剧本只写出两页来，而写出四页的"批评专页"；第二天，你会写出三页稿子，做出二页或多一些的"批评专页"；第三天会是你写出了四页到五页的稿子，而只做出一到两页的批评。

当到达这个程度时，请停止写作。拿出那些"批评专页"，按顺序排列它们,并且按照第一天、第二天、第三天的次序通读一遍。这时你可能再次碰到这些批评,你就在头脑中思索一下。你将会发现这一非常有趣的现象,这些批评经常说的是同一回事儿。不管你写的是什么场景,什么人物,无论你写的是什么,是第一天写的,第二天还是第三天写的内容,也无论是一个对话的场景还是一个动作的场景,这些批评讲的都一样——一样的字眼,一样的句子,一样的表达。全都一样。不管你写的是什么,这就是你的批评所能够告诉你的。它有时散发出臭味影响你的思绪。但你别顺着它走,而是应该去做一些别的事情。

这是我们头脑的本能反应:去判断、去批评、去评定。头脑能够成为我们最好的朋友,也能够成为最坏的敌人。随时对正确与错误、优秀与低劣作出判断是最容易不过的了。

也许这些"批评专页"所讲的是正确的。你完成的部分剧作是太次了一些,人物单薄而且平板,你只是在原地转圈而毫无进展。那又怎么样呢?困惑是通向明晰的第一步!你要知道,不奏效的地方时常会告诉你如何才会奏效。无论你纠缠争斗的是什么问题,都不要让它们阻止你的写作,哪怕写下的东西全是垃圾,你总可以反过头来把它改动得更好。这是所有的作者都有过的经历。这样你就是"撞墙",原地转圈,恍惚、失落和困惑,也没什么关系。

给批评一次自行发声的机会。如果你不给批评一次讲话的机会,它就会进入你的内心深处,开始不断发酵直至恶化。让自己成为自己的牺牲品是最容易不过的了。

直到你意识到这种缠绕在自己潜意识里的批评声音时为止,你都会为其所害。识别和意识到这种批评的声音是你跨越这个阻碍的第一步。但是你没有必要非得按照批评专页上的判断和评定去做出什么行动或者决定——无论批评的意见正确与否。不管你处在写作的什么阶段,是刚刚写第一个字,还是重新写作,不要把批评的话看得太认真了。有一件事情我们应该承认,就是有时我们在我们自己正在创作的东西之中迷失了方向。

很多时候,剧作者们动用了太多的人物。在我的这位学生的故事中有姐妹四人,但是她没有做一些足够的"创作调查研究",她没有较为深入地挖掘人物，而在故事线中迷失了方向。她不知道剧作在往哪个方向去发展，对于每个人物的情感框架也没有任何想法，于是她就把不同人物的视角纠合在一起。而有这么四位人物，就很难在故事线中保持一种清晰的情感发展。如果这样做，就很容易失掉主要人物的视界。这就是为什么我的这位学生感到她在原地"兜圈子"的原因。她的确在兜圈子。她已经失掉了对于剧中主要人物的戏剧性需求的关注，这样也就迷失了故事的发展方向。

而一旦她的剧本处于这样的境地时，一切就完蛋了。她陷落在自己故事线的迷宫里面，而原来推动故事向前发展的事件也没有了方向，所有的全是死胡同。她不知道该做些什么，也不知道往什么方向前进。她的朋友们也帮不上忙，因为他们不理解她的写作过程中的人物情感状况。

你在这个困境里越陷越深，"作者的阻滞"会越来越大，直到打垮你为止。你也因此一想到要继续写作就偃旗息鼓了。而且由于你不再写作了，你会有某种自责感。这样每当你坐下来想要工作时，你就会感到一只"沉甸甸的包袱"压在你的头上。你失去了客观性，陷入绝望中，苦思生活的意义，并开始产生死亡和自杀的想法。

这就是所谓的"作者阻滞阶段"。这种情形经常会出现，而且谁都会遇到。对每个人来说，区别在于你如何来看待它，如何来处理它。

有两种不同的方式去对待这个"问题"。一种是你把自己的这种困境真的看成是一个需要"逾越"的问题，需要"打破"的障碍。它是一种物质的或者情绪上的阻碍，限制着你创造力的发挥。

这是一种处理的方式。

但是另外还有一种处理的方式。那就是把这个磨难看成是作者创作经验中的一个部分，每个人都得经历它。它没有什么新奇的和不正常的。如果你能够认识它和承认它，你就走到了一个创作的十字路口。这种认识过程可以创造性地引领你把自己的电影剧作创作技巧提高到一个新的水平。如果你能够把它看成是一次新的机遇，你就会找到一个加强和扩展你创造人物和故事能力的途径。它会提示你可能要进一步深入你的故事，把它向另外一个丰富的、立体的高度发展。

"人抵达之境当不断超过他已掌握的！"诗人罗伯特·勃朗宁写道。

如果你理解到这种恍惚、失落和困惑不过是一种症状,那么这一"问题"就会成为你检验自己的一次机会。生活不就是这样吗?你把自己放置在一种环境中,就可以检验自己从而提升到达另外一个境界。它只不过是在电影剧作写作过程中的一个步骤。

如果你接受这个观点的话,这就意味着你要深入挖掘你的材料,你就得停止写作,而回到你的人物的生活和行动中,去界定和区分你的人物的生活中的不同成分。你就得回到原来的故事情境里,并且创作一个新的人物背景,确定或者再次确定人物之间的关系。这些关系是你的故事线上的关键环节。在随后的章节里,我们将讨论并提供很多不同的练习以用来处理这类的问题。

例如,如果你正在处理某一个特殊的场景,你也许要重新写作这个场景,或者改变你的人物的视点。你也许要为你的人物改变一下环境位置,或创作一些新的动作、新的段落或事件等。有些时候为了某一特殊的场景和段落结构的改变,你需要重新结构整个一幕!

如果你要把一本书或者一篇文章改编成为一个电影剧本的话,至少要保留一条你将追随的故事线。这条叙事线把自身和具有戏剧性动作的事变及事件编织结构在一起。有些时候,人们倾向于利用原著和原剧的对话,或者任何原来的素材来指导发展这个故事。但是如果你过于依赖这些素材,它就会变成一个障碍,阻止你的电影剧本的创造性写作。你不能太过于忠实原著了。

那样做根本就不管用,你必须要自己创作你自己的素材。这就意味着你要打破原著的束缚,去创造一些新的事件或人物来完善你的故事线。所以,不论你要做些什么,请把原著放置一边,去创造一些你需要的东西,而且使之有效。

无论你什么时候感到恍惚、失落和困惑,它成为一个问题的原因就是:是你自己让它成为问题的。

你意识到的那些不奏效的地方往往会告诉你怎样做才会真正奏效。

Chapter 7
沉闷无味的本质
THE NATURE OF DULL

你有没有过读完自己写的东西,并且感到这是你读到过的最为沉闷和最为单调的东西的经历?这些稿页的内容好像毫无价值、陈腐,而且你最坏的恐惧也得到了证实:你没有才华,没有能力,而整个过程看起来就像是一场噩梦。我想说的是,谁又会在乎呢!

这种感受也是很常见的,有的时候事情就是这样,但它并非总真是这样。当你回过头去看自己所写的东西,并且得出结论:它很沉闷乏味。你能够做些什么呢?

换言之,什么是沉闷无味的本质呢?

要想真正理解它,我们就要探讨一下沉闷无味的症状——就是你的写作风格中的一些会导致出现沉闷无味情况的特征。由于本书讲的是如何识别和界定电影剧本写作中的不同问题的症状,我们不妨看一下导致这种写作中的沉闷无味产生的核心关键是什么。

这就是说我们要检查一下坏的写作和好的写作之间的关系。由于只有在衡量和比较之后,才能确定任何事情的本质,所以离开关系就没有事物本身。而且既然关系就意味着两个或两个以上事物之间的联系,这样我们只有了解到什么是好的写作之后,才能确定什么是沉闷无味的写作。

当你读到一个写得不错的电影剧本时,读起来很通畅,这些文字会从稿纸上跃然而出。一部分原因在于它的写作风格,没错;一部分原因在于它的结构,也没错;但是好的电影剧作写作的真正活力则在于,它创造出一些生动鲜活的人物,加上一个独特的、风格化了的视觉的叙述,不断推动故事向前发展。很多电影就很好地反映了这点。如《肖申克的救赎》、《恋爱编织梦》、《理智与情感》(*Sense and Sensibility*, 1995, 艾玛·汤普森改编)等,都把故事和人物结合得很好,而且营造了一个众多人物都息息相关的情境。《12只猴子》(*Twelve Monkeys*, 1995, 大卫·韦伯·皮普尔斯与珍妮特·皮普尔斯编剧)把一种强有力的视觉化了的风格和一个有趣的戏剧性前提结合在一起,但却是一个"单线条的"剧本(缺乏深度和立体感),推动故事向一个机械化的可以预见的结尾发展。《银翼杀手》(*Blade Runner*, 1982, 汉普顿·范彻和大卫·韦伯·皮普尔斯编剧)和《亡命天涯》(*The Fugitive*, 1993, 安德鲁·戴维斯导演,大卫·杜西编剧)两部影片处理同样类型的主题则显得更富有想像力一些。

强有力的动作和强有力的人物,就是这些形成了好的电影剧作。

有关沉闷乏味的电影剧本的另一件有趣的事情是,从来没有人会对你讲它既沉闷又乏味。人们会说,他们不太喜欢它,这个剧本对于他们来讲没有用场,他们不喜欢剧中人物或戏剧性前提,要么说这个剧本太严肃了或者太滑稽了等等。没有一个人——即使是你的妻子、丈夫、情人或好朋友——会指出你写的电影剧本太沉闷、太无味了。你得自己回顾和审视剧作过程,然后把毛病检查出来。

从长远角度来看,不管你是否掉进了"沉闷无味"的陷阱之中,你得自己做出判断。你要承认一个可能性,这就是你所写出的东西需要更活跃、显得更有动感一些,从而使得读者能爱不释手地读下去。因为这就是好的写作应该具备的——使得读者能不断地阅读下去。

那么好的电影剧本的一些具体的特质是什么呢?

有这么几点:也许最重要的就是要理解,所有好的令人印象深刻的创作的基础就是冲突。所有的戏剧都是冲突。没有冲突就没有人物,没有人物就没有动作,没有动作就没有故事,而没有故事你就不会有电影剧本。

戏剧性冲突可以是内部的或外部的。一个情感的故事像《恋爱编织梦》或《理智与情感》都有内部和外部的冲突。外部的冲突就是冲突从外部作用于人物的故事，人物面临着外在的物质方面的障碍和矛盾，像《阿波罗 13 号》或《侏罗纪公园》(*Jurassic Park*, 1993, 迈克尔·克莱顿和大卫·凯普编剧)。要在故事内部，通过人物和事件来创造冲突，它是所有写作中最简单、最基本的"真理"，不论你写的是小说、舞台剧本，还是电影剧本。

在我开设的讲座和进修班中，不管是什么语言或文化背景，我发现很多电影剧作者不懂得他们故事中冲突的重要性。而他们的剧本也反映出来这个问题。结果很多时候人物显得没精打采，场景节奏太慢，费了好长的时间故事才有所进展，故事几乎就没有什么发展方向。这样剧本也就干巴巴的，读起来沉闷乏味。

什么是冲突呢？如果你查字典，你可以发现它的意思是"处于相互对立的位置上"。而任何戏剧性场景的关键所在就是让人物和某个其他人物或者人物和某件事情处于相互对立的位置上。冲突可以是任何什么东西，一场争斗或口角，一次战役或一场象棋比赛，内部的或外部的，任何形式的对抗或阻碍，而且不论是情感的、身体的或精神的冲突都没有关系。

冲突必须处于你故事的紧要地方，因为这是强有力的动作和强有力的人物的核心所在之处。如果你没有这样的冲突，没有像这样一个写作的基础，那么你就很容易陷入沉闷无味的泥沼之中不能自拔。

如果你想要检查是一些什么"东西"使得写作变得单调乏味，你会怎么说呢？什么是沉闷无味的本质呢？它的外部特征是什么呢？它给人的感觉是什么呢？是什么样的一个要素、一粒种子最后长成了这样一棵大树呢？

如果你知道要查找些什么的话，有一些症状可以被识别出来，它们时常呈现很好鉴别的特征使得你认识问题是什么。也许是剧本太缓慢、沉重或者太冗长了，或者所有的人物都很雷同。如果出现的是这样的情况，那么你又如何去处理它、修整它，把它从一个"坏的读物"变成一个"好的读物"呢？

举例说，如果你的戏剧性前提显得太薄弱了，而且在前十页中没有清楚地被建置和表达出来，那么就说明建置的基础打得太薄弱了，而所有的材料则周旋于不同的方向之间，从而缺乏一个戏剧性的焦点。这就是症状。如果你放任这种情况继续发生，那么剧本就会变得沉闷无味。这正如你的嗓子肿痛发炎，时常是你感冒的症状一样。在医学中症状常常揭示了某些东西。而在行医的"艺术"里,如果你能够正确地鉴别病症,你就能找到病因,医好疾病。至少在理论上是如此。

在电影剧本的写作过程中,通过知晓和理解问题的症状,你就可以解决这些问题。比如说,一个作者想要创作出一条强有力的动作线,可是建置故事太快了一些,或者浮光掠影地写出、甚至干脆省略掉那些有关主要人物的必要的和基本的信息。实际上用不了多少时间这位作者就会意识到他为了强调动作而忽略了对人物的交代。

我们也会意识到这个问题,因为这个人物过于匆忙地对于事件和他的环境做出反应,以致我们没有机会去更多地了解他本人了。这就是症状。其结果是导致剧本变得沉闷乏味。当我读到类似这样的剧本时,看到人物只是对自己的处境作出反应时,我会读完这位作者剧本的前 30 页,看看剧本是否有效果。如果没有效果,我就停止阅读。因为我不必再把这个不能奏效的剧本读完。

电影剧本的写作需要一定的技巧和艺术。每一个场景都建筑在另外一个场景之上,而我们接受到的视觉的信息也是累积增加的。正是这些场景和故事的戏剧性需求之间的关系,在不断地推动着故事向前发展。正如前面讲到的,每个场景在故事叙述中都要起到两个主要的作用:要么推动故事向前发展,要么揭示有关主要人物的某些信息。如果没能做到这些,你就会迷失在次要的故事线索当中,而它们和主要叙事发展方向毫不相关。这样这种"沉闷无味的向心力"就会逐渐地拖着你的故事直到凝滞不前。

有些时候,沉闷无味的征兆,是出现了难以令人信服的剧情。如人物或者情境太离谱了或太容易预见了,事件发生得太容易了,我们可以判定任何人都不会像剧本中的人物那样在如此的情境中会做出这样让人无法相信的反应。请看一下《水世界》(*Waterworld*,1995)的结尾:让主要人物抛弃他贯穿整个影片的追求,然后又返回故事开始前的状况,这实在是令人难以置信。它只是一个姿态、一个画面,在整个故事前后的情境中不起一点作用,无论这个故事有多棒。

在文学批评的字典里,有个概念被称为"情愿暂时信以为真"。英国诗人塞缪尔·泰勒·柯勒律治曾经讲过:当你去欣赏一个艺术作品时,要把你对于现实的感受能力抛掷脑后,而根据艺术作品自身的逻辑、自身的水准来接触它。换言之,你必须把自己的不相信有意地悬置起来,不管这个艺术作品的主题离你认可的真实程度有多远,无论这个戏剧性前提是多么令人厌恶,也无论人物、情境、人物反应和情节发展是多么令人难以相信,在你接触这个"作品"时,你都要把自己的想法放置脑后。

影片《终结者2》是一个绝好的例子。它的戏剧性前提是,在1997年8月间发生的一次世界自我毁灭事件导致人类进入了一个机器统治的时代。那个未来的时代创造了一个机器人,并将它穿越时间送回现代,来毁灭一个十岁的孩子。这个孩子在遥远的未来将领导一场起义。这可信吗?从逻辑来讲不可信。但是在我们观看电影时由于它的强有力的行动、强有力的人物和让人目瞪口呆的特技效果,我们相信它。影片《银翼杀手》同样也是如此。

如果动作和人物没能使得一个故事线可信的话,那么就不会有什么"情愿暂时信以为真"了。我们能认可影片"神探飞机头"系列或者《阿呆与阿瓜》,即使它们滑稽透顶,到了令人难以置信的地步。正因为故事发生在戏剧性情境内,我们不得不相信它们。

与此相反的是,我们在电视节目中看到的电视连续剧或"每周电影",其中通常充斥的是在不真实情境中的不真实人物。

这是因为给电视写作和给电影写作是截然不同的两件事,正如一个是苹果,一个是桔子。一个是电视台的用画面讲的肥皂剧,所以每件事情都要解释;另一个是用画面叙述的故事,沉默的场景比言语的表达更有价值。在电视剧的情节中,举例来说,你写的人物早就在那里了,所以写连续剧就是意味着作者要集中关注的是人物在某些特殊的情境中的反应。

在很多"每周电影"中,其基本故事无论是否取材于现实都要掺一些水分,使之发展成为一个预料之中和可信的故事线。节目突出的特征是商业广告而不是节目本身。"电视就是一种广告的媒介,其中播放的节目是为了填补商业广告之间时间上的空闲。"这是一位电视节目策划人自己道破的。电视节目的戏剧性是必不可少的,因为没有足够的时间来深入挖掘人物的内在——去寻找通往人物内心的桥梁。所以,如果观众不相信这个戏剧性的前提和情境的真实性，你也没办法。这里用不着什么"情愿暂时信以为真"。

　　这就是沉闷无味本质的一个症状。我记得和奥利弗·斯通的一次谈话，他告诉我他的《野战排》(*Platoon*, 1986)放置在书架上有10年多，他自己也丧失了在有生之年把它拍成电影的希望了。我问他为什么。他告诉我很多读过这个电影剧本初稿的人都被它吸引住了，但也有些人担心现在越南战争不再是个商业电影的主题了。在此之前他因为影片《午夜快车》(*Midnight Express*, 1978)而获得奥斯卡最佳改编剧本奖。但是有少数朋友们告诉他，当他们读这个剧本时，其中的素材不"抓"人，而这个剧本真的没法吸引住他们的兴趣。

　　这看上去对他很有帮助。所以他重新回头来阅读这个剧本，并且突然意识到了，在他的电影剧本的前10页中他介绍了多达26位人物。这么多的人物以致读者难以追随，也就不奇怪为什么吸引不住他们的兴趣了。当斯通意识到问题所在，他回头改写了剧本的开端并且砍掉了好几个人物，同时把注意力集中在主人公（查理·辛饰）身上。我们通过他的眼睛来观看这场战争，分享他的战争经历——尽管他被围绕在其他一群人物之中。

　　在由斯通导演并由他与史蒂芬·里维尔和克里斯托弗·威尔金森合作编剧的影片《尼克松》(*Nixon*, 1995)中，他使用了交叉剪辑，在不同的人物中切来切去，很像在电视频道中的来回"转换"，或者在电脑网络中的迅速"转换"一样。而他的这种从一个人物转换到另一个人物，从一种环境转换到另一种环境，从一个场景转换到另一个场景的手法是很出色的。我们现在正生活在这样的一个多媒体世界里，我们的注意力转换得非常快捷，所以我们对事物的理解可以像我们对待电视节目一样，我们使用遥控器可以不断地从一个频道转换到另一个频道，或者在电脑上从一个网站转换到另一个网站。这就是影片《尼克松》的风格，也是它的剧本写作和结构的方式。

　　除了这样的，由于缺乏冲突和素材难以令人信服的症状之外，造成电影剧本沉闷和无味的还有哪些症状呢？

　　有时候，事变和事件太刻意造作而且太显而易见了。事情发生得太容易了。这通常是因为主要人物的戏剧性需求没有很好地确定并且给予充分完善的考虑。障碍太显而易见了,而冲突也太肤浅了。故事的戏剧性需求很容易地就得到了满足,这样就冲淡了叙事的动力和功能。这样你得到的是什么呢?沉闷和枯燥无味!

有一些电影剧本要依赖次要情节来推动故事向前发展,这样会冲淡对主要人物的关注,而且会导致出现单薄、平面化的特点。大多数的动作是依靠在推动故事向前发展所需要的人物场景和次要情节场景之间进行交叉剪辑实现的。这样故事就在次要情节的线索和主要故事线之间跳来跳去。如果你用这样的方式来建置第一幕,那么这两个故事应该在情节点Ⅰ上汇集。有时故事会稍迟一直到第二幕之中才汇合,这就会使第二幕显得非常混乱,因为你不知道接下来的一幕中你的故事讲的是什么,以及讲的是谁。

在主要故事线和次要情节之间的反复切换会使得读者很难看出这两个或更多的故事线索之间的关系。有时,次要情节是必要的,但是如果最基本的故事要点尚未建置起来,也没有介绍完整的话,那么这个故事会变得复杂难懂。人们也很难理解故事是如何进展的。

一个找出这些沉闷无味的症状的简单办法就是通过主要人物来寻找。我们前面讲到过,好的电影剧本写作时常是通过强有力的人物和强有力的动作体现出来的。所以,如果你以你的主要人物作为衡量的标准,并且感到主要人物不够强有力、对白太多了或者缺乏足够的视觉性动作的话,你就很容易可以认定你的主要人物太弱了和太被动了。在这样的情况下,这个人物只是浮现在故事线的表层,没有充分地揭示人物信息,也无法深入到这个人物的心理深处,从而看出他内心到底在发生着什么。

想个法子去创造一个事件,即在你的主要人物身上发生的什么事件,通过他或者她对这桩事件的反应就能够揭示出一个生动、丰富、立体的人物。

你所创造的这个事件要在你选择书写的场景中有所表现,因为电影剧本是通过场景展示出来,场景是戏剧性动作的细胞。一个场景是由镜头所组成的,也就是由电影摄影机所观察到的。场景可以是一个单一的镜头或者一系列镜头,都是通过事件发生的特定地点和时间而连结在一起。如果你改变了地点或时间的话,你就要改变场景了。从厨房到起居室,再到车库,意味着三个不同的场景,因为这是三个分散的地点。如果你在同一间厨房有一个早晨的场景和一个下午的场景,这也是两个不同的场景。为什么?因为你必须改变灯光,早晨的光和下午的光是截然不同的。所以,你一旦变换时间,就要变换打光,这样你就在写一个新的场景了。

基本说来,有两种创作场景的方法:一个就是以直接或者显而易见的方式来写这个场景,这样人物的所作所为都按部就班而且自然而然。但由于戏剧性的基本要求是出乎意料,所以你就要试着以相反的方式来写作这一场景,也就是说,去尝试一个不一般的方式。

在《肖申克的救赎》中,一位名叫汤姆的年轻人告诉安迪和瑞德说他以前有个一起蹲监狱的人坦言他曾经杀过一位银行家的妻子以及她的情人,"而这位银行家却顶了罪"。我们第一次知道了安迪是无辜的。当安迪找到典狱长并且试图说服他自己是无辜的,典狱长拒绝听下去,反而把安迪扔进特殊牢房里关了一个月之久。

下一场景是汤姆被叫到监狱围墙外面和典狱长进行了"心贴心"的谈话。典狱长想知道"如何去禀公办事",而且希望汤姆帮助他作证,如果他告诉安迪的事情是真实的话。汤姆真的会"在法官和陪审团面前宣誓……把手放在圣经上面,在上帝面前进行宣誓吗?"汤姆回答说:"不妨给我一次机会。"典狱长会意地点点头并且掏出他的香烟,看看瞭望塔,然后掉转身来,而就在那一刻,汤姆中枪倒下。

对这个场景最简明的处理方法就是让典狱长告诉汤姆,他永远没有机会去作证,因为他知道他在说谎,而汤姆所说的和所做的都不能使得安迪的案件重新审理。按常理讲,我们会期待典狱长去帮助安迪洗清冤屈,而且指望汤姆在这件事上能有所帮助。

本片的编剧弗兰克·德拉邦特就是以这种方式来建置故事的,可当监狱警卫把这个小伙子击毙在地,他逆转了一切。现在我们知道了谁是真正的凶手了。为了掩盖事实,这位典狱长到了安迪的牢房里,告诉安迪由于这个小伙子想要逃跑,所以被枪打死了。他只想让安迪知晓谁真正在这里主事,接着他关了安迪一个月的禁闭。这个情节建置了安迪在情节点Ⅱ上的越狱事件。我们期待一件事发生,但是却发生了另外的事情。这种间接的对于场景的处理方法更加奏效。

第七章 沉闷无味的本质

电影剧本写作过于沉闷和乏味的另外一个症状就是剧作者太早进入场景，而且很多时间被用来讲述一些与推动故事向前发展毫无关联的事情。比方说，太早进入场景就会使得人物说很多与场景所要表现的目的毫无关联的废话。要在场景的目的刚刚被揭示的时候再进入场景。晚进早出是场景表现的常规！

电影剧作的艺术就是要寻找出一些沉默比话语更奏效的地方。不久前，我的一位学生对我说，当他写完了一个场景之后，脑中突然蹦出个念头想要回去重新再看看。他感到有些事情不对劲，但是不知道到底是什么。所以他反复阅读这个场景，突然他明白了只要两行对白他就可以使得这个场景更为奏效。这就是好的电影剧本的写作。你不需要用一页又一页的对白去建置、去解释或者推动故事向前发展。如果你适时进入场景的话，你只需几行字就能做到。

在影片《恋爱编织梦》当中，过去和将来是以问题和解答的方式被编织在一起的。这样即使这里有很多不同的故事，但是所有的故事都强调着一个主题："爱驻足的地方！"每个故事都与一件动人的事件有关，而且每一件事情都反映了芬对于山姆的复杂态度和情感。这样棉被就成为整部影片的隐喻。

沉闷无味的另外一个症状就是让人物总是被动地对处境或者事件做出反应。如果这种情况发生太多的话，那么人物就会变得太消极和被动了。创造好的人物的重要办法就是寻找一个最好的方式来介绍人物。如果你的人物过于自私或者不关心别人，那么他或她就不会得到别人的同情。我们参看一下《虎胆龙威 3》(Die Hard 3, 1995)。我们看到布鲁斯·威利斯喝得醉醺醺的，在一辆小车里面，他有一年多没有见到妻子了。我们对于他似乎没有多大同情。

有时，一个电影剧本的开头太仓促了一些，如果动作发生得太快，那么读者就会不清楚是谁或者为什么人物会参与到这个动作和事件当中。如果故事启动得太缓慢，一切事情都要靠对白来解释，这样就不会有什么可以吸引读者关注这个故事的戏剧性张力了。结果也就导致了一个沉闷和枯燥的剧本。

我在研究剧本沉闷无味的本质时发现了一件事情，就是有时场景的结构不错，对白也清晰简明，可是没有高潮。我们没有看见这个场景的自然结局，因为这位剧作者在场景的目的还没有充分实现的时候就匆忙地终止了。我读到过很多类似的电影剧本，这些作者们似乎忘记了这个场景中首先要有什么东西。你只有大约120页的篇幅来讲一个故事，所以你不应该浪费很多的时间来写没有高潮的场景。人物、事变、事件、决定，所有这些都要在故事的一些要点上建置起来。这些故事要点不一定非得要在这场戏之前、这场戏之中或这场戏之后，它可以在任何地方，因为故事线的方方面面都是相互关联的，这样信息可以设置在任何地方。它可以在前10页中被建置出来，而在第二幕或第三幕中有个终结的交代。真正关键的是，当你在电影剧本中建置了什么事情之后，你对它们要有个了结，无论是视觉上还是语言上，也无论是通过画面还是对白。

　　剧本沉闷无味的另外一个表现就是重复场景的描述。世界各地的人都问我一个描述性的段落到底要多长。我回答道，无论是什么样子或性质的描述段落，不管是对于动作还是人物，又或者甚至是两者的结合，都不要超过四句话。

　　为什么是四句话？这里有很多原因。第一，当你创作一个电影剧本的时候，你注意到稿页上有很多空白的地方。面对这些长长的、满满的、单倍行距而且占满半页稿纸之多的段落，读者很难阅读下去。我告诉我的学生们，我不在乎是什么样特别的动作，他们不能把所有的东西都一股脑地写进一个描述性的段落里。把这个段落分解成为四到五句话。读者阅读剧本时就应该好像是在银幕上看电影一样，所以内容要清晰、简洁、紧凑。过多的描述性语句对电影的拍摄无济于事，而只会使得剧本显得臃肿拖沓。

　　要使读者厌倦剧本最快捷的方式就是让他们看到稿纸上大段大段冗长、繁琐的内容。这只会让读者看不下去，而成为剧本沉闷无味的另一个症状。

Part 2
有关情节的问题

《傲慢与偏见》(*Pride and Prejudice*, 2005)

问题清单

　　问题清单是一种简化的向导,是用来标示疑难问题的工具。它列举出一系列剧本写作中的疑难症状,从而帮助你识别并界定各种各样的问题。如果你的剧作有了问题,你可以用列举出来的症状来验证,而书中接下来的章节会指明各种各样解决的办法。有些下面列举的症状在好几章的内容清单里可能重复,那是因为相同的症状会牵扯到不同种类的问题。但无论涉及到情节、人物还是结构都没有关系,无论你如何来标识,问题总会是问题。

问题清单

太多了、太快了

- 故事是由文字讲出来的，不是由画面讲述的
- 动作没有推动故事向前发展
- 戏剧性前提不够清楚
- 谁是主要人物？
- 对人物解释说明太多
- 主要人物太被动、反应消极
- 人物过多了
- 每件事都得解释
- 第一幕太长
- 故事线索不断变换方向而且相互脱节
- 事件发生得太多太快了

Chapter 8
太多了,太快了
TOO MUCH, TOO SOON

有的时候当你阅读一个电影剧本时,你有一种感觉,感到其中有什么东西不对劲,但是你不知道到底是什么东西。如果你想到了这一点,你可以回溯你的意识或不舒服的感觉,一直回溯到这个剧本的开头。如果你再深入地检查一下自己的这种感觉,然后回过头来再看看这个素材,你也许会看到问题早在一开始就展现出来了。

作为一个一般的规则,如果你想要发现问题的起源,你就应该从最开头去找寻——从第一页、第一个字开始。如果你这样做而且去分析素材,你也许会注意到一些事情。例如,剧本中的人物太多了,你不知道谁是主要人物,以及故事讲的是谁。或许你只是感到这个剧本对白太多太啰嗦了,而且动作的发展太依赖对白和解释了,而不是依靠视觉的形象。或许剧本中发生的事件太多了,这样本来关注焦点应该很集中的故事,就显得太多变、太单薄和太支离破碎了。

重新去看看这个素材,你也许会意识到,电影剧本所要传达的信息过多了,而且故事发展得太快了,你自己可能并不真正知道到底发生了什么事情。

所有的上述的东西都是症状:故事过早地提供了过多的信息,并且短时间内发生的事太多了。其结果是:人物缺乏广度和深度,故事叙述过程缺乏足够的冲突或戏剧性情境。它的的确确是一个问题。

如果你想要找寻这个特殊的问题的原因或根源的话，它几乎总是可以在第一幕中被发现，更明确地说是在电影剧本最开始的前10页中。

一个好的电影剧本应该在第一页、第一个字就被建置起来。第一幕是一个戏剧性动作单元，它从电影剧本的一开始起直到第一幕将近结尾处的情节点Ⅰ为止，被安放在一个被称为建置的戏剧性框架之内。因为这个故事的所有的元素、人物、戏剧性前提和情境、人物之间的关系等，都必须在这个特殊的戏剧性动作的单元中被建置出来。第一幕是动作的一个单元，其中故事的所有元素都必须要谨慎地、小心地融合和建置起来。在这个戏剧性动作的单元里面，所有的事变和事件都必须直接指向第一幕结尾处的情节点Ⅰ，它是你故事的真正开始。

如果故事没有被正确地建置起来，剧作者为了使得故事向前发展得更快一些，自然而然地就倾向用增加人物的方法，或者在故事线上增加一些事件。这样使得故事好像是在动作的表面上浮动，而没有渗入到动作内部的深层次结构内。你就会产生一种感觉：这个故事太陈腐，人为痕迹很重，而且可以预见。

为什么会发生这样的事情呢？这好像是因为很多作者急于写出电影剧本而缺乏足够的准备。他们太急着开始写剧本，而没有用足够的时间去挖掘和发展动作和人物之间的关系。所以他们仅从一些少量的信息开始，就这样写出了第一幕。他们的大多数时间花费在去尝试琢磨故事到底讲的是什么，以及下面该发生什么了。这样就在第一幕内放置了大量的故事点，他们希望这样故事就可以自己显露出来。

这样不管用！种子撒下来了，但是没有耕种培养、灌溉或施肥。这位作者在前10页中讲述他或她的故事，然后就迷失了，而且不知道下面该如何做了！

准备和调查是电影剧本写作过程的最为基础的步骤。剧作者的责任就是要知晓和明确谁是你的主要人物，什么是戏剧性前提——你的故事要讲述的是什么，以及什么是戏剧性情境——围绕在动作周围的环境如何。如果你没有足够地了解你的故事，没有花费时间去做足够的调查研究，那么你就要冒险去勉强在故事线上插进一些事变和事件，来强迫它起效用。结果是故事的叙事线会变得歪七扭八。这些素材一点不起效用。

有时候问题的出现在于故事线太单薄了,而且出现了过多的"情节",但是却没有能够在电影剧本中创造出更多的、有意思的事件或人物。试图创造出更多的"事情",以及为冲突创造出更多的障碍,这样做除了把问题扩大化之外,什么事情也干不成。

这样的麻烦问题之所以出现,可以追溯到作者很强烈的冲动:即作者想写出一个快速的、富有刺激性的开头。如果你打算用 10 页稿纸就抓住读者或观众的注意的话,那么你就应该确保你的故事的走向足以吸引住读者的兴趣。而这时常就意味着,你得把人物、他们的障碍、他们和其他人物之间的关系等,在这个 10 页的戏剧性动作的单元中融为一体。

但问题时常是太多了、太快了! 太多了并不见得就好。如果你拿来那些好的剧本像《肖申克的救赎》《末路狂花》《沉默的羔羊》《阿波罗 13 号》等看看,故事线的所有的主要元素,都在前 10 页这个戏剧性的动作的单元之中被展现或者被介绍出来。这就是为什么第一幕的内容和框架被称为建置。

《肖申克的救赎》就是一个很好的例子。由于故事讲的是主人公安迪在牢狱中的情形,所以我们就应该把他如何被怀疑谋杀妻子和她的情人、审讯和判刑等入狱之前的事情先建置起来。故事发展的这三条线索——谋杀、审讯和判刑——是用很漂亮的镜头交切连接在一起的。这样我们就看见了,正是这些事件使得他入了监狱,虽然我们从来没有真的看见他杀死了自己的妻子。

很多电影剧作者会这样处理这个故事,即用对白叙述的方式:他们会先从安迪入狱开始,然后在他与瑞德的交往过程中,他会一点一滴地把发生的故事讲述出来。瑞德会告诉我们(用画外音的形式),安迪不属于牢狱中的人群,当他放风活动时,"他好像是在公园中悠闲自得地散步"。也许在他们在一起的开始的少数场景中,安迪会向瑞德解释有关妻子死的事情。从建置故事的角度考虑这样处理会有效果,但是另一方面,它的趋势是去解释,而不是去显现。

在影片《阿波罗 13 号》中,作者把所有的必须搭建的叙事线索都在前 10

页建置起来。在一连串的新闻镜头表现出阿波罗1号失事、机上的三名宇航员被火烧死的新闻之后(这个过去的新闻镜头一下子就转到现在,以电视画面转电视画面,这有些像影片《恋爱编织梦》中的闪回镜头,只不过在后者中是棉被被用做视觉的表现动机),剧本以一群朋友们的聚会为开始,他们一同观看尼尔·阿姆斯特朗第一次月球登陆。只用了很少的字句,我们就知道了他们是一群宇航员,目前正在参加美国国家宇航局的科研项目。而主人公吉姆·洛弗尔(汤姆·汉克斯饰)的梦想就是在月球上登陆。这样只用了很少的几页,我们就知道了所有我们应该知道的东西,包括他的妻子很担心他又要回到宇宙探险中去了。

戏剧性的钩子发生在第10页上,当洛弗尔回到家中,告诉他的家人他的宇航项目刚刚升级到了阿波罗13号上了,令他们十分惊喜(一般的做法是,写出一场洛弗尔被美国国家宇航局委派这个任务的场景,但这样会使得故事缓慢拖沓,所以就砍掉了)。

一旦他接受了这项任务,我们就可以在第二个10页之中把焦点集中在他的训练和探险准备等事情之上。这样我们就会看到宇航员们在出征之前的一系列的准备。情节点Ⅰ就是飞船点火出发。

《阿波罗13号》是一个典型的传统电影剧本的优秀范例:它从剧本的第一页第一个字开始,通过动作和对白,就建置了人物和故事。这个剧本也可以简单地以洛弗尔和其他的宇航员们被通知他们的航行要提前了为开始。但是如果以这种方式来写的话,那么大多数爆发性的信息就必须在戏剧性动作的前10页这个单元中交代出来。

在根据简·奥斯汀写于19世纪的小说《理智与情感》改编的同名影片中,很可能简单地把开头处理得太多了、太快了。在开始的几页之中我们可以建置起故事的背景:家庭关系、父亲临终以及父亲死亡对于三姐妹的影响等等;但这样通常会使得第一幕中的信息过多。但是无论如何,我们还得从这些事情开始,正确地建置我们的故事。

艾玛·汤普森是如何处理这个开头的呢?在画外音中我们听到了有关这一家的事情,看到了临终的父亲在病榻上,我们知道了这个家庭的命运就落在了儿子的肩上。儿子对将去世的父亲许诺要好好照顾他的三姐妹。但是葬礼刚刚结束,他的妻子就开始算计遗产的问题。

在剧本的前10页中展现出很多的信息。但是故事是靠叙述和画面结合起来建置的。这样我们就看到寡母和三个女儿面临着无家可归的窘境。于是第一幕的其余部分就要讲述她们是如何对付这样的困难的:一场戏接着一场戏,我们看到她们开始应付局面。姑娘们不得不出嫁——当然了,在那个时代中,女人需要有个丈夫能够保护她。但是,当艾玛·汤普森饰演的人物和休·格兰特饰演的人物的婚姻没有成功,姑娘们就把房子交给了哥哥,自己搬到了乡下。这就是情节点Ⅰ。

如果这些背景故事的信息,都要以对白的形式交代出来的话,那么这个故事就会有过多的解释和说明。它就会变得太拖沓和啰嗦、人物也就太消极被动,场景就太长和太直白了,其结果就是这种叙述式的动作并不能推动故事向前发展。

如果你审视一下问题清单,所有的症状全在那里了!

这就是为什么在你动手写作之前,你应该把所有的这些故事元素都仔细地摆出来。信不信由你:电影剧本写作中的大多数问题就是因为在写作之前没有进行足够的调查研究。故事、人物以及所有的有关故事的驱动力都没有得到足够的考虑!

我发现这种把过多过急的东西生硬地加进你的故事线的倾向是多种不同东西作用的结果,但是最基本的原因是,很多剧作者没有花费足够的时间去做人物的研究,没有写出一个主要人物的个人传记,或者写得不够完全——其结果就是,人物显得单薄或难以引起共鸣,或者一个薄弱的人物急于应付所有的情节中的事变和事件,疲于奔命而使得他或她变得被动,好像是从稿纸上消失了一样。主要人物没有自己的观点,而一些次要人物、小的角色却凸显出来盖住了他。主要人物消失在背景之中。

如果你审视一下那个问题清单,你会看到几乎所有的这些症状都可以归结于这些作者对于自己的人物们了解得不够充分。过多的情节纠缠和打转,而这些都需要进行解释,动作的发展方向也迷失了——如同《虎胆龙威3》那样——使得戏剧性的前提被遗忘或不清楚了。这就是在吴宇森的影片《断箭》(*Broken Arrow*,1996,格雷厄姆·约斯特编剧)中发生的情形:主要人物为动作做出了牺牲。当然,在这部影片中,推动影片发展的不是故事或人物,而是动作。

我们把这个特殊的"太多了、太快了"的问题归类在有关情节的问题之内,但是我们分析的这些症状都源自于人物。为什么呢?

因为你要解决这类问题的话,你就得把故事线上的事件展开、发展和扩大,要添加一些新的情节元素,尽管问题始终纠缠着人物。

举例说明:有位女士在写一个16世纪的一群流浪的音乐家们的故事。主要人物是一位年轻的妇女,故事开始时,她所深深热爱着的、结婚不久的丈夫在一次渡河途中不幸遇难。葬礼刚一结束,她的父亲就决定把她许配给一个老头——一位有钱有势的商人。她不同意,打算要违背父命,但是她又不知道怎么办。在一次偶然事件中,她被一位贵族侯爵邀请去医治他的儿子(她被设定为会巫术,可以为人治病)。她为小孩治好了病,也受到了这位贵族的勾引。她的这个行为使得她从父亲给她设置的困境中摆脱出来,但也使得她同乐队的其他音乐家们疏远了。她现在变得高傲和孤立,没有人再告诉她要怎么去做,更没人关心她的感受。

这位贵族被她迷住了,但是一旦他知道了她不过是在利用他时(毕竟解决这个问题只能指望他了),他起誓说如果他不能占有她,那么别人也休想这样。于是他就安排了一个计划:把她当作囚犯一样关在他的城堡中。而我们知道,如果她真的成为了囚犯,那么她的自由的精神和灵魂就会凋谢和死亡。

基本上就是这么一个故事,而且很不错。当我的这位学生开始写作这个电影剧本时,她很急躁和匆忙,恨不得把所有的信息全写进去,因为她觉得应该把一切都解释清楚:如这些流浪音乐家们的生涯,当时的社会是什么样子的,这个乐队中人与人的关系如何等等。她是这样来结构第一幕的:一开始是一群人渡河,突然她的丈夫掉进河中的急流里面,他不会游泳而陷入漩涡之中。年轻的妻子急忙相救,但已经晚了。紧接着,葬礼之后,在仪式上她的父亲告诉她,自己已经把她许配给了一位老头即那个商人,她必须嫁给他。她受不了,于是出走。几个星期之后,在那位贵族的城堡中,这个年轻的寡妇出现了。她要为贵族的儿子治病。这个孩子被医治好了。贵族开始勾引她,而她以为他就是她一直祈祷的救星,于是就接受了这种诱惑。

被贵族所诱惑就是第一幕结尾处的情节点Ⅰ。它赋予我们足够的时间来建置丈夫的死、乐队内部的关系以及戏剧性前提。戏剧性和视觉可能性是很有力度的,而情感的表现机会也是丰富的。所有事件的叙述流程提供给我们一个良好的角度去看这些流浪音乐家们的生涯。

但是这位女士还是不能确定这个故事,而且把几乎所有的事情都写进第一幕的前10页之中。她通过文字表达把所有的事情都堆在一起,这样就得让主要人物和那位贵族在第10页上相遇。结果是欲速则不达,所有的事情都发生得太快了,而且没有真正展开。那些能够提供给你的,有关人物的内在情绪的东西——正是这些东西描绘了人物的完美丰富的画像——全省略掉了。从故事来讲,一切都太多了、太快了。所有的事情都是生拼硬凑在一起,事件就好像在故事表面上漂浮,如同水面上漂浮着的一片叶子。

当我对她解释说,前面这些稿页中的信息太多了,她不知道如何去处理。我告诉她为了得到更多的素材,她应该回到她的人物中去,这样就能使得第一幕发展得更完满。于是我给她一个练习:我叫她就主要人物的情感状态写一个自由联想的短文,即她在同丈夫热恋和结婚期间对于他有何感觉。

然后我让她为她的人物写作一个揭示情感的背景故事:在故事开始前,这位妻子和丈夫分别都干了些什么。也许当天上午在渡河之前他们两个人争吵了一顿;也许他们刚刚做完爱而且双方爱的你死我活发誓不分开。我叫她描绘一下这个人物的悲哀和失落感,以及她的愤怒——感到自己被遗弃了,还有她的愤恨和被这种不成文法律束缚的沮丧。

这个练习帮助了这位女士去找到一些人物的情绪感觉——它们可作为发展人物的桥梁。当她越来越了解到她的人物的情感生活之后,我让她把在前10页内写出的所有事件,都一个个分别地拿出来,然后把每个事件都按照开始、中段和结尾排列起来。我让她把所有的事件都分别用一到两页的短文写出来。当她这样做完之后,她就可以增加和创造一些新的素材,这样就能够展开她的故事的丰富背景。

请记住:一场戏就是由一个单一的思想主题连接成为一体的一连串场

景,它有一个明确的开端、中段和结尾。如一个葬礼、一个婚礼[影片《四个婚礼和一个葬礼》(*Four Weddings and a Funeral*,1994)就是由五场戏组合而成的]、一次追捕、一次狩猎等。

我们可以这样来分解第一幕:这个乐队出发并开始渡河是一场戏;过河遇到急流以至于年轻的丈夫遇难是另外一场戏;她对于这场事故的反应、悲伤以及葬礼又是一场戏。所有这些戏剧性段落都是自我完整的,而且每一个段落的结构都可以分解为开端、中段和结尾。因为只有把这些新的素材很快地发展、结构和编织进故事线内,才能给人物的感情需求增加深度,并且是多侧面的。

这就是它为什么被归为情节的问题,尽管它涉及到结构和人物的成分。对于这样的问题的解决方法从情节的角度来认识会简单得多。这是因为,为了使得戏剧性的动作发展得更为丰满,我们可以在故事线内增加一些事件。我相信如果我们清晰简明地把每个问题都区分开来处理会好办得多,但是实际上这样行不通。因为在电影剧本写作中的每一件事情都同其他的事情相互关联。

因为情节、人物和结构是电影剧本写作的最为基础的东西,它们时常是相互关联的。尽管有些问题可以单独去解决,但是对角度的选取是很重要的。角度选对了,问题会更容易得到解决。

你也能从结构或人物的角度来处理这样的问题。至于你如何去解决这些问题,没有多大关系,关键是你要能够识别它和界定它。

最为重要的是要寻找一个较好的方式去建置你的故事,找出画面或者场景,它们使你能够最好地描绘你的故事和人物。如同前面讲到的,在影片《阿波罗13号》中,开头是吉姆·洛弗尔同其他宇航员们正在聚会,观看尼尔·阿姆斯特朗在月球上登陆。电视上的图像和人物们的反应使得我们一下子就知道了这些人是宇航员,他们正在准备一次到月球登陆的宇宙探险。在仅仅10页之中我们就知道了吉姆·洛弗尔的梦想,他的戏剧性需求就是要登上月球。

由于作者很清楚地知道他的人物都是谁、他们的戏剧性需求是什么、这个故事要讲述的是什么、围绕着这个动作的情境又是如何等等,所有的这些信息就可以很精确简明地建置起来。为吉姆·洛弗尔建置的需求,就是由于阿波罗飞船发生的事故,使得他知道自己要想重新飞向月球是很难实现了。

这就是很好的电影剧本写作。我们所需要知道的一切事情,都可以在第一个 10 页的这个戏剧性动作单元中得到了解。它就这样建置了故事,于是,作为故事的真正开始的情节点 I,就是阿波罗飞船远征宇宙的发射。这样就避免了依靠对白来建置故事的倾向。

当你认为自己遇到一个什么问题时,请回到你的素材里,想一想是不是事情发生得太多了和太快了。在你的电影剧本的最前端即前 10 页内,是不是把这些信息、人物或事件过多地堆积在了一起?是不是一切发生得都太快了,以至于使得读者感到茫然或者故事线的焦点都失掉了?

问题清单

太依赖解释

- 视觉舞台静止不变
- 故事好像太混乱、太复杂了
- 事件太人为化了,可以预见
- 支撑点不够高
- 没有足够的视觉动作
- 故事建置太慢,并在太多的方向间摇摆不定
- 没有很好地界定人物
- 人物太内向了
- 每件事都得解释
- 次要人物似乎过于积极了

Chapter 9
太依赖解释

THE NEED TO EXPLAIN

最近我收到一个电影剧本,讲的是尤卡坦海港的一位造船家的故事。他受到一个无耻的政客的陷害而破产。这位政客一方面向他索取贿赂,一方面欺骗他,以至于他沉溺在酗酒之中最后破产失业,成为自己的牺牲品。由于这个故事讲的是这个人物的救赎,我们看到他参加了一个政治反抗活动,并且帮助推翻了一个中美洲国家的独裁统治者。

这是一个很好的动作性作品,有很强的视觉场景,而且有一定的潜力,能够很好地表现出这个人物的觉醒、成长和发展。但是,这个电影剧本没有能够做到这些,而故事的潜力似乎从来没有实现过。下面就是为什么没有做到这些的原因。

剧作者是以这样的一个场景来开始他的电影剧本的:主要人物向那位政客赠送为他特别建造的游艇。一切似乎都不错。这里面有非常好的视觉表现,但是没有什么冲突。因为原本这个场景是应该显现出主要人物——即这位造船家的优秀的设计才华的。他设计制作的这艘船本身就是一件艺术作品。按照现在这个场景的写法,两个人物似乎都对这次新船交接很满意。

剧本一下子切到五年之后。这位主要人物现在苦于寻找工作,他的信誉扫地,而且他成了一个醉鬼。我们看到他几次失掉工作机会。他的设计才能在此后从来没有被提到过,在剧本的后来也没起到什么作用。

在情节点Ⅰ，他需要钱，这样就接受了在一艘渔轮当水手的工作。这艘渔轮经受了几次暴风雨，最后在远离海岸的深水中抛锚了。他们被迫停留在一个人口稀少的地区等候修理渔轮。他们遇到了一支游击队，后者邀请他们参加这个组织，一起去推翻一个当地的政治独裁者。剧中使得主要人物破了产的那个政客曾支持这个独裁者。主要人物加入了这个游击队，而且迈出了自我救赎之旅的第一步，这一旅程引导他重新认识了他的自我价值，而且重新获得了作为一个人的尊严。

　　就是这么一个故事。我在读这个剧本的开始部分时感到还可以，但是大概在第 30 页左右，我开始注意到我有些茫然了，而后我越读越感到不对劲。于是我知道出错了，有些东西应该起到作用但是没有能够这样。我开始寻找问题的缘由，开始看到的就是这位主要人物总是对处境作出被动反应，在剧本里，他在同其他人物的关系中迷失了。确实，他加入了每一个场景中，但是他好像特别平淡无味，也引不起人们的兴趣，这样在稿纸上好像是消失了一样。

　　这是第一个症状。

　　我回过头阅读这个电影剧本的最开始的部分。当我检查一开始这位造船家和那个政客之间的场景时，我发现这两个人物之间没有任何冲突——无论是外在的还是内在的冲突。在下一个场景中，当作者一下子把故事切到五年之后时，我们看到人物对于他的窘境的反应。我们看到的仅仅是这位主要人物一直向别人诉说，解释他的行为、处境和生活遭遇，而没能推动故事向前发展，也没能显示出这个主要人物在这五年之中是如何陷入困境的，也没能揭示出他的感受和他的戏剧性需求。影片没有显示主要人物在五年后陷入的艰难困境，读者也不知道发生了什么。如果你没有用画面来表示，你就得去诉说，因为只有解释这些东西后，故事才能向前发展。这样，就会发生你的人物从稿页上消失了的现象，因为他被拖入了废话滔滔的困境。

　　我们不需要在一个电影剧本中解释一切的事情，我们只是要了解到底发生了什么事情。问题不是去解释任何事情，问题是如何写出这样的解释。在影片《阿波罗 13 号》一开始的第一个镜头，就是第一艘阿波罗号飞船在宇宙探险中着火失事的新闻消息，三条命没了。如果我们没有看见这个镜头的话，那么我们就需要解释这个事件，因为它点燃整个故事的火花，使得吉姆·洛弗尔和他的小组要进入这个美国国家宇航局的阿波罗13号的计划中。

很多时候，当剧作者写作一个电影剧本时，他有一种强烈要求或者需要去解释事情——解释有关人物的事情、有关环境的事情、有关故事的事情等等——因为如果有什么事情不清楚的话，就需要解释清楚。这是电影剧作者们在工作时遇到的最为常见的问题之一。电影剧本写作的过程时常是不变的，但是创作中的问题却时常是不同的。如果有一场动作场景，我们不知道发生了什么，那就需要在某些点上进行解释，以便使得故事向前发展，这是唯一能够抓住读者或者观众兴趣的方法。

阐述是电影剧本写作技巧的最为关键的部分。这个词被定义为"推动故事向前发展的必要信息"。

有两种方法来阐述：用对白建置出来，或者用画面来使之戏剧化。通过写对白来阐述是最为容易的，也可以说是最难的。说它容易，因为剧作者只需要写出那些可以推动故事向前发展的必要的话就行了；说它难，因为这些对白时通常过于平白直述，它是非常令人为难的。

你应该如何处理这个问题呢？那就要寻找使阐述能够得到戏剧化展现的方式，去寻找那些可能为故事线服务的一些恰当的视觉画面或视觉隐喻。

影片《断箭》以迪克（约翰·特拉沃尔塔饰）和他的飞行伙伴希尔（克里斯汀·史莱特饰）进行飞行较量训练为开始。他们是谁，他们在干什么，所有这些都在他们的行动中显示出来了。迪克毫不迟疑地使用任何手段来击败对手希尔。希尔则相信定能通过规则、努力奋斗获得胜利，他没有失掉自己的人道主义立场。在这场较量的场景中，两位飞行员有一段对白，从这段对白中我们知道了有关这两个人物的一切事情。而在最后迪克计划后面的目的，即偷窃两枚原子武器，只用了少许几行对白就解释清楚了。

在《侏罗纪公园》中我们是这样来建构故事的阐述，即故事的前提的：它以理查德·阿滕伯罗爵士这位人物向来访的人进行演讲为开始。在他一半使用动画、一半使用现场互动活动的示范演讲中，他解释说，在侏罗纪公园时代的蚊子身上可能存在有恐龙的血液，然后它们被树液包裹住形成琥珀化石。现在几百万年过去了，这种琥珀化石被分解，蚊子化石中的血液被分离出来，并且通过高等的现代基因工程科技,我们有能力去实现恐龙的克隆。

这就是这部电影的整个前提。如果你不相信,那么就没有了"情愿暂时信以为真",因而这个故事也就成了一则笑话。

那么,他们是如何来建置这个故事的呢？当然他们是用相片和影像相结合来进行解释的,但是首先你必须要能够抓住读者或观众们的注意力。这样剧本就以一个充满神秘和悬念的动作场景作为开始。这就是斯皮尔伯格作为一位电影制作者的伟大天才。我们不知道发生了什么事情,我们只知道在公园的大铁笼子里面有一种很巨大的、很厉害的什么东西,它非常、非常危险。

回头再看一下这场戏。什么也没有解释。我们所能够做的就是观看:一位技术人员被拖曳着并被抛掷出去就像搅拌好的沙拉中的一根菜叶。在这场戏结束时我们还是不知道到底发生了什么事情,但是我们被吸引住了。这就是为什么在一些以动作为主的电影作品中,或者是某类神秘或者惊悚影片中,剧作者以一场动作戏来开始故事———一些必要的解释则放到故事发展的某些片刻再进行。这被称为"启发性事件"。电影剧本写作中的一个最根本的规则就是我们(即读者)要和人物在同一时刻,发现到底发生了什么事情。主要人物和读者(或观众)被一种共同的需求——努力要寻找出到底发生了什么事情——联系在了一起。

事情一定要解释清楚:有时要通过文字,有时要通过画面。这完全取决于你所写作的电影剧本的类型。

当戏剧性前提被建置起来后,我们就遇到主要人物了:他们是居住在南达科他州巴德兰得斯市的从事科学研究的两位科学家(山姆·尼尔和劳拉·德恩饰)。他们正在挖掘恐龙化石,并且利用电脑技术来分析史前动物化石中的成分。一架直升飞机降落着陆,阿滕伯勒爵士下来了。他试图说服这两位科学家,如果他们和他签订项目合同,他答应出资支持他们今后三年的发掘工作。他们无法拒绝,因为他们很需要钱来继续他们的研究,不去不行。

这就是这个电影剧本的前10页,什么解释都没有,但是所有的东西都建置起来了,而且戏剧性情境也展现出来了。

现在戏剧性动作的第二个10页开始了,而且有必要建置阐述,因为有必要进行解释了。当主要人物开车从广阔的全景中经过时,他们看到了他们的第一只恐龙,活生生的、喘气呼吸、在漫游散步,就跟它们在侏罗纪时期一样。整个场景就像人们在时间的"孤岛"上迷失了。在这里我们同样看到了阐述,但我们不需要通过对白来进行解释。

"他们如何去做?"和"他们为什么去做?"这两个问题在这里是很重要的,而且必须要加以解释。也就是为什么在一开始的科技讲演示范时没有多少解释,但在其中建置了实验室里高科技的基因研究。剧中其他人物也被介绍了,下面我们开始"真正"的故事了。

在情节点 I 上,他们进入了侏罗纪公园,沉重的大门在他们的身后一下子关上了。所有的事情都已经建置起来,而且人物也介绍出来了,有一些阐述是通过视觉效果解释的。比如说他们进入公园之后,看到一头牛被起重机吊起放入围栏中。当他们听到一阵恐怖的怒吼声时,小姑娘被吓住了,接着他们目睹了树木中的一阵骚动,后来又看到一架空空的挽具已经扭曲了,上面还带有鲜血,被高高吊起来了。什么也不需要讲了,不需要用任何语言文字进行解释了。这正是喂食的时候。同样的,我们看到一头山羊被栓在木桩上,它呆在那里等待着。一会儿,在一阵暴风雨般的袭击之后,我们只看到空荡荡的锁链在那里来回摇动。一只霸王龙正出现在上方。

一个电影剧本就是一个用画面讲述的故事,所以我们必须创造出画面,用它们来显示故事并且推动它向前发展。阐述和需要的解释要尽可能地少用。

问题是有不少作者过多地依靠对白来推动故事向前发展。在一些电影剧本中,就像我们在这一章开始时提到的那个剧本,一场戏接一场戏反复地去解释一些已经发生过的事情。

结果是:故事向前发展得太慢,而且在几个方向中打转转。尽管好像是人物们在不停地自己解释自己,但是给人的印象却是人物没有很好地被界定,他们不是很主动而是太被动了,而且从剧本中消失掉了!在那个加勒比海地区的造船家的故事中,电影剧作者变得必须去解释所有的事情,因为在故事线中有一些必要的场景被漏掉了。这就造成了情节的问题。

在《侏罗纪公园》中,为了推动故事向前发展,阐述是与很多的视觉元素结合来进行的：如对于主要人物山姆·尼尔和劳拉·德恩的介绍，是以他们在南达科他州的巴德兰得斯地区正在挖掘恐龙化石进行的，这样就向我们显示出主要人物是谁。如此，当作者在编织故事线索时，故事就不会陷入解释的泥沼。

当你在写作一个电影剧本时，你必须要解释事情，这就是这个媒体自然本性的一部分。但是真正的问题在于，你如何去进行解释：不论是通过对白还是通过画面。

好好想想。如果你感到自己的电影剧本中有什么东西不对劲了。就请看一下那张问题清单，看看你是否解释得太多了。下面是你能够做到的。

首先，你正在处理一个动作以及一位人物，然后你正在创造一个冲突，所以我们必须知道你的人物在目前这个独特的情境下正在想什么，有什么样的感受。如果你开始解释的东西过多，你的故事线就会变得令人困惑和复杂，因为你总是在解释你的主要人物发生了什么事情。要处理这个问题，你就不得不在故事线上增添一些东西（情节）。很多时候，这些戏剧性的事件看起来都过于人为化并且在预料之中。如果你的故事主要是通过对白来向前发展的话，那么它可能会变得太滔滔不绝，于是就会出现次要人物压倒主要人物来领衔动作的情况了。

要处理这样的问题，你需要从两个角度来重新思考一下你的故事：从视觉角度同时也从人物的角度。你的场景是否有足够的视觉气氛呢？或者它们是否发生在办公室内、房间中或饭馆里面？换言之，你的电影剧本是否总是从内景到内景再到内景然后再到内景，而很少用外景呢？如果你解释的事情太多了，你所看到的第一个症状就是，这个故事太封闭了或太狭小了，出现了这样的情况，你就要从视觉上把它打开。

下面就是一个例子，它是从我的一位学生所写的一个剧本中选出的。这个故事发生在二十世纪四十年代的某一段时间，讲的是一位女飞行员决心驾驶一架第二次世界大战时所使用的战斗机进行飞行比赛，而到当时为止只有男飞行员才驾驶这种战斗机。在故事中，她要去征服一个又一个障碍：包括对于女性的歧视、自己的畏惧、如何去驾驶这样的战斗机等。因为这里面要对这位主要人物进行很多的信息介绍，这样作者开始解释很多事情。

第九章 太依赖解释

首先，我要说明，这是一个特定的，展示故事情境的完整练习。我们要写的这场戏发生在主要人物女飞行员凯特和她的男朋友霍尔特之间。后者也是飞行员，他支持她在比赛中成为第一位驾驶这种战斗机的女飞行员。

凯特：我有一点紧张，就这些。这让我老想着我干得了吗？

霍尔特：这……是说，比赛？这和你在美术馆准备布置一个画展有什么不同？

（凯特曾经在那里工作过）

你出点子、计划、调查、研究，和很多人讨论，耗到开幕的时候，你也崩溃了。

凯特：你想克里斯吗？想过他吗？

（他们的朋友，在开同一种飞机时失事死亡。）

霍尔特：那是我最好的朋友。我很想他，特别是今天。他肯定会以你为荣。

凯特：你真这样想？

霍尔特：当然了。

（他拥抱一下她。）

你有点儿害怕？

凯特：有一点。

霍尔特：好事，有一点害怕是件好事。它会叫你保持警惕……嗨，要是你没那么棒，哪能走到今天这步。只要好好干，你就和任何男子汉一样棒！

凯特：（笑了起来）也许更棒一点！

霍尔特：也许这样。你看着，一干起来，你就会乐在其中的。凯特，我爱你！我不希望你去干什么自己不想干的事情。现在罢手也行。告诉我你现在到底想怎么着就行。

（她看着他）

这就是我所想的。

（他把她从她的座位中抱起来并一直背着她到床上。）

霍尔特：起飞前我们还有的是时间。

然后，我们切到下一个飞机场的场景。

一些词语和句子，例如紧张、害怕、你还想克里斯吗？我爱你等等，都是解释感情的，但是它们没有显示出这些东西来。而呈现出的效果就是这些对白变得太直截了当了，直接告诉我们主要人物正在想些什么和感觉到什么。这就使得冲突有一些被简单化了,而且这个场景太平淡和枯燥了。这个场景没有潜台词。而潜台词,就是在一场戏中没有直接讲述出来的、隐藏着的思想和感情。这些才是这场戏的真正核心。

什么是处理这个问题的最好方法呢?

我想最为有效的做法就是,这个特殊场景应该从这场戏的一开始起就重新结构。需要说明的是,可以通过情节或人物的途径解决这个问题。我选择通过情节的途径,因为我们应该看到凯特和她周围的环境,去了解她有能力去依靠自己来完成这场飞行比赛。这就是说,我们要看到更多她飞行的情景,这样就能知道她是怎么来操作飞机的。而最为理想的方式就是显示出她有时在一些地方会失控;可能她发现着陆时有些困难;或者在空中飞行时有时会失控而且很难重新控制住。我们需要为她创造一些有可能会使她身处险境的障碍。这些东西在原剧本中都是缺失的。表现出这些也意味着要表现出她在不同的情境之中的反应:包括她的职业生涯、个人经历、私人生活等等。(这就是为什么处理的方式要从情节来着手的原因。)

比方说,霍尔特讲在美术馆举办一次展览时(凯特担任过助理管理),"你出点子、计划、调查、研究,和很多人讨论,耗到开幕的时候,你也崩溃了。"这全对,但是我们从目前这个剧本中她这个人物身上没有看到这些东西。我们只看到她在美术馆工作的点点滴滴,没有看到任何这样的压力或紧张气氛。要想使得这个剧本真正展开,我们就应该把她放置在一些紧要关头上,看看她是如何处理这些紧急事件的。所有的戏剧都是冲突。正如我所讲到的,没有冲突就没有情节;没有情节就没有人物;没有人物就没有故事;而没有故事也就没有电影剧本了!

为什么影片《沉默的羔羊》能那么有效地感人呢?原因就是克拉丽斯·斯塔琳(朱迪·福斯特饰)是联邦调查局学院的学生,而且我们反复地看到她如何训练。我们见识了她的射击技能,看到了她在人质绑架危机中,在靶场、在藏书室中,以及发现了一颗被连环杀手割下的头颅时的表现。这样我们就能够知道,当她后来在地下室面对连环杀手时,能够临危不惧。我们知道她有能力去保护自己。而这一切从这个电影剧本开始的第一页就很好地在故事线中建构出来了。我们第一次看到她在训练中越过障碍,我们就知道在下一场戏中,她成为全班中的杰出学生,成绩高过所有的男生和女生。

如果我们没有看到这些表现她在危机困境之中如何保卫自己的情景的话,那么这部电影的结尾就很难令人满意,这里也没有什么"情愿暂时信以为真",我们也根本无从接受它。

在这个关于女飞行员的故事中,要想使得它增加更多的视觉效果而又不必解释过多的可行的方式之一,就是增加一些新的场景,来建置这场戏。这样你就可以利用一些情绪的起伏波动来使得它更有影响和更为令人激动。这就是为什么这个问题可以通过情节的方式来进行处理的原因。

我们也可以通过人物的方式来处理它:这就是说要把人物之间的关系,即凯特和霍尔特之间的关系深入化。在原剧本中,凯特和霍尔特之间的情感关系已经有两年多了。我们除了通过对话中解释出的东西对其有所了解之外,对于他们之间的关系知道不多。他在这里出现,就是为了她和支持她的愿望,但是没有一点有关他们过去的情感关系的信息。剧作者应该把这些都写出来:可以写出一些短文,描写他们是如何相遇的,他们过去的关系如何;以及在此之前他们又和谁有情感关系,这种关系保持了多久,又是如何结束的等等。这些事情都需要知晓,不然的话他们之间的感情就很难界定,于是就需要进行解释。

这场戏的另外一部分也可以延伸发展起来,即他们同克里斯的关系。后者是霍尔特的一位好友,不幸在一次飞机失事中丧生——这件事发生在故事开始之前。在原剧本中,他仅仅在对话中被提到,而没有在任何地方显现出来。实际上,这场戏可以直接影响到现在的几场戏。克里斯的飞机失事没有被包括在剧本中,但是如果我们亲眼看到这场不幸事件,以及它对于其他人物的影响,我们就可以建置出霍尔特和克里斯两人之间,以及凯特和克里斯两人之间的关系。如果我们知道这种关系的话,我们就会马上进入这场戏的深层次感情之中。这样,在这个场景中,这两个人物都在自己的情感漩涡中挣扎。霍尔特囿于对克里斯的怀念,对凯特飞行的担心之中。凯特也想念克里斯,她的情感还深陷于自己对于这次飞行的恐惧,而且她首先要克服这种恐惧心理,她还要面对所爱的霍尔特以及同他的关系等等。请回忆一下《壮志凌云》(*Top Gun*, 1986)这部影片,其中由汤姆·克鲁斯饰演的主人公在整个影片中所要征服的就是对于驾驶这种高速战斗机的恐惧心理。这样,就会为这个场景增加深度和立体感。

在原剧本中,所有的这些感情上的细腻的纠纷都是通过对话来阐述解释的,而不是让我们看到或者感觉到的。因为这场戏中的这些情绪上的力量没有准备很充分,所有这些展现就好像是漂浮在表面上,缺乏深度。除了凯特自己所讲出来的,我们不知道她到底在想些什么以及感受到什么。

当然了,这只是整个剧本的一场戏。但是我们从中可管窥一斑,整个电影剧本就是用这个调子写成的。这里面缺乏一直推动故事的动力和活力。电影是一种视觉媒介,它必须通过动作和人物来进行处理。

不然,你就要解释所有的东西!

问题清单

缺了点什么

- 故事缺乏紧张和悬念
- 支撑点不够高
- 故事线索太错综复杂,事情发生得太快
- 故事含混不清、太单薄、太人为化了
- 情节太绕来绕去
- 对白太唠叨、太直接
- 人物太平,太单薄
- 主要人物不太令人同情
- 人物只是对环境做出反应,缺乏真正的观点
- 次要人物比主要人物更突出

Chapter 10
缺了点什么

SOMETHING'S MISSING

  当我读一个剧本的时候,我总是在寻找一条简洁、清晰和紧凑的故事线索。我希望人物带着一种强烈的戏剧性需求和强有力的个人观点穿越叙事的背景。我希望故事给我带来惊喜,而不是让人感到人为设计的痕迹或者让人可以预见到以后的情节。我希望所有的场景和段落都是互相联系的,没有一点仅仅是为了保证故事持续前行的多余的行动和对白被放进来。

  这就是我说的"读着舒服的东西"。可遗憾的是,我大部分时间都失望。好莱坞几乎所有读剧本的人,不管他是制片厂的经理、制片人、导演、改剧本的,还是审剧本的,都有同感。对我个人来说,我直接介入读或写的剧本每年大概要上千,有些是受各个不同的制片人或制片公司的委托,另外我还和我的很多学生一起工作并帮他们设计和修改他们的剧本。我渐渐地发现剧本里的某些倾向将导致一个特定的毛病。就像在第八章里曾提到的,既不是故事里塞了太多的素材,也不是不够,而是缺了点什么。在很多时候,一个剧作者在写剧本的过程中常要面对创作上的选择,以决定是否要写某一特定的场景。有时候作者倾向于跳过一些他们认为不重要或不必要的场景。他们认为这些场景可有可无。要是你开始反复地问自己:"我到底要不要写这场戏?"这你就开始了一个进行评判的过程。虽然这是剧本写作的一个正确的和必须的步骤,不过要是做得过火了,可能导致你干脆不写这场戏。而且一旦在写作过程中你倾向说:"不,我用不着写这场戏,"不管是因为何种原因——你就建立了一种说不的习惯。

然后你就会遇到麻烦了。

不可避免地,剧本就会丢掉某些东西。其中往往是对一个行动很重要和有意义的某些东西,或者是推动故事向前所必须的东西。当我给埃尔文·萨金特的《情挑六月花》(苏珊·萨兰登和詹姆斯·斯派德主演)当顾问时,在第二幕的结尾处有个很重要的转场戏,詹姆斯·斯派德饰演的人物做出了一个跟着苏珊·萨兰登到纽约去的决定。可剧本所写的方式却没给我们任何线索说明人物为什么要离开。有一场要走的戏,然后下一场就展现了他到达纽约。他怎么去的,他何时做出的决定,为什么做出这样的决定,在剧本的这一稿里都丝毫未曾提及。他就是去了。

当我第一次读这个剧本的这一段时,我全糊涂了。它毫无意义,特别是对于说明两人再次相遇时他们间到底发生了些什么来说,这是一个很重要的缺失。没有斯派德饰演的人物做出跟着萨兰登离开去纽约的决定的关键场景,动作里有一个又大又深的空洞。它非得给填上不可。这样的场景不仅仅是重要的,也是结构上所必须的,因为这个场景正是第二幕结尾的情节点。

当剧本里缺了点什么东西的时候,不管是缺了一场戏、一个段落,或是人物的一个决定或反应,它总会通过某种方式反映出来,因为我们都能凭直觉感到应该有的某些东西却没在那儿。

我的一个学生写了一个动作冒险片,表现营救一个在北朝鲜被游击队打伤并俘虏的美国飞行员的故事。那里有很多动作场景,一个接一个。可作者忘了说关于人物的事,诸如他被捕以前的生活、他的家庭是怎样,或有关他的性情,包括他的希望和恐惧。在《红潮风暴》(*Crimson Tide*, 1995)里,我们在丹泽尔·华盛顿饰演的人物接到俄国人进攻威胁的电话之前,在他女儿的生日聚会上就见到了他。而且在影片一开始吉恩·哈克曼饰演的人物就说到了海军就是他"真正的家"。我们还看到了他和他的狗之间的关系,这些都很有力地揭示了这个人物。他并不是一个动作场面接着一个动作场面。

在我学生的剧本里,不管是个动作冒险片、惊悚片或着重表现人物关系的故事,使一个剧本真正有效的人物的内在动力常常不知到哪儿去了。这个问题常常表现得十分明显。

好的剧作是强有力的动作和强有力的人物的结合。它们是携手共进的。

出现了这样的问题你该如何改进呢?在这种情况下我让我的学生先停下来别写,并回头在人物上面多下些功夫。首先我让他写些有关主要人物的短文,然后提一些可以写进剧本的关于人物诸多方面的建议。在我的学生的故事里,主人公是个孤独的人,在敌后受了伤,被俘虏,没人可以交谈——这创造了一个可以很好地利用闪回(或者我称之为"闪现")的情境。例如,当主人公的飞机将要坠落到地面时,我们可能会在一些快速剪辑的镜头里看到有关他生活的一些不同的方面。当他弹离座舱的那一刻,我们可能会看到他生活里的某些片段,比如他的母亲、他妻子的一个镜头、孩子和小狗玩,或美丽的落日等。这些只是一些视觉上的建议,以使剧本更开放,让有关人物的一些元素得以进入动作。他的降落伞落到了树丛里,接着有一个动作场面表现他被捕。作者完全被剧本的动作因素所控制,从而完全忽略了人物。

有些东西丢了,那真的有问题了。

你所做出的写或不写一场戏的每个创作决定是写作过程里基本的和必须的步骤。但随之而来的问题是你究竟是否真的需要这场戏。接着是需要点什么能使故事有效进展的东西,来代替那些读起来"单薄"、缺乏紧张和悬念、需要解释才能推动故事前进的"情节漏洞"。

不能好好处理和修补这些情节漏洞,这经常会导致故事和人物单薄和维度单一。我们称这种剧本叫"单线条"影片。

有的时候,一个单线条的影片也会很有成效。《生死时速》(*Speed*,1994,格雷厄姆·约斯特编剧)和《断箭》(*Broken Arrow*,1996)都是把一点创意推向极致的很好的例子。恰到好处的人物描绘使它有趣。《邮差》(*Il postino*,1994)也很出色。

但是《山丘上的情人》(*The Englishman Who Went Up a Hill But Came Down a Mountain*,1995)是一个单线条剧本不成功的很典型的例子。故事讲

述的是一个英格兰地质测量员和他的伙伴在第一次世界大战刚结束后不久便奉命到威尔士重新测量一座山，以确定它究竟是一座山还是一个小山丘。这是一个精明的设想，聪明的铺垫，可从风格和制作的角度来说却太简单了。

标题已经说明了全部，那就是整个剧本要讲的。除了这么个特殊的情境之外再没什么别的东西了。一个情境，没有故事，这部影片真的就只有这些。故事中所必须的冲突和紧张全都丢了。这究竟是座山峰还是只是一个山丘呢？这点儿悬念成了故事前进仅有的力量。

故事的支撑点——也就是情感的"桩"打得不够高。在这个故事里需要铺垫什么呢？没什么太多的东西，人物在这里没什么可丢掉的。要让故事更有戏剧性，更有效，情感的张力就得铺垫得高一点，那就意味着冲突得加强些。某些方面的价值和意义，不管是情感的还是身体的，内在的还是外在的，都得要铺垫，或者要冒风险。当有障碍必须要克服的时候，人物强有力的戏剧性需求会导致更多的冲突。要是在这个例子里，你深入到人物的生活里去了，就能发现可以提高情感情境上的铺垫因素。

为什么呢？看看休·格兰特所饰演的安森这个人物，他是那么的单薄和被动，似乎总是对环境和其他人物的行为做出反应。我们对于他知道的真是不多，而且他渐渐地消失在了故事的背景里。在这个人物身上或内心，没什么东西能拉着我们去注意他。相反那个酒吧老板摩根是个生动得多的人物。甚至那个牧师也被描写得更有生活情趣，比安森突出得多。就是他和贝琪的爱情关系也显得人为痕迹很重并让人猜得出结果。之所以设置这层关系似乎只是因为剧本里都得加点儿爱情佐料。至少对我来说，我根本就没法理解这么个被炮弹震晕了的懦弱的人怎么就能引起她的兴趣来。我们知道他曾被炮弹震休克过，可我们不知道有关他的任何事，也不知道这对他产生了什么影响。贝琪是个坚强而且富于魅力的女人，为什么她会满意于和他这样的男人扯在一起呢？她是他的拯救者？救助者？疯狂的母亲？我们不知道，我们只能猜。

那么，问题出在哪儿呢？

缺了点什么。首先，主要人物从没有真正定义好。冲突本身薄弱，结果很少有紧张和悬念感,因为人物只是对环境做出被动的反应。除了摩根之外,没什么人为情感和痛苦所驱使。他们要做的只是要在一个山脉的名录里加上一座山峰的名字。

为什么这很重要?这是第一个非得补上不可的洞。它从未真正得到解释。是的,他们谈到了它,讨论它,可是没有一个充分的理由或动机能解释这个简单的冲突。结果,故事单薄和人为痕迹严重,情节线很弱。为什么菲诺低地的威尔士人这么关心英格兰人怎么称呼一个从未命名过的山峰?这可能有一场激烈的争斗,很有故事可讲,因为威尔士人是骄傲而又独立的人。难道不能从英格兰人把他们的法律和生活方式强加给威尔士人的事里生发出某些冲突来吗?故事里人物面对大自然的磨炼可以成为某种竞争和对立的因素,从而增加故事线索的深度和维度。

如果你感到你的故事太单薄了,或者缺了什么东西,要不就是铺垫得不够足,或者你感到人物说得太多了,要不人物说话都是一个腔调,或者没什么事发生,那就回过头去重过一遍素材,看看你是否花了足够的时间去建构故事里的冲突。你还可以增加一些有意义的内容,创造一些冲突并且加强剧中人物的质感。在《山丘上的情人》里,休·格兰特饰演的人物显得薄弱是因为我们对他知道得太少了。我们很少知道他的背景,他在经历过被炮弹震休克后怎么样了。我们不知道他是否希望有一种被保护或被爱的情感关系,或者必须克服长期、深刻的对威尔士人的偏见。这些都是可能生发冲突的潜在领域,而开发拓展更多的冲突领域会使故事更有趣,有更多戏剧性层面。要是这样做了,整个故事就不会显得"单线条"了。有时,当素材单薄时,好像缺失了什么东西,那么就找个情节副线编织进动作里。情节副线就是一条附加的情节线索,使之成为故事线的一个二级分支。增加一个情节副线有时是个好办法,可有时又不是,这有赖于故事本身。我认识的很多作家都认为每个故事都需要一个情节副线,所以他们总是想办法要加上一条。

有两种方法来创造一个情节副线:你要往剧本的叙事线里增加另外的因素,要么通过动作,要么就是从人物出发来建构。这是你首先要做出的创作决定,因为所有的情节副线不是作用于动作就是作用于人物。情节副线的目的就是给你的剧本增加更多具体的戏剧性可能,展开这个动作使剧本变得更富于视觉性，而由它填充了一些缺乏的动作从而让冲突更尖锐、更清晰了。

由于情节副线是源于动作和人物的，那意味着你必须创作一个特定的事件或事变，并把它结构和编织进戏剧性的动作里去。这就是为什么你要通过情节和人物来解决这一特定的问题的原因。

如果你基于人物来建立你的情节副线，你就得在故事线索里设置更多的障碍。比如，你的主人公是个医生，他正在研究治疗爱滋病的方法，他几乎要成功了。你可能会想到要创作一个情节副线表现还有另一个医生在和他竞争，而且可能发现了治疗同一种病的另一种方法。从医学的角度，首先发现一种疗法是很重要的，因为那能找到赞助研究的经费。这样，这个人物的戏剧性需求就是要成为发现治疗法的头一个人。这样就增加了一个主要人物和其他人物之间的竞赛和挑战，目标就是争取做头一个治好爱滋病的人。一个这样的情节副线可以成为给故事线索里增加或建构更多维度的一个非常有效的途径。

你该怎么去建构这个特定的情节副线呢？首先你得创造另一个人物，在这里是一个研究爱滋病的医生。然后通过写人物小传认识他或她。这两个医生也许以前就有过某种接触，可能是在故事开始以前，可能是通过不同的学术出版物，也可能他们甚至在一起上过学。你可以通过写各种人物小传来建立这些信息并且逐渐清晰地勾勒出作用于两个人物的戏剧性力量。这第二个人物将是故事里很重要的形象，即使他或她只在剧本里少数的几个场景中出现。建构情境这样的做法可以让你选择那些有助于增加情节深度的场景。

通过阐明和定义是什么将新人物带进冲突，以及主要人物对新的情境如何反应，你就产生了一系列能勾连进故事主线的动作和反应。你给故事创造了一个新增加的动作，也就是一个情节副线，它将给剧本一个新面貌和新感觉。许多作者把这种情节副线发展成了另一个单独的故事，将其结构成一个整体，然后再插进戏剧性的动作里去。所以它看起来更像是结构的问题而不是人物的问题。

无论什么时候，当你想要从主要动作里切出来时，你可以插进一些情节副线的场景,并创造出一条更强有力的叙事线索。

如果你想要建构一个基于动作的情节副线,这里有一个很好的例子:《赎金》(*Ransom*,1996),梅尔·吉布森和蕾妮·罗素主演,是朗·霍华德导演的影片,由亚历山大·艾戈诺恩写的原创剧本,并由理查德·普莱斯[斯派克·李导演的《黑街追辑令》(*Clockers*,1995)的编剧]改写。这个剧本讲的是一个有钱人家的孩子遭人绑架,以及由此对这一家人在身体和情感上的触动和影响。

在剧本的第一稿里,动作集中在一家人怎样面对这一痛苦的磨难,以及这如何影响了他们的关系。绑架这件事只是一个引导人们关注他们在这段事件里的情感磨难的"钩子"。故事的观点是,所有的人都是一样的,无论是富人还是穷人,男人还是女人,黑人、白人、褐种人还是黄种人。当孩子的生命处于危险中时,每个人这时的真实情感经历都是一样的。感情就是感情。

这是故事的基本点。但当理查德·普莱斯参与到该剧本的创作时,他渐渐明白了,这个完成的情境很棒,但还缺点什么,剧本不像应有的那么有力。朗·霍华德也这样看。当他们从这种感觉出发接触素材时,他们发现在整个剧本里没说什么关于绑架者的事,也没有绑架者的视点。他们是些什么人?为什么他们要绑架这么一个特定的儿童?绑架对孩子的父母和绑架者都有什么影响?这是一种奇异而独特的关系,如果得以发展,可能给剧本提供另外的维度。

所以普莱斯开始发展绑架者这边的故事,在这条情节副线里我们可以看到那些绑架者是谁,还有他们为什么干这起坏事。

情节副线拓展了整个剧本,使它前所未有的丰富起来。

如果你想建构和发展一条基于人物的情节副线,那么回过头来进入你的人物的生活并重新定义这个人物。你是在寻找他或她生活里的某些因素,从而使这些因素能更深入地和故事结为一体并给冲突增加新的层面。你可以通过进入你的人物的职业生活、个人生活及私生活来揭示他们。

你的主人公以什么为生?他或她的职业是什么?你的主人公与同事之间的关系如何?是好?还是坏?你的人物和同事间有什么冲突吗?是什么冲突?是不是某件特定的事误入歧途了?是一笔没付的款项吗?你的人物

下班后和她的同事们还有交往吗？她干些什么？她是不是拈花惹草？她的父母是否还活着？她是健康的，还是有病？写个两三页纸的短文，把这些都列出来。用自由联想的方式，把所有想到的都写下来，别管什么语法、拼写或格式什么的，就把想到的词都随手记在纸上。这是一种自动写作，你会为你的发现而吃惊。写作常常是一个发现的行为，你从来不知道会发生些什么。那真是一个让人愉快的经历，它让人意想不到地情绪高涨起来。

如果你确定了你的人物的职业生活的这些因素，你就该找某种能"钩进去"建构情节副线（subplot）的事件或事变。

你的人物的个人生活有些什么呢？在剧本写的这段生活里，你的人物和别人有什么情感关系吗？他是结婚了、单身、丧偶、离婚还是分居？你能确定这些关系吗？如果你的人物是个单身，那他或她在故事开始时是否和别人有什么情感关系呢？这种关系处于什么状态？是很好，还是要分手了？在这儿要考虑冲突，那会好得多，至少有戏。让人物关系别处于太好的状态。两个人幸福地呆在一起很少有戏剧性价值，所以要创造某些冲突。也可能激情已经消失，不是他有了外遇，就是她觉得像是在勉强凑合。

要是你的人物已经结婚了，夫妻关系怎样？是很有力、很稳定，还是有一方对他或她承担的义务有所怀疑？他们结婚多长时间了？有孩子吗？有几个？用两三页纸的短文来界定清楚你的主人公的婚姻状况，看看你能不能弄出一些因素可以帮你建构起一条情节副线来，找找能拓展故事线索的那些特殊的元素。

你也可以通过你的人物的私生活来做此事。所谓私生活就是当你的人物——他或她独处时所做的事。你的人物有什么嗜好、兴趣？在上烹调课？或写作课？上网购物？一周锻炼三到四次？练什么？瑜珈？力量训练？舞蹈课？所有这些领域都能展开并很容易为发展情节副线提供各种创造性的机会。

宠物是你可以给剧本增加事件和元素的另一种方式。你的人物有宠物吗？要是有，是什么？就像前面提到过的，在《红潮风暴》里吉恩·哈克曼饰演的人物带着狗来到潜艇。《沉默的羔羊》里的连环多杀手有一只小胖贵妇犬"宝贝儿"。宠物是加强你的人物的深度和增加同情感的极好的方式。

你甚至可以把这些戏剧性地应用到故事里。我在几年前的一个晚上有过一次经历。我有一个重要的晚宴约会，可就在我离开家前的个把小时，我突然发现我的17岁的猫病了。它呼吸困难，也不能动了。我扔下所有的事立即带它去看急诊，我知道约会可能要迟到，可我别无选择，猫对我来说是当务之急。这样，我把它送到动物急诊中心，给它看了病、打了针，还整夜地陪着它，等到一切至少在表面上看来正常了我才去赴宴。我的一切思想和感情都在猫身上了。这正是一个可以用来创造戏剧性情节副线的情境或偶然事件。如果我从人物的功能方面寻找某种偶然事件或插曲来强化我的剧本，这种小插曲或偶然事件是很好的办法。

当我回忆时，我觉得那一晚很难熬。我的猫打了针又吃了药，第二天才回了家。但像这样的一个偶然事件可以有助于深化你的人物和填补你的故事线索的某些漏洞。

记住你可以通过动作或人物来写作情节副线。两者都是建构、充实故事线索，使之立体化的有效途径，并能在视觉上，而不是言语上推动故事向前进。如果你已经建构起了情节副线的元素，而且它们建构和定义得很清楚，你就能很容易地跟着它们穿梭于故事线索的表面，就像海豚破浪而行。

问 题 清 单

另一时间、另一地点：
在时间与动作之间架设桥梁

- 剧本太长
- 故事是插曲式的，太多说明
- 发生了太多的事，故事线索里缺乏焦点
- 事情发生得太快
- 人物太多
- 主要人物太单薄，让别的人物给盖住了
- 场景太长、太复杂了
- 情节副线太多
- 好像两个故事套在一个里面
- 不得不解释太多的东西

Chapter 11
另一时间、另一地点:在时间与动作之间架设桥梁
ANOTHER TIME, ANOTHER PLACE: BRIDGING TIME AND ACTION

看看问题清单列出了好多让编剧烦心的普遍性毛病。很多时候,我读前10页里就能确定剧本是不是值得"读"。我在寻找一个表达简洁、清晰、视觉化的,故事精炼的,人物及其行为动作清楚、简练的剧本。如果有太多的人物,太多的动作,太多没完没了的场景,剧本就会超长,比如说篇幅超过145页。在这种情况下,故事线可能铺得太宽、太广,范围牵涉的太开,结果主要人物没有界定清楚。或者有太多的人物,或者有太多场景,主要人物因此没能全部涉及,或者故事线索涵盖了太长的时间和太多的动作。

剧本故事的时间跨度常常延续很多年,像《肖申克的救赎》那样,由于时间很长,有很多事情不得不去谈及和解释,所以很难写,要做的事太多了。所以当你处理一个涉及很长时间跨度的题材时,你得清楚将要面对什么样的问题。

我们可以举《阿波罗13号》这样的剧本为例。该故事按时间先后顺序延续了7天,困难之处在于有很多在此期间必须发生的事件都包含着众多的细节,而且每个事件都互相关联着。我很理解《阿波罗13号》的前几稿剧本为什么都长达200多页。那么我们非得做些什么才能让剧本更有效力呢?你要是不把故事的"历史"、环境和事件弄得真实可信,就会破坏"情愿暂时信以为真",没人会买这个剧本。这就是不"真实"和可信,这一点很快就会显而易见。原来的事实在那里放着,剧本讲述的是那段历史。

那么该如何处理历史影片或表现特定时代的作品呢?对一个基于真实的人物或事件的剧本该怎么办呢?有很多方式来处理关于历史的剧本。首先,当然你必须做系统的研究,读有关这时期或这一题材的书、杂志或报纸,尽你所能地找出有关那个时期的一切东西,不管是关于那时的人还是那个时代人们所关注的事。那一时期的个人日记和小说也是很好的来源。一旦你做了这些研究工作,你就能把历史事实编织进事件的进程,使之成为剧本的结构基础。

然后你得决定怎么结束故事。哪些事件和事变可以更好地来解决你的故事线的终结问题?它是否基于一个已经成为事实的事件,就像《阿波罗13号》《总统班底》(*All the President's Men*,1976)或《尼克松》那样?或者像《与狼共舞》那样结束于片尾字幕前的某种评论?简言之,你得让历史怎么真实?回答其实很简单,尊重历史,实事求是,但驱动人物的动机可以被创造甚至完全虚构。

《永恒的爱人》(*Immortal Beloved*,1994)这个剧本就是这样:如果你对贝多芬的生平很了解的话,你会知道其中的事件很明显是虚构的。要是你想在影片中寻找"真实的"贝多芬,那你可得费大劲了。

你要是正好要写这样的一个历史性的或年代性的剧本,而且你发现它太长,太零散,或者你有太多的人物要表现,或有太多的线索要发展,首先,你该问问你自己的,不是"我该留点什么",而是"我该删掉什么"。

这是你在开始着手接触或改写故事之前就必须做出的主要的创作决定。如果你不问自己这个问题,它经常会导致困难并且产生很多问题,最突出的就是选择的问题。我要把故事以最有视觉表现力的方式讲出来时,需要讲述哪些事件,我可以删掉些什么?

解决这一特定问题的途径之一是转场。时间的流逝和场景与段落间的联系都必须十分富于视觉表现力。从一个场景到另一个场景都需要一种视觉的转换。转场在时间之间架起桥梁并推动动作迅速地、视觉化地向前发展。无论你是在写一个原创剧本还是从小说、戏剧、杂志或报纸文章改编,每段影片、每个场景或段落,都必须有把特定的时间和特定的地点联系起来的桥梁,以便推动故事前进。在剧本里从 A 点到 B 点要求有转场连接两者。

你要是没有做这些转场,问题清单里的好多现象就都会出现了。

有四个主要的途径来做转场:图像接图像、声音接声音、音乐接音乐和特技接特技。可以有叠化、淡入淡出和跳跃剪辑。

剧作者靠导演和剪辑师来创造这种视觉效果是很久以前的事了。而现在绝大多数的剧作者都知道,写出场景和场景间所要求的转场是剧作者的职责。现代剧作家的一个明显的特征就是有能力写出好的视觉转场方式。而且在最近有一种转场的艺术在复杂性和样式上不断演进的趋势。甚至像《低俗小说》这样的剧本,这是一个很段落化和插曲化的剧本,它用有效的转场把剧本的五个段落连接进一个单一的故事线索。在剧本的扉页上甚至宣称这个剧本是"关于一个故事的三个故事"。要不是塔伦蒂诺和阿夫瑞创造这些转场,这个脚本就会散成插曲式的,不会有现在这样好的效果。

据我所知,写这些推动故事前进的转换场景,从而在时间与动作之间架起桥梁,是剧作者的职责。写好转场也是解决一系列问题的一个很好的途径。

转场一直是剧本写作过程中不可缺少的部分。从无声电影最早期以来,电影制作的工艺都是一样的:用一小段一小段的胶片从头到尾地用画面讲一个故事。剧本也是如此:用画面讲故事。

例如在《肖申克的救赎》里,时间的流逝处理得非常出色,只需一个镜头就告诉我们时间的流逝。丽塔·海华斯、玛丽莲·梦露和拉奎尔·韦尔奇的大幅招贴画视觉化地表明了已经好几十年过去了,同时声带上的音乐也跟着改变。在《恋爱编织梦》里,一个26岁的女人跪着阅读一本书,我们听到她叙述的画外音:"怎么把两个独立的人融合成一对呢?而且如果你的爱是那么强烈,那你又怎么能给自己保留一点小小的空间呢?"这是整个影片要说的。当芬站起来时,我们看到还是个五六岁的小姑娘的她正站起来看着一起做缝纫的女人们,这时她的叙述把我们直接引进了故事线索。

为什么转场是那么重要呢?因为当你读一个剧本或看一部电影时,你得随着连贯的时间流程度过通常不足两小时的时间。故事线索已经被组织成纸页上或银幕上的一系列连贯的影像,时间变成了一个相对的现象。当从一个影像跳到另一个影像时，几天、几年、几十年被浓缩进几秒钟里，几秒钟被延长成了几分钟。转场使《肖申克的救赎》成为一部令人难忘的影片，时间的流逝本身并没有特别的引人注目，它成为整个剧本结构的一个组成部分。

转场可以像万花筒里的色彩一样千变万化。例如在《沉默的羔羊》里，编剧泰德·塔里常常把前一场戏的最后一句台词和后一场戏的第一句台词叠起来。对白用来连接时间与动作，并展示了声音可成为用于连接两个不同场景的一种方法。塔里以一个问题结束一个场景，然后在下一场戏开始的时候回答这个问题。

这种交叠转换场景的方法以前已经被用过很多次了，当然，最著名的是在埃尔文·萨金特改编自莉莲·海尔曼的回忆录《旧画新貌》的奥斯卡得奖剧本《朱莉娅》里。但塔里处理其转场的方式使转场总是在我们不知不觉中得到完成。如果你看一部电影时注意到了视觉上的转场，或者感到了导演的"艺术"处理，这往往不是一部非常好的电影。

各种各样的转场无时不在。在《小镇疑云》(Lone Star, 1996)里，约翰·塞尔斯用一种独特的方式拿他的转场来连接时间和动作：他让人物保持在现在时态，然后摄影机摇过一个人物或一个地方，我们突然穿越了时间，既可以向前，也可以向后。这样效果很好，非常视觉化，我认为它清楚地显示出塞尔斯作为一个编剧和导演的多方面才能。

《阿波罗13号》是一个基于真实历史事件的影片，编剧连接动作采取了在飞船上的三个宇航员和休斯顿火箭控制组之间简单地来回剪切的方法，这在技术上叫作交叉剪辑(cross-cutting)。故事是靠动作和反应推动前进，并被环境和事件连接成一体。《末路狂花》也是通过两个在逃的女人和追捕她们的警察之间的交叉剪辑来推动故事前进的。

每个剧本都有其本身独特的转场方法和样式。一部动作片常常是短而快的转场，因为影片要很快地向前推进，我们非得进入动作不可。但在一部人物驱动的影片里，转场可能来自于沉默、两个人物间的对视或对话。从没有一种唯一正确的方式进行转场，唯一检验的标准是效果是不是好。

有很多时候，当你专注于把故事写到纸上时根本想不到剧本的转场流程。可当你写完前两稿时,你发现可能写了一个145页或更长的剧本。在真正的编剧过程中挺顺利,可后来你得花很大精力把它删减到合适的长度。140页以上的剧本只有威廉·戈德曼、昆汀·塔伦蒂诺、大卫·凯普或埃里克·罗斯等大师写的才会有人要。

要是你的剧本太长了,你觉得有太多线索,发生的事太多了或有太多的人物,找些方法在时间和动作之间建立桥梁。转场可以解决剧本写作里的很多问题。而且有时连接到另一个时间、另一个地点的方式,可以简单到像用人物服饰的变化来暗示,或者是(采用相对应的场景)匹配剪辑(match cut),或者是利用天气的变化,又或用假期来压缩时间和动作。

把转场用作故事的一个有机成分的最有趣的影片之一是《低俗小说》。这是一部在很多方面都很独特的影片,但特别有趣的是塔伦蒂诺和罗杰·阿夫瑞创造的转场方式,使影片保持在一个单一的时间线里顺畅流动。

就像在剧本扉页上所能看到的,《低俗小说》真是"关于一个故事的三个故事"。剧本的第1页是"目录",有一个序幕从蒂姆·罗斯和阿曼达·普拉莫尔饰演的角色的抢劫开始。然后的一个故事叫作"文森特和马塞鲁斯·沃拉斯的妻子",另一个叫"金表",最后一个是"文森特、朱尔斯、吉米和'老狼'"(在影片里小标题改为"邦妮的处境"),后面这个故事领着我们走向尾声和影片结尾的抢劫。序幕的应用,引导了剧本开篇,而尾声的应用是结束它。这称作"书挡"(bookend)方式:开始的场景和段落引入故事,而用这个场景和段落的最后部分结束它。《廊桥遗梦》(*The Bridges of Madison County*,1995,理查德·拉·格拉文尼斯编剧)是用"书挡"方式开端和结束的另一个例子。尽管《低俗小说》的剧本由五个特定的段落组成,可看起来就像是一个故事,为什么呢?

因为转场的技巧。

这个剧本里所有的转场都是人物驱动的,而且影片效果那么好的原因是三个故事由这些人物结合在了一起。尽管它是"关于一个故事的三个故事",焦点却总是在约翰·特拉沃尔塔饰演的文森特身上。

影片开始于蒂姆·罗斯饰演的"南瓜"和他的女友——阿曼达·普拉莫尔演的"甜甜兔"在饭馆里,他们掏出枪来开始抢劫。我们停在这一点,然后切到文森特和朱尔斯在开车去某处的路上，花了很大篇幅讨论当地和国外的麦当劳餐馆间的差别。他们看起来好像两个好小伙子，直到他们打开后备箱拉出几条枪，进了一幢公寓楼。他们的动作和对话似乎是矛盾的。这也使得他们成了有趣和色彩丰富的人物。他们走上楼梯，寻找房间，一直都还在讨论着有关"脚部按摩"的复杂的道德和伦理问题。特别是谈论着马塞鲁斯的妻子米亚的脚部按摩和给她做按摩的那个有很严重的"口语障碍"的按摩师。

　　这种漫不经心的态度在影片里取得了很好的效果。关于《低俗小说》已经有各种各样的评论文章和文字争论了，他们指出这部影片已经成为我们时代一个社会性的典型。

　　这两个人冲进屋里，来到那四个想欺骗马塞鲁斯·沃拉斯的年轻人的面前，这些人没有交出他们本应交出的东西，那是个里面有灯光、密码锁号是666（魔鬼的号码）的神秘手提箱（在希区柯克式的术语里，这种手提箱和里面的东西被称作"麦格芬"）。当朱尔斯大段地背圣经时（这也是一个很出色的人物设计），文森特和朱尔斯在一个刺激的场景里杀死了四个小伙子当中的三个。当四个人之一的布莱特一边开枪一边从浴室跳出来时，文森特和朱莱斯却谁也没被打中。它成了一个"他妈的奇迹"，接着影片切到：

　　马塞鲁斯的酒吧，这位"老板"让布鲁斯·威利斯饰演的拳击手布奇在第四轮比赛里输。布奇同意了，虽然他很不情愿在比赛里输掉。然后他走到吧台前要了一盒烟，穿着在第三个故事里穿的可笑服装的文森特刚刚走进来。两个人说了几句话，双方都不太喜欢对方。文森特被老板马塞鲁斯叫进去，他给了他一个命令：让他带着自己的妻子出去吃晚饭。

　　在这一点上我们可以有个选择，故事既可以跟着布奇，也可以跟着文森特。我们跟着文森特走了。我们看到文森特和米亚见面，还有他品评"上等"海洛因，然后跟着他带米亚外出吃晚餐，经过一个长长的怪诞的段落，最后结束于她吸毒过量。文森特救了她。他们过了一个"难忘的"夜晚并相互道别。然后我们进入：

　　第二个故事，名为"金表"。两个故事间的转场只是在文森特和米亚的段落结束时的一个淡出。接着以淡入方式开始布奇小时候的闪回段落，他

第十一章 另一时间、另一地点：在时间与动作之间架设桥梁 115

听到了父亲在越南集中营的六年多时间里在肛门里藏了只金表的故事。当孩子正伸手拿金表时，布奇于比赛临开始前在更衣室里醒来。我们知道布奇应该打输，可实际上我们没看这场比赛。我们切到出租车司机听比赛结果，我们从出租车司机的收音机里得知那拳手被打死了。然后我们看到布奇跳进一只垃圾箱，然后进了出租车回旅馆去，他的女朋友在那里等着他呢。

她把他的金表忘在了公寓。他很生气，决定回去找到它，即使可能为此丧命。他出卖了马塞鲁斯，并且知道有人会对他进行报复（由文森特和朱尔斯执行）。的确是这样，当他回到公寓，找到了这只神圣的表，文森特刚从厕所出来，而布奇便用枪将之轰翻在地。这可能是整个影片最引人注意的时刻，因为它打破了正常的时间结构。它是非线性的动作，而且正发生在影片的中间，打破了故事正常的线性思路。这种非线性结构使得影片非常成功，并成为20世纪90年代后期以来许多影片的灵感来源。

布奇开着他的大众汽车逃走，在一个交通灯处看到了马塞鲁斯，撞飞他之后试图逃跑。在紧接着的有点喜剧性的逃跑中，两人都被奈德和泽德这一对变态的兄弟抓住了。他们把两人都锁了起来并要鸡奸他们。布奇逃脱了，可他决定不能把马塞鲁斯留在那两个变态狂手里。他救了马塞鲁斯，但使自己的生命又处于危险之中。马塞鲁斯接受了他的道歉。布奇也答应和女朋友一起离开，再也不露面了。就像米亚和文森特约定不说外出吃晚餐时发生了什么一样，马塞鲁斯和布奇也订了个协议对这件事守口如瓶。生活就是一种妥协。

然后我们被带入第三个故事，"文森特、朱尔斯、吉米和'老狼'"（虽然在影片里小标题被改成了"邦妮的处境"）。邦妮是吉米的妻子，这个护士在一小时内就将回家。吉米（由塔伦蒂诺饰演）不愿因为妻子在车库里发现一个尸体而危害自己的婚姻。这种处境需要由"老狼"来处理，哈维·凯特尔演的这个人物我们曾在前一个故事结尾处听马塞鲁斯提到过。

这个故事开始于序幕后面开头那个故事结束时，是从另一个视角交叠表现了那场戏。在朱尔斯杀死第一个人时，另一个以前我们从未见过的人物布莱特躲在浴室里，手拿着枪，然后听到朱尔斯在客厅里念圣经，接着又听到枪声，他冲出浴室对着朱尔斯和文森特开了六枪，可一枪也没打中人，子弹都打进了墙里。当朱尔斯说"这是他妈的奇迹"时,真搞不清自己怎么还活着。他们驱车离开时,朱尔斯说:"这都是些臭大粪。"另一个人物马文被抓来坐在后排座,他们开始了一场启示录式的争论。朱尔斯认为他们能活下来纯粹是因为"神的干预"。文森特不同意,当他回过头问马文的看法时,手里的枪走了火,马文的脑袋就被炸开了花,弄得车里一塌糊涂。

慌乱中朱尔斯给朋友吉米打了电话并来到他家清理汽车和处理尸体。马塞鲁斯的紧急电话叫来了"老狼"救他们的急。尸体和车都处置完以后,他们两人也饿了,便去吃早餐。

当然,接着就转场到了咖啡厅里蒂姆·罗斯饰演的人物和他的女友正要抢劫。文森特和朱尔斯在吃早餐时仍在继续争论。文森特去上厕所,他刚走抢劫就开始了,所以我们开始这个动作正是在序幕结束前面一点儿的时间上。这又是非线性结构的一次巧妙的应用。他们俩阻止了抢劫,可放走了"南瓜"和"甜甜兔",然后自己也走了。影片结束。

这个非线性的结构在三个故事、序幕和尾声的框架之内运行得非常好。正是它使这部影片十分有趣和吸引人。作为一个练习,你可以把这三个故事及序幕和尾声沿着时间线索重组进一个线性的故事线。我们可能从文森特和朱尔斯去杀那几个企图骗马塞鲁斯的孩子的路上开始,他们离开,不小心杀了马文,就到了"朱尔斯、文森特、吉米和'老狼'"的段落,接着就是序幕和尾声他们吃早餐。我们再跟着他们到第一个故事里马塞鲁斯的酒吧的场景,在这儿文森特和布奇相见,然后文森特和米亚晚上外出,最后是以布奇和金表的故事结束,包括文森特的死和布奇的逃跑。是的,这样也行,可它当然没有现在这样的效果好。

这些故事之间的转场真的把它们都拧在一起了,它们使这个剧本十分奏效,把线性的时间和叙事线索都连接了起来。所有的人物在开始都做了介绍和铺垫,这些人物联系着三个故事,尽管这些故事是以一种非线性的方式讲述的。人物的"怪癖"(他们的讨论和对话棒极了),伴随着故事的诡异的幽默,使《低俗小说》成了一部既有高度娱乐性、又有很强影响力的影片。我觉得该片的影响力会一直持续下去。

不同的电影要求有不同种类的转场。一部像《阿波罗13号》《碟中谍》

(*Mission：Impossible*，1996，大卫·凯普和罗伯特·唐尼编剧）这样的动作片或动作冒险片，要求快捷的转场，利索而富于动态的连接，以便保持空间转换快速流畅，这样读者和观众才会被运动的急流所吸引。看看《龙卷风》(*Twister*，1996），只有追风者的单一的故事线，可四个风暴的段落真正把影片结成了一体。所以在这个故事里所有的事都是作为转场引向下一次风暴。

一个以人物为主的作品，像《低俗小说》或《廊桥遗梦》，要求一种不同的转场连接，一种流畅和仔细雕琢的转换。在一个喜剧里从一个场景到另一个场景的转换可能只是几句俏皮话，但它们必须是人物驱动或幽默驱动的，以便以一种可笑的或顺畅的方式推动故事向前进。

在传记性或历史性剧本里的转场存在着一个选择的问题。你该如何把一系列历史事件编织进一个120页的剧本里呢？如果你只是简单地把人物的生活故事，或一系列事件按时间顺序串起来，那它成了一个简单的电影流水账，先发生了这事，又发生了那事，然后就这样一直到人物死或者某件特定的事发生了导致我们大家都知道的结局。就像在《尼克松》《阿波罗13号》或《甘地传》(*Gandhi*，1982）那样。

最近，我有机会和一个巴西的编导一起合作写一个有关著名的巴西作曲家维拉·罗伯斯的剧本。作者不想只展示一系列顺时的传记性的事件，所以他选择了用一种自由联想的路子，以一种拼图式的非线性方式展现作曲家的一些生活片断。他对我解释说，他希望使作曲家的生活既视觉化又有趣。可他告诉我说他对剧本很没有把握，他不知道这样是否能行得通。

当我第一次接触素材时，我觉得表现得很有趣。但不幸的是，这个剧本不能用。它读起来太费劲，我根本不知道在发生着什么，我根本不知道这是个关于什么的故事，而且很难把握住主要人物。

我的问题是"如何来改它"，如何既要完整无缺地保留原作者的风格和主题，同时又不背离剧本的题材，讲好作曲家的故事。首先我考虑这主要是个结构的问题，可当我再回头重新接触素材，试图界定清楚人物生活的历史性时刻时，我认识到主要人物似乎从纸页间消失了。这时我认识到实际上是人物有问题，因为他生活里的事件似乎把他给遮盖掉了。他生活里的女人似乎支配着他，较小的人物似乎比他还大，而且里面有太多的事件。

当我分开来看它时，我看到剧本实际上聚焦于作曲家生活的五个主要时期，而这些"部分"又被打碎分布于剧本的许多不同部分里。我产生了主要人物消失在纸页间的印象，是因为虽然这是他的故事而且他是主要人物，可他逐渐从动作中消失了。主要人物似乎总是在对他生活里的事件作出反应，而不是创造这些事件。在剧本里主要人物应当总是主动的，他或她必须导致事情的发生。

例如像《甘地传》这样的传记性影片，只涉及了他生活里的少数几个事件，而且人物所面对和经历的冲突被浓缩到了两三个事件之中，并将它们作为剧本的框架基础来建构。影片只涉及了甘地一生的三个主要时期：当他还是一个年轻的律师时，为社会理想而奋斗，然后是宣传他的"非暴力不合作"的哲学思想并付诸实践，然后又是试图平息和印度穆斯林主义者之间的矛盾。甘地的被刺和逝世是影片的"书挡"，很像在《低俗小说》里序幕和尾声的作用。

那个巴西人的剧本，就像它分段的那样，实际上处理了作曲家一生的五个时期：他的童年，他为争取音乐演出的努力，他生活里的两个女人，他的世界性声望，以及晚年最终为人们所接受。

当我再一次回头看整个剧本时，我发现我可以界定出他生活里的这五个领域，但似乎缺少了一些关键性的场景，缺那些能突出和强调作曲家生活里的这些阶段性的场景。我感到有些事件，比如发现他灵感的源泉，遇到他第二个妻子，克服各种意想不到的障碍争取音乐演出的机会等等，这是些关键场景，应把它们变成情节点，或锚钩，以便起到把剧本连为一体的基本的黏结剂的作用。

好的转场在剧本里应该是从不被真正注意到的，它们消失在视觉化的叙事之中，就像组成一块布的一条条细线。

转场成了解决问题过程中一个基本的工具。如果你的剧本太长了，找一找过于厚重的情节块或过满的段落，去掉几块，然后想出某种转场的方法把剩下的连结在一起并把情节连贯起来。有时你可以用蒙太奇的方法来表现较长的一段时期。

蒙太奇是一个段落，一系列场景被一个单一的设想连接成一个有开端、中间和结尾的段落。蒙太奇的目的是在很短的时间里表现很长时间或很多事件。在那个巴西剧本里,我用了一些蒙太奇以使故事进展得更快些。我们数数这些镜头:1)沿着海滩行走,2)独自吃晚餐,3)在钢琴旁努力地工作,曲谱纸散落在周围的地上到处都是,4)走进一个办公室,5)在另一个办公室里,身上穿着和前一个镜头不同的服装,和一个又矮又胖的官僚激烈地争论,6)愤怒地走出另一个建筑,穿着同一件皱巴巴的西装却系着另一条领带,等等。这一蒙太奇在剧本里是为特定的目的服务的,而且从构思上是用一个单一的情节表现出好几天时间里发生的事情。

迄今为止,电影中最好的转场可能是《公民凯恩》(*Citizen Kane*,1941,奥逊·威尔斯和赫尔曼·曼凯维茨编剧)里关于他的婚姻的蒙太奇段落了。这个段落从凯恩和他的第一个妻子结婚以后开始,他们坐在早餐桌旁很亲密地交谈。一个快速摇镜(摄影机移出画面)让我们看到他们穿着不同的衣服边谈话边看着报纸;再次摇镜,我们看到他们坐在一个大一点的桌子边很激烈地讨论着什么;又一摇镜,可以看到他们用更高的嗓门争论着说他把太多的时间花在办公室了;接着摇镜到他们坐在一个大得多的桌子两旁,谁也不说话,都在看报纸,她问他某事而他只是哼了一声作为回答;最后摇境到他们坐在一张很长的桌子的两端一言不发。这里用那么少的东西告诉了我们那么多的事,全用画面而不置一词。这是一个不可思议的段落,它可能是人们可以想象出的对一个婚姻的瓦解最好的写照了。

Part 3
有关人物的问题

《小淘气尼古拉》（*Le peitt Nicolas*, 2009）

问题清单

什么是人物

- 主要人物谈论自己太多
- 主要人物不很值得同情
- 主要人物的被动反应太多、太内向或不够突出
- 我就是主要人物
- 所有的人物雷同
- 次要人物太有趣、太有力,超过了主要人物
- 人物关系太含混、定义不够清晰
- 对白过于书面化、太华丽、太直白

Chapter 12
什么是人物

WHAT IS CHARACTER?

　　创造真实环境中的真实人物的问题是那样的复杂和富于挑战性,要定义他们就像要在一个小小的玻璃杯里装下整个世界一样难。从亚里士多德到易卜生、尤金·奥尼尔、阿瑟·米勒,一代代的著名作家都勇敢地尝试清晰地去把握这种创作人物的艺术和技巧。

　　从字里行间抓住一个"真实的人"是件困难的事,在银幕写作中就更困难。因为我们处理的是影像,而非文字。伟大的作家总是有必要去解释他们是如何创造人物的。最渊博的文学理论家之一亨利·詹姆斯,也是19世纪美国伟大的小说家,他陶醉于写作技艺,并像对待科学一样研究它。他的兄弟、著名的心理学家威廉·詹姆斯也是如此,他对人类的思维动势很有研究。亨利·詹姆斯曾写过好几篇短文试图记录和捕捉创作人物的复杂性。在其中较早的一篇文章里,詹姆斯提出了一个文学问题:什么是由事件所决定的人物?什么是由人物所衍生的事件?

　　这是一个具有深远意义的命题。

　　究竟是人物决定事件?还是事件创造人物呢?这是需要分析和理解清楚的,特别是在处理人物时尤为如此。如果你要解决一个有关人物的问题,无论是一个动作、反应还是对白,理解人物的动力都是最基本的。如果你看看前面的问题清单就会明白,清单列出了在处理人物时常见的一些毛病和症状。所列出的绝大多数毛病都说明,定义一个人物和使人物清晰化,均取决于由人物的思想、感觉和情绪所决定的行为和维度。

《返乡》(*Coming Home*,1978)和《午夜牛郎》(*Midnight Cowboy*,1969)的优秀编剧瓦尔度·绍特(Waldo Salt),当被别人问及过去是怎样创造人物时他回答,首先他设置一个简单的戏剧性需求,然后不住地往上加东西,给它丰富色彩,直到它成为每个人都有同感的共通的情绪。

什么是你的人物的戏剧性需求呢?你知道吗?你能使它清晰化吗?你能够把它深埋在故事的事件线索里让它反映人物的深层心理和变化吗?首先,怎么确定你是不是有了问题?看看问题清单:是不是觉得你的人物说得太多了,或者对故事和人物解释得太多了?是不是人物的声音有些雷同?你是不是觉得自己是主要人物?你的人物是不是不够突出?其他人物是不是淹没了主要人物?这些是在各种情境下常见的主要问题。记住,不只是通过单一的途径,解决创造一个较好的人物的问题有很多途径。你唯一要遵循的原则是看它是不是有效。

解决人物问题时你首先要做的是找到毛病在哪儿,找出它,认清它。当你通读所写的东西找毛病时,要信任自己和自己的天分,如果你感到有点儿磕磕巴巴,这通常表明有什么地方还没有弄得足够好。

什么是解决人物的毛病的最好方法呢?从头开始,问问你自己"什么是人物"这个问题。

这是亨利·詹姆斯在开始质询他的人物的特点时所思考的问题。在一个剧本里,故事总是要向前推进,从头到尾,不管是以线性的还是非线性的形式。你推进你的故事的方式是通过聚焦于人物的动作,就像前面提到过的,剧本里的每一个场景都要完成以下两个功能之一:或者推动故事的前进,或者显示有关人物的信息。

那么什么是人物呢?动作就是人物。一个人做什么就说明他是谁,他并不必须说些什么。电影是表现行为。因为我们是用画面讲一个故事,我们必须表现人物对于他或她不得不面对和克服的事件如何行动和反应。如果通过你的人物的眼睛再读一遍你的剧本,你会开始感到你的人物并不像你所期望的那样有明晰的感觉和感受,如果你想让你的人物更强有力、有更大的空间和更具普遍性的话,首先必须决定的是他们在剧本里是不是一种动作性的力量,看看是不是他们导致了事件的发生,或者是不是事件与他们发生了关系?这是处理人物方面最常见的毛病之一。

再看看问题清单。你会看出有些症状在于主要人物似乎只是对故事的事件作出反应。当你写剧本时有一点很重要,即主要人物必须常常导致事件的发生,这并不是说她不能对事件作出反应,但是如果她总是只对事件作出反应,就会变得被动、孱弱,并会显得不够突出。次要人物会显得比主要人物更有趣,而且似乎有更多的生机和光彩。

詹姆斯观察到的这种人物是被事件所决定,而且事件决定人物的现象的确是一些剧本写作过程中的关键问题。尤其是现在,二十世纪九十年代特别是这样①,只要看看今天的好莱坞影片都是如此。在这一点上存在着一种可称为"事件电影"的趋势,在这里单个人物或多个人物是被放在一个非同寻常的环境之中,然后我们看到他们是如何反应的。在这种特定的情节模式里故事一词可能有点儿太一般化了。在这里的人物似乎只是一种人物的概念,偶然事件或人为事件(实际上就是特技效果)都真正变得有了明星般的诱惑力。看看《龙卷风》、《生死时速》、《碟中谍》、《侏罗纪公园》,计算机生成图像(CGI)的技艺发展得如此迅速,以致制片厂都主动地去寻找那些人为事件或偶然事件会比故事和人物更重要的项目。像火山、地震、洪水、大爆炸或其他各种各样的自然灾害的题材成了"事件电影"制作者通向明星之路的快车。随着电影制作中的科技发展,故事线索、题材对象也将随着时代而改变。这也就是所谓的事随时变,水涨船高。

人物就是人物。只要看看《末路狂花》就能明白,当处理适当时,詹姆斯所说的是真知灼见。这个剧本是通过展示她们是谁来建构并塑造两个人物的。路易丝,未婚,一个女招待,有个音乐家男朋友吉米。他在做巡回演出,已经三个星期没给她打电话了。她生气了,并决定当他回来时不在家里等。所以她决定到一个朋友山上的小屋去,并且不告诉他自己在哪儿。当他回家时,她真的不在。那是影片的背景故事。

塞尔玛,正相反,是个显得有点儿"呆"的家庭主妇。她的厨房乱七八

---

① 本书成书于二十世纪九十年代,故有此语。——编者注

糟,而她的"早餐"就是在一块冷冻糖果上啃几口,然后擦擦又扔回冰箱留着下顿吃。这显示了人物性格的一方面。我们是通过她做了什么、她的行动看出了她是谁。

塞尔玛的丈夫达莱尔,一个傲慢的、自以为是的傻瓜,他高中时的那种"酷哥"的最风光的年月早已一去不复返了。他对她毫不尊重以致她只不过为了和朋友出去度个周末都不得不向他撒谎。"你得自己拿主意。"路易丝在路上提醒她。

她的性格是通过收拾手提箱的过程来展示的。她要出去度周末,这是她第一次离开丈夫,可她不知道需要带些什么,结果拿了所有的东西。与此相对照,路易丝仅带了一两件需要的东西。电影就是表现行为。

第一幕建构了她们的关系,所以到了那个"戏剧性的钩子"——当她们进了"银弹"酒吧的停车场时,我们得以了解到更多关于她们生活中和男人的关系的信息。在哈兰企图强奸塞尔玛时,她们作为剧中人物的性格已经建立起来了。当路易丝过来干涉,哈兰粗暴地要她口交,路易丝便完全失去了控制,她扣动了扳机,杀死了哈兰,而在这一瞬间她们的生活和命运都被改变了。这是第一个情节点,这是个偶然事件,作为两个在逃的逃亡者,这将改变和决定她们的人物特征。这一推动力带出了路易丝过去的经历。过去的事件以及它如何作用于现在,将在后文中做更深入的分析。

这一变化正是整个剧本所要表达的。正是这一偶然事件真正决定了她们的人物特征。她们去墨西哥的旅途变成了一个自我发现的旅程,这种自我发现导致了她们的死亡。而当发现已经没有多少选择的机会时,"过去的生活"对于她们来说也没有什么值得留恋的了。她们自断了后路并像编剧卡莉·克里所说的那样"冲出了世界"。她们的命运已经被自己的行为所决定,而她们的行为已展示了她们到底是谁。这是一个自我发现的过程。她们现在明白了无路可退。人不能两次踏入同一条河流。

什么是由事件所决定的人物?而什么是由人物所衍生的事件?

是什么突发事件或人为事件推动着你的剧本的行动?一旦找到了这个关键的事件,就能衡量和评价你的人物的行动和反应如何。在《龙卷风》里,情境是建构在两个主人公(海伦·亨特和比尔·帕克斯顿饰)准备离婚的背景故事之上的,而且剧本开始几页里已经表明了。在小小的开端段落里,一家人争着跑进地窖躲避龙卷风,给我们展示了海伦·亨特饰演的人物的戏剧性需求。由于她在这场龙卷风中失去了父亲,长大后她成了著名的追风人。比尔·帕克斯顿饰演的人物希望得到自由,以便和他的女友米莉萨(杰米·格尔兹饰)结婚,他想继续他的生活,并成为一个电视天气预报员。这样看来真没什么故事好讲,只是追风者们追赶四次龙卷风变成了剧本的题材和结构。这四次遭遇把所有的东西都连在了一起。

那么看到你的人物有什么毛病了吗?是他或她说得太多了,太被动了,或者对白听起来太雷同了,还是其他人物太突出了?找出毛病是什么。在问题清单上找出来并圈定。你能确定毛病在哪儿吗?想像一下如果问题都解决了应该是什么样。你的人物关系清楚吗?情感动力建立了吗?还有人物的发展曲线勾勒出来了吗?至于你要写一个动作片、惊悚片、爱情故事或喜剧,这都无关紧要。人物就是人物,都得有自己的特征。

什么构成好的人物呢?有四样东西:戏剧性需求、观点、态度和变化。为了解决人物的问题,最基本的就是回到你的人物并重建他或她生活的基础。

什么是你的人物的戏剧性需求?那就是,你的主要人物(们)在剧本讲述的过程中想要赢得、获取、争得或成就什么?你能确定它吗?你能搞清楚吗?

戏剧性需求就是驱使你的人物贯串故事线索的东西。在多数情况下我们可以用一两句话说明戏剧性需求。比如《龙卷风》的戏剧性需求是要找到一种方法把小气象探测气球放到龙卷风的中心位置去;在《末路狂花》里的戏剧性需求是要安全地逃往墨西哥,就是这个动机驱使着两个主人公;还有,在《阿波罗13号》里的戏剧性需求,就是让宇宙飞船安全地返回地球。

但是它并非一开始就是这样。当《阿波罗13号》的故事开始时,主要人物的戏剧性需求是要在月球上行走,可是当氧气罐爆炸时就改变了。戏剧性需求的问题变得不再是他们能否在月球着陆,而成了他们是否能够自救和安全地回到地球。

许多时候在故事的进程中戏剧性需求将会变化。如果你的人物的戏剧性需求变化了,它通常发生在情节点Ⅰ。就像我们提到过的,这里是你的故事的真正开始处。路易丝杀死哈兰是在情节点Ⅰ,它把动作推向了一个新的方向,取代了到山上度周末。塞尔玛和路易丝变成了逃脱法网的逃亡者,她们必须安全地逃走。在《与狼共舞》里,约翰·邓巴的戏剧性需求开始是要到最远的边陲去。可在情节点Ⅰ,当他终于来到塞吉威克要塞时,他的戏剧性需求变成了如何改变这片土地,并和当地苏族人建立关系。

什么是你的人物的观点,即他或她看待世界的方式呢?这通常是一个信仰体系,而且就像心理学家所说的,"我们相信什么是真的,它就是真的。"

有一部名叫《瑜珈—吠世斯泰》的古印度经文,它说"世界即你所见"。那意味着你头脑里的东西——你的思想、感觉、情绪和记忆——在你的日常经验之中被反映出来。我们的大脑和我们看待世界的方式,决定着我们的经验。内部和外部是一致的。那么你的人物如何看待世界呢?是否有某种道德信条,是非的观念在决定着他或她的行为?"我相信上帝"是一种观点。"我不相信上帝"或"我不知道是不是有上帝"也都是观点。这三种状态都是真实的。你可以通过一个人物的行为或者通过对白表现他的观点。比如作为一个素食主义者就是一种观点,因为你的人物可能信仰"我不吃那些因我而被杀的东西"。这并不意味着那是对的或错的,它只是个人的信仰体系。你可以展示它、说出它,或让别人说出来,这都无关紧要,但是你作为作者必须知道它。

观点创造冲突。《红潮风暴》是围绕着两个人看待世界的方式结构的。在故事里,一伙俄罗斯叛乱者占领了一处导弹基地,美国潜艇阿拉巴马号带着核弹头被派去作战,或者为了"先发制人",或者是为了反击可能发射的俄国导弹。吉恩·哈克曼饰演的艇长信仰"战争是政治的继续",他的职责就是执行命令,即使那将意味着核灾难。相反,丹泽尔·华盛顿饰演的执行军官则相信由于有了核武器,战争已经成了过时的概念。战争的目的是赢,而如果双方都使用核武器,则将不会有"赢家",只有输家,战争将不再是一个可行的选择。

阿拉巴马号接到了对俄国叛乱者发动先发制人的核攻击命令。正当他们准备发射武器时，又接到了另一个紧急命令，但是讯息的全文尚未传送完就断了联系。那命令说的什么呢？他们是否还应继续执行第一个命令首先发动攻击呢？还是推迟发射以重新确认或拒绝第一个命令呢？

这两种不同的观点，这两种信仰体系产生了推动剧作前进的冲突。这又符合亨利·詹姆斯的经典论断。在人物的框架里这两种观点都是对的，并无对或错，好或坏之分。伟大的德国哲学家黑格尔主张悲剧的本质并不在于一个人物是"对"的而其他人"错"了，也不在于善良和邪恶的冲突，而是双方人物都是对的，把故事变成一个"正确对抗正确"的局面并带向其合乎逻辑的结局。

《红潮风暴》里双方人物都是从他们各自认为正确的理解出发。艇长认为他们的处境需要他执行第一道命令。执行军官不同意，并认为应执行第二道命令，虽然还没有接收完全，但是应该不管第一道命令，并且必须在发射第一轮导弹之前确认命令。在这一冲突里没有谁对或错，因为他们的行为都是由他们的观点——看待世界的方式所决定的。

就像我一再重申的，所有的戏剧都是冲突，没有冲突就没有动作，没有动作也就没有人物，没有人物就没有故事，而没故事，也就没有剧本了。

就是那么简单。

在《肖申克的救赎》里，瑞德在肖申克监狱关了将近20年以后形成了一种愤世嫉俗的观点，在他的眼里，希望（hope）一词只是四个字母。他的精神已经被监狱摧残得如此严重，以至于他对安迪宣称"'希望'是个危险的东西，它让人变得愚蠢，在这儿行不通，最好习惯这种想法。"但是情感的旅程把他引向正确的理解，那就是安迪告诉他的，"希望是个好东西。"

当然，安迪有不同的观点，他坚信"这个世界没有被灰色的石头充斥，在我们的心中还有一小块空间永远不能封闭，那就是希望。"就是这使安迪在监狱里坚持下来了。正是这一观点使他奉献了一个星期的生命在"隧洞"里，正是这一观点使他能够听到那两位歌剧演员演唱莫扎特的咏叹调。

剧本里是这样表现的：

> 内景　典狱长办公室　下午
>
> 安迪靠在椅子上，心情激动，随着音乐晃动着胳膊，认真而又着迷。肖申克不复存在了。它从人的头脑里清除了出去。
>
> **瑞德(画外音)**
> 我真不知道这天那两个意大利女士在唱些什么。其实是我不想知道。有些事最好留着别说。我情愿想像她们在歌唱某些非常美好的东西，它美得无法用言词表达。她们唱得让你心痛。我告诉你，那歌声高飞着，比这灰暗的地方的任何所能想像的东西都更高更远。它就像一些美丽的小鸟飞进我们单调而狭小的笼子并使那些墙壁都消失了……在短短的一瞬间，肖申克里关着的每个人都感受到了自由。

就是这咏叹调推动着安迪。那"一瞬间"他自由了，并展示给我们人类精神的力量。那是个美妙的场景。

第三个成功地构成人物的要素是态度。态度可以被定义为一种"方式或看法"，并且通常是一种理智的姿态或决定。"充男子汉"就是一种态度。"我强壮，看，我比你强。"这都是态度。丹尼斯·罗德曼就是这样，他扮演一个大发脾气的角色的能力远胜于他的篮球的威力。你是否有过这样的经验——去商店买东西却发现在和一个心不在焉的人打交道，或者有人小看你？是否去过一个很特别的饭店却没穿"对"衣服？在那儿有种裁判，某些人让你觉得"他们对"而"你错了"。判断、看法、评价，所有这些都来自态度。理解你的人物的态度就是让他通过外表表现他的性格。

《爱情叩应》(*The Truth About Cats & Dogs*,1996,安德烈·威尔斯编剧)是一个明快的浪漫喜剧，它就完全建构于人物的态度的基础上。由詹尼安·吉劳法罗饰演的艾贝是一个按照自己的看法和态度生活的女人。她认为所有的男人都希望女人有个漂亮脸蛋儿和好身段。这一态度支配着她贯穿整个影片的行为。而乌玛·瑟曼饰演的诺拉认为自己不漂亮也没关系。你知道，"漂亮而无脑的金发女郎"有颗金子做的心。玛丽莲·梦露是一个传奇,就因为她的态度是通过她饰演的角色表现的。艾贝和诺拉都不得不去学那种"其实不是她们本来面目"的态度。她们在影片里所经历的旅程就是要按自己的本来面目接受自己。

一种态度,有别于观点,它可以有对或错、好或坏、正或反、愤怒或高兴、愤世嫉俗或天真无邪、高傲或自卑、自由或顺从之分。你是不是知道有的人"认为自己比任何人都高明"?或者有人觉得全世界都欠他点儿什么,或者觉得"你认识谁"能决定你在世界上是否能成功?

有时区分观点和态度是很困难的。我的很多学生都费了很大的劲儿来区分这两者。我告诉他们,其实这无关紧要,当你创造了人物的基本核心,就像把一个大球分成四份,是部分和整体的关系,对吧?谁管哪份是观点,哪份是态度呀?没什么关系。就像以前说过的,部分和整体就是一回事。所以,如果不能确定某一特定的人物特征是观点还是态度的话,别担心,你怎么想就怎么分。

成功地创造人物的第四个因素是变化。你的人物在剧本的进程中是否有变化呢?如果有,那变化是什么?你能定义它吗?能让它清晰化吗?你能勾画出人物从头到尾的情感变化曲线吗?在《爱情叩应》里所有的三个人物都发生了变化,他们从而对自己是谁有了新的认识。艾贝最终接受了真正爱她真正的那个自己的人是布赖恩,人物变化的曲线也就此完成了。

在《肖申克的救赎》里,安迪一直忍耐着监狱生活,一直到得知有可能证明是别人谋杀了他的妻子和妻子的情人,而典狱长拒绝帮他争取重审、目击证人汤姆则被杀时,他再也不等了。入狱时他认为自己有罪,尽管他并没有扣动扳机,可现在他已经蹲够了"他的日子",是该逃跑的时候了。尽管我们知道的比较晚,可他已准备了好多年。

如果不适合你的故事,一个人物在剧本的进程中的变化也并非必须具备。但由于变化是生活里的普遍现象,如果你能让人物有内在变化,它能创造一个行为的曲线并可以给人物增加新的维度。

这些元素就是创造好的人物的基础。如果你知道了这四个因素,戏剧性需求、观点、态度和变化,你就能处理有关人物的各种问题。

问题清单

回顾人生轨迹

- 主要人物单调沉闷、令人厌烦
- 人物缺少深度和多面性
- 人物的情感发展曲线太单薄,而且没有界定清楚
- 没有足够的冲突
- 情感基础不够高
- 对白矫饰、笨拙
- 所有人物的语言听起来都一样
- 主要人物解释太多
- 主要人物的戏剧性需求不清楚
- 缺乏张力
- 故事向太多的方向发展

Chapter 13
回顾人生轨迹
THE CIRCLE OF BEING

剧作者经常会遇到这样的情况：故事进展顺利，有张力和戏剧性的情节，而且人物似乎都有很有趣的背景。可就是有个恼人的问题，对白显得单薄、尽是陈词滥调，不知该往哪儿去。有些地方不对劲，可你又不知从哪儿下手。有时你把剧本给一些朋友或助手看，他们对你说"挺喜欢的"。当再进一步询问时，他们却常会说，对白可能还需要推敲一下。

你常会在好莱坞听到这些，尤其是在那些搞执行创意的人那儿，他们解决这个问题的方法通常是另找个人改写对白，有时会有多达十来个作者来做这种"打磨和推敲"的工作。

有时候这样能见效，可有时候就不管用。《勇闯夺命岛》（*The Rock*，1996）是个典型的例子。最初的剧本是由大卫·威斯伯格和道格拉斯·库克写的，是个在情节和人物上都相当有力度的剧本，可就是对白显得有点儿平淡和单一而让人不满意。剧本有令人激动的戏剧性前提，很好的人物，有趣的背景，很明显，具备成为一部有冲击力影片的潜力。另一个作者马克·罗斯纳尔参加进来改写。他又写了一稿。这一稿很吸引导演迈克尔·贝。但他接手后觉得对白还要更"溜"，就又召来乔纳森·汉斯莱格使故事更有当代气息，让它跟得上时代。

汉斯莱格和导演联手干了几个月，打磨和推敲对白，而且每天都坚持在拍片现场，以便随时修改。当影片完成要署名时，剧本被提交到美国编剧协会仲裁小组。小组坚持认为三个作者都独立地进行了编剧工作,并根据完成本,分析和确定了每个人的贡献。有时仲裁小组可能会读十五种不同的剧本草稿,将每个和成品进行对比,然后再根据他们认为每人分别做出了多大的贡献来确定署名。对于《勇闯夺命岛》,就确定了前两个作者应在银幕上署名,却没有乔纳森·汉斯莱格。

这一裁决在创作圈里引发了一场争论。导演像好莱坞多数人一样愤怒了。他坚持汉斯莱格应当署名并且有权这样做。为什么改写台词的人不能在银幕上署名呢?

能,也不能。

美国编剧协会(WGA)决定,一个编剧是否能署名取决于他是否完成了50%或更多的编剧工作。所以当一个新作者加入的时候,在多数情况下将会改变结构,增加新的内容,创作新的场景和人物,同时希望保持制片厂和制作公司买原剧本时所看中的剧本的"想法"。

所有这些的关键是什么呢?对白是一种人物的行为,某些作者在写对白方面的确比别人高明些,他们天生就有这种天才和能力,那是上天的恩赐。但如果你对你的人物有足够的了解,如果你感到完全深入他或她的心灵,对白就会有个性,并捕捉到那个人物的"本质"。这样的对白可能不一定很精彩,但总能行得通。记住,对白的功能很简单,只要能推动剧情进展或传递有关人物的信息就行。你可以说,可以解释,也可以展示某些东西以便揭示人物。

如果你看看问题清单,多数列出的症状都是有关对白的。对白是人物最重要的特性之一,它告诉我们他或她是谁,揭示人物内心,推动故事前进,增加幽默感,也可以是一种常用的转场要素。如果你认为你的对白太单薄,人物都听起来雷同,或你解释得太多了,最好的办法是回过头去重新思考你的人物。

一个实现它的途径是做一个我称之为"回顾人生轨迹"(circle of being)的练习。这只是一个过程,在这个过程中可以让你披露出你的人物生活中的某种与他的情感相对应并影响故事线索的偶然事件或事变。它也许是一件发生在你的主要人物10至16岁时的事。这个年龄造成的某种创伤可能会影响到你的人物的整个生活进程。这可能是父母或一个所爱的人的死，也可能是一种由于虐待所留下的深深的情感的伤痕，也可能是一个具体的事件或伤害，或者可能是迁到一个新的城市或国家去居住。

《末路狂花》是一个很好的例子。路易丝在德克萨斯长大，她曾被强奸又得不到公正的裁决。正是这件事"决定"了她的行为并最终导致了那个成为推动整个剧情动力的偶发事件，也就是她在停车场向强奸犯哈兰开枪。它解释了她为什么会一下子扣动了扳机，以及她为什么一步也不愿踏进德克萨斯州。

如果你认为回顾人生轨迹是个有价值的练习或工具，那就可以用它来雕琢、修饰和强化你的人物。如果你能进入到你的人物生活的内部，并问问自己能否从他或她的10至16岁的生活里披露出点什么戏剧性的事件，看看会发生什么。

为什么是10至16岁呢？因为这是人生中一个非常重要的时期。著名的行为主义学家约瑟夫·奇尔顿·皮尔斯指出：在我们的生活里，人的智力有四个飞跃成长的阶段。第一个飞越成长阶段是小孩1岁刚能走路时。第二个飞跃成长阶段是在4岁，这时孩子学会了对自己有个认定：我是男孩或女孩，我的名字是什么；人4岁时行动能对周围有回应，这时知道自己属于一个家庭，认识他们的父母，知道他或她生活在某城市的某所房子里。这个年龄段的孩子也能因自己的需要与别人交流。

智力成长飞跃的第三个阶段是在9到10岁。在这个年龄他或她明白了自己有一种特定的人格，有自己独特的声音。年轻人学着去质询权威，形成他或她自己的观点，而且开始"表达自己的意愿"。这是孩子生活中很重要的时候。

按照皮尔斯的说法，人类智力成长的第四个阶段，也是发展飞跃最重要的阶段，就是从14岁到16岁。十几岁的年轻人在这个年龄反叛一切并试图找到自我，突然明白他们的父母不再是宇宙的中心，并会到外部世界去寻找偶像角色，寻求行为模式，喜欢有个性的衣服和发型，这使他们能与同类认同，并表现出自己是谁。他们有一种认同感。你只要看看你自己的孩子，或兄弟姐妹的孩子，或朋友的孩子——看看他们是怎样穿衣，如何行动和反应,爱听什么样的音乐,他们的俚语和说话的方式——就明白了。这个时候,一个人的生活会那么大地影响到他的潜意识的认同和压抑的形成,以致这种影响将延及他的整个一生,就像家具在地毯上留下的压痕一样。可以花一些时间想想你自己生活中受到的压抑,闭上眼睛回想一下你自己十五六岁的时候,看看有什么事情会出现在你的脑海里?如果你想要回顾,可以放些当时的音乐,看看能勾起什么样的回忆,然后花一些时间想想你那时有过什么特别的事,可能改变了你的生活。

回顾人生轨迹是个很有效的工具,它让你挖掘你的人物的情感实质和侧面。让我们看看它在路易丝身上有什么效果。当卡莉·克里写剧本时,她本来并未提及那件让路易丝不管因为什么、无论如何也不愿踏进德克萨斯一步的往事。但导演雷德利·斯科特觉得观众应当了解这件事和它如何导致了路易丝的这种行为,于是他让克里提起这件事,由哈威·凯特尔饰演的警探哈尔甚至告诉她,"我知道在德克萨斯发生了什么。"塞尔玛也猜想到差点儿被人强奸的痛苦经验"在你身上也发生过,是吗?"直到影片最后结束之前,路易丝从未对此做出回答。

由于这件事的缘故,路易丝顽固地坚持不进入德克萨斯州。然而不通过德克萨斯去墨西哥就只有穿越俄克拉荷马了。这一决定最终让她们送了命。在停车场看到哈兰企图强奸塞尔玛时,路易丝的"人生轨迹事件"在她眼前复活重现,于是她便失去了控制。

《末路狂花》是一部杰出的电影,但曾同我有过交谈的不少作家都因为同一个理由而不喜欢它,他们说路易丝枪杀哈兰是"过度反应",后面的故事发展也不足以"缓解他们的疑虑"。但是我认为他们没有真正体会到:是16或18岁时被强奸的受害者路易丝扣动了扳机,而不是现在的路易丝。

如果你能够回到你的人物的生活里去,并创造一个偶发事件或事变使之成为影响和强迫这个人物的动力,就能加深你所写的任何人物的个性。通过创造这样的人生轨迹,你可以使情节复杂化,以扩展你的人物的深度和维度,并逐步推动故事向前进。在《龙卷风》里,"人生轨迹事件"是在本片开头海伦·亨特饰演的人物的父亲被狂风吹走。这就是激发她变成"追风人"的偶发事件。

我的一个学生,写舞台剧很有名,他准备从写舞台剧本转向电影剧本。他有一个关于分别了很多年的两姐妹重归于好的有趣故事。故事开始的时候,主人公意外地弄伤了牙齿,她为此去治牙。当她被注射了麻药的时候,闪回到了她还是个年轻姑娘时的景象,当时她目睹了姐姐被叔叔强奸。由于被所看到的东西吓坏了,她飞跑出去,在跳过一块石头时摔倒了,磕伤了门牙,而且就是她正在治疗的那颗牙。她被这件事的回忆压垮了,并导致她去寻找姐姐。这一"人生轨迹事件"带出了整个故事。通过强迫自己坦然面对过去发生的那件事,她开始审视自己的生活,并认识到必须改善和姐姐之间的关系。这在剧本里是个很有力的时刻,我建议作者能在故事的贯穿中让我们亲眼看到这件事的一些碎片,于是他在剧本里穿插了这种视觉化的回忆,弄出了很有力的东西。

我称这一过程为人生轨迹是因为如果你为你的人物画一个圈,然后像分饼似的把他或她分成一块一块,就可以分成身体的、情感的、思想的和智力的等方面的事件来使人物立体化。这样就可以给你的人物创造一个丰满立体的雕像。然后你表现的一切情感、思想和感觉,你的戏剧化的工作都是在发展你的人物的个性。

阿瑟·米勒的戏剧《推销员之死》(*Death of a Salesman*)是人生轨迹最有力的例证之一,这种方式可以使事件成为有力的动作。现在,尽管它是一出戏剧并且所有的解释都通过对白实现,但人生轨迹使得威利·罗曼这个人物是如此丰满有力。这个关于一个行将就木的老推销员不得不抓住他已失去的梦想不放的故事是一部杰作,是在我们时代美国最伟大的戏剧之一。

有时,根据你的故事线索,你可能希望以口头(叙述解释)的形式表达"人生轨迹事件"。但在像《末路狂花》那样的故事里,它之所以更强有力,正因为并没有解释。作为一个编剧,你不一定必须去解释,但是,下面一句话很重要:你必须知道它。因为要是你不知道,谁还能知道呢?

在《推销员之死》里有这样一个场面,威利·罗曼带着他的理想和破碎了的美国梦去见他的"老板",这老板是他为之工作了34年的人的儿子。他带着他最后残存的那一点点尊严去问那老板的儿子,他能不能放弃他这一辈子的奔波生活,坐到办公室里去。威利·罗曼是个推销员,除此之外他什么也不懂。

　　威利为一个最下层的工作位置恳求霍华德,那老板的儿子。开始他要求周薪65美元,后来减到50美元,到最后他被迫不顾羞耻地乞求40美元的周薪。可是,这"是生意,孩子,每个人都得担他自己的那份"。威利·罗曼的销售生涯没能圆满地结束。他以回忆作为回答并告诉霍华德是什么使自己变成一个推销员的:"当我还是个男孩,18岁或19岁,"他说,"我就已经在路上奔波了。而且我脑子里老在想推销对我来说是不是能有前途……"

　　停顿了好长时间,然后他继续说:"(那时)我在小旅馆里遇到了一个推销员,他的名字叫戴夫·辛莱曼,他那时84岁了。他在三十一个州推销商品。老戴夫上楼到他的小屋,你知道,穿上他的绿色天鹅绒拖鞋,我永远都忘不了,他拿起电话给客户打电话,在84岁的年纪,他甚至没出屋,仍能自己养活自己。当我看到这情景的时候就想,推销是男人可以选择的最伟大的职业。在84岁的年纪,在二三十个不同的城市,拿起电话,就能让那么多不同的人记起他、爱他和帮助他,还有什么能比这更能让人满足的呢?你知道当他死的时候,顺便说一句,他死时是穿绿天鹅绒拖鞋死的,在纽约的雾霭中,有从纽黑文、哈佛甚至波士顿来的成百的推销员和客户参加了他的葬礼。"

　　这是威利·罗曼的梦想,正是这一梦想驱使他每天早起上路。而当这梦想枯竭、死亡的时候,生命也毫无价值了。那是威利生命里的人生轨迹经验。记住安迪在《肖申克的救赎》里的一句话:"'希望'是个好东西,可能是最好的东西,好东西都不会死。"可如果梦境与现实相抵触,就像威利·罗曼那样,所有希望都落空了,还能留下什么呢?那就只能走向死亡。

　　这就是回顾人生轨迹的力量。一旦你创造了一个影响你的人物的"生活经历"或"具体事件",就可以从这件事建立你的人物情感的曲线,然后让人物面对和结束(或不结束)这个经历。它成为建立人物的深度和多侧面性格的途径,从而使你创造一个强有力并明确的观点和态度,并且把它放到冲突的契机里。

　　最近,我受委托到海外写一个有关一个来自奥奈达族的美洲土著民族勇士的剧本。奥奈达族是易洛魁部落联盟的六个民族之一,被称作"居住于长屋中的人",他们在美国革命战争里分别忠于美国殖民者和英国贵族。主人公违背自己意愿被迫和美国站在一起,在战争中反对英国人。其直接后果——在历史上真是这样——造成了兄弟间、家庭间的争斗。最后的结果很不幸,是整个美国东北部的印第安人的土地都被美国政府征占了。这是一个关于忠诚的故事,是一个有关命运和宿命的故事,是基于历史事件的。

但是这勇士的生活事实鲜为人知,几乎没什么记载。所知道的只是他站在了殖民者一边,但是为什么如此,却无答案,而那是一个必须以戏剧化的方式回答的问题。

这就是情境:历史上都知道易洛魁部落联盟想在这场冲突里保持中立。年长者说这战争是一场叛乱,就像父子间的争斗。在这种冲突里任何外人卷入都占不了什么便宜。部落联盟要是站在英国一边,也就是父亲一边,儿子就会被打败,就会尸横遍野,父亲会恨这些参与的人。相反,要是站在儿子一边,也就是殖民者一边,父亲就会被打败,遭受损失,印第安人就会和英国人疏远。所以他们认为最好的办法就是保持中立。

他们这样做了,一直到英国军队带来了朗姆酒和小饰物,收买了一个莫霍克族的显贵加入他们一边。他又说服他的几个兄弟站到了英国人一边。当英国军队开始向奥巴内进军的时候,他们得到了莫霍克勇士的援助。在第一次战役里,他们攻击了一个殖民者的堡垒,堡垒里面藏有奥奈达族的妇女和儿童。这在历史上也是真实的。只凭这一点是否能使奥奈达勇士站在殖民者一边?

恐怕未必如此。我的合作者不知道该怎样去解决这一特殊的情境。我建议他回顾一个人物的人生轨迹。我告诉他从人物的生活和历史事实开始。这个勇士是一个奥奈达妇女和一个德国移民的儿子。这样有什么事可能在主人公年轻的时候,在 15 岁左右发生呢?

如果你寻找这一人生轨迹的意义,那么它可以是一个特定的事件,包含着所有那些内在的、外在的、情感的、身体的和背景等方面的作用于人物生活的力量。什么样的事件会使得这个勇士转向反对自己的朋友和亲戚呢?当然,这个问题有很多答案,但是一个特别的结果(一个创造出来的、戏剧性的事件)会很有效。当勇士年轻的时候,就说 15 岁左右时吧,他看到自己的父亲死在一些醉醺醺的英国兵手里,这些英国兵还烧了他们大量的庄稼和居住的房子。设计的?是的,但是符合历史。发生这样的事件完全不是什么新鲜事,特别是在当时。在戏剧性方面它挺管用,这是一个在剧本里并不一定非解释不可的事件,只是作者要知道它。在这里"人生轨迹事件"只被提及一次,而人物所有的情绪化的选择和决定都从这一重要的事件里产生出来。

有些影片用回顾人生轨迹作为整个故事线索的基础,并且成了影片的题材。我看过一部名为《旧爱》(*Loved*,1997)的影片。由厄林·迪格纳姆(Erin Dignam)编剧并导演,罗宾·怀特和威廉·赫特主演。故事讲述一个年轻女人,她在故事开始前已经在一种痛苦的、混乱的爱情纠葛里纠缠了六年了。16岁时她有了第一次"严肃"感情关系。她设法离开了自己的情人,但在他们这段关系之后的那些年里,那个男人又和另两个女人有染,其中一个女人还被这男人拳打脚踢。当影片开场时,有一对男女正在车水马龙的公路边进行一场决定性的谈话。那男人转身离去,而那女人则径直奔向汽车飞驶的公路中央,被撞死了。公路局的官员要控告那男人过失杀人罪。为此案他们想让罗宾·怀特饰演的人物作证,这样预审便有把握了。她站在那里,不得不重新体验过去的那些爱情纠葛,面对它、处理它,最后认识到:自己对这些使人痛苦的混乱爱情纠葛也有责任,并决定从中解脱出来。在最后的场景里她做好了重新开始新生活的准备,并有了一种开始更积极和可爱的爱情关系的希望。有时有一种混乱的人物关系比没有任何人物关系要好。从人物对她的混乱的爱情纠葛的体验中,她能了解到他到底有多爱她。

这是一个回顾人生轨迹产生整个剧本的好例子。如果你看看问题清单里所列的毛病,很多都可以通过给主人公一个有力的"人生轨迹事件"而得到解决。

在《沉默的羔羊》里,人生轨迹在朱迪·福斯特饰演的克拉丽斯·斯塔琳这一人物的转变中扮演了一个重要的角色。《沉默的羔羊》讲的是一个联邦调查局的年轻学员追踪一名杀手的故事。可完成这个任务之前她必须面对自己10岁时生活中所发生的一件事。那就是她的父亲,一个小镇警察在处理一起企图抢劫的案子里被杀了。但当你更深入地分析这个杰出的剧本时，就会发现克拉丽斯和"三个父亲"的关系的故事。杰克·克劳福德（斯科特·格莱恩饰）是联邦调查局学院行为科学部的指导老师，是他让她讯问汉尼拔·利克特尔，使她卷入了对杀手"水牛"比尔的追捕。汉尼拔·利克特尔（安东尼·霍普金斯饰）是她的引路者，指导并告诉她在追踪杀手时应找些什么。他们的关系和他对她的内心所做的无情的心理分析推动着她不得不面对父亲的死亡和那些已被她深埋在自己潜意识里的东西。

　　这是一个"人生轨迹事件"。由于父亲的死，她被送到蒙大拿和叔叔一起住。一天夜里她被杀羊时羊羔的哀鸣惊醒。她要救一只小羊羔，可是被抓住了，还被送进了孤儿院。是汉尼拔·利克特尔强迫她面对这一情感问题，并从中解脱出来了。在影片结束时她开始建立起了新生活，不仅是在人际关系方面，在工作中她也成了一个一流的联邦调查局探员。但是只有在她能面对过去的这个人生轨迹事件时，才得到解脱。《末路狂花》里的路易丝也是这样。她一直未能从强奸的阴影里解脱出来，正是这件事一步步让她赔上了性命。但是克拉丽斯在利克特尔的指导下，能坚强到足以战胜它、处理它和克服它。

　　《沉默的羔羊》结束于克拉丽斯接受毕业证书，而在毕业后她马上接到了汉尼拔·利克特尔的一个电话。他问她："小羊羔不再叫了吗……"他对她"赞美"道，"我不想告诉你，克拉丽斯，世界因你的存在而变得更有趣了，相信你能同样地尊重我。"他是第一个了解克拉丽斯已从一个孩子气的学员成长为前途无量、训练有素的职业警探的人。

　　所以如果你认为你的人物太单薄、只有一个侧面、太被动、对白太直白或解释太多，解决问题的一个方法就是回过头来揭示他或她生活里的人生轨迹。

问题清单

沉闷、单薄和令人厌烦

- 人物太唠叨而且解释得太多
- 对白太直白、太明确
- 人物是平面的、单维度的
- 没有回顾人生轨迹
- 所有人物说的话都雷同
- 人物下一步的行动能猜得出来
- 素材平淡而且令人厌烦
- 人物间的关系太单薄而且界定不明晰
- 我在一遍遍地说同一件事
- 没有潜台词,故事太单薄

Chapter 14
沉闷、单薄和令人厌烦
DULL, THIN, AND BORING

　　读自己写出的东西时,常会感到很生气,觉得写得太平淡、人物单薄,并且只有一个维度,即便你想否认和辩护,都无法逃避所写的东西显得沉闷、单薄和令人厌烦的这一冷峻残酷的事实,是不是？当你想到已为此付出的所有的时间和努力、所有的牺牲都要毁在这几张纸上时——呵,老天,你就更为沮丧。

　　信不信由你,这对电影剧作者来说是家常便饭。当然你不愿承认,不过那常常是真的:你所写的显得沉闷、单薄和令人厌烦。当你从发现这一事实所带来的震惊中缓过来之后,就该动动脑子,争取能找出该做点儿什么可以让它变得好一些。你可能会想到增加点儿动作场面,或加一个情节副线,或者创造一个新的人物,又如加点爱情佐料,也可能就是只让动作更生动些。

　　这是个解决办法,在某些场景里可能有效,至少是个权宜之计。所以你就加点儿新场景、新人物,让动作更生动。不过,当你坐下来读这些东西时,突然发现别的什么地方又不对劲了。你会有一种陷在那些没改好的东西里的感觉。你只不过是打了个补丁,涂抹了两笔。

　　真正的问题是:究竟这些东西沉闷、单薄和令人厌烦的根源是什么呢？要坚持下去,在绝望中,你仍然要希望弄好。你给朋友们看,每个人都会说这儿或那儿需要加强。你试着这也改、那也改,可还是不管用,你越来越糊涂了。

当你陷在某一个情节里时,常常会发生这种情况,越陷于困境你就越糊涂,然后就越来越生气,失望和压抑窒息着你,最后的结果是只好放弃。创作的过程中都会遇到这种情况。

毛病还是摆在那儿,你能做些什么呢?

我们一步一步来吧。你需要做的第一件事就是先停下来别写,坐下来,试试找些新的角度更客观地看看你的剧本。因为你没有再动笔并不就意味着你没有写,那只意味着你在重新思考着某个创作问题。面对一个"单薄、沉闷和令人厌烦"的剧本,最好是从人物的角度来着手。

亨利·詹姆斯在他的一篇文学论文里建议主要人物要处在故事圈子的中间,其他人物都应当在外围围绕着他。詹姆斯感到主要人物每次和其他人物发生冲突时,他的某些闪光点、他的知识或他的内心世界将得到呈现。詹姆斯形象地将之比喻为:在一个黑屋子里,进屋的人打开不同角落的灯,房屋某一特定部分就被照亮了。

詹姆斯称此为"照明理论"(the theory of illumination)。这是当你想增加人物的侧面时的一个很有效的工具。例如在《证人》里,阿米什男孩目睹了秘密警察的一场谋杀。约翰·伯克(哈里森·福特饰)试图让小男孩在一群嫌疑犯和一堆照片里认出凶手,但没有成功。吃午饭时,伯克给小男孩和他的母亲拿来了热狗。场景开始时伯克拿起食物放在桌上。他看也没看男孩和他母亲,就在热狗上放些芥末酱咬了一大口。他正嚼着,才注意到那对母子:拉切尔和她儿子正对着食物做短暂的祈祷。伯克变得有点尴尬和自惭。他傻乎乎地咧着嘴,直等到他们祈祷完才接着嚼嘴里的食物。

而拉切尔一边吃,一边和伯克谈起从他姐姐(帕蒂·卢波恩饰)那儿听到的关于他的事。她告诉拉切尔:"你(伯克)该结婚,该有自己的孩子,而不应该只是努力当好她的孩子的父亲,别让她觉得你怕负责任。""喔,"伯克回答,"还有别的吗?""啊,是呀,"拉切尔继续说,而且越来越深入,"她觉得你像个警察是因为你觉得自己所做的一切都是对的,尤其当你喝了好多啤酒时,还会吹嘘没有什么别的警察能从胳膊上挎的包上分辨出骗子来。对,我想她就是这么说你的。"

这是一个美妙的小场面。在短短的几行里(这场戏还不够一页纸),我们了解了需要知道的关于约翰·伯克的一切。是拉切尔点亮了灯,照出了他是一个什么样的人。首先从他的名字上看,这不是偶然的,他是个"靠书本生活的警察",他认为自己做的一切事都是对的——这就是他的态度,而且他还时常抱怨警察这一行。他没结婚,但是喜欢孩子,并且总"像父亲似的"对待他姐姐的孩子。

这一个小场面就揭示了有关伯克这个人物的那么多事。究竟是什么使它有这么好的效果呢?是因为在这个场景里,人物一直是在做着什么事情——吃东西,往热狗上放芥末酱和番茄酱,而不是单纯地围坐一圈说话。这一个吃东西的小动作也揭示了两个人物不同的观点。而两种不同的观点就奠定了冲突的基础。这里表现了不同的生活方式。男孩和妈妈祈祷时,伯克正狼吞虎咽,正是采用了非常视觉化的方式来明确表现人物间的差别。

詹姆斯的照明理论为你让人物更丰富和更有条理提供了一种很好的方法。这使得人物更有趣,充实而且不单薄。在《证人》里准备热狗的行为让人物能在谈话的场面里有事做,还使动作得以持续。而且这些都写进了一个场景里。

还有很多方式去应用照明理论来揭示人物的信息。你可以让主要人物对别人谈起自己(只有在没有别的方法揭示这些信息时才用);或者别的人物可以说出主人公的事,就像在《证人》的这个场景里一样。也可以用旁白,就像在《肖申克的救赎》、《与狼共舞》或《恋爱编织梦》中。但要确定这种叙事方法是否适用于你的故事。请别在一个剧本里只用一次或两次画外音。尽管也有成功的例子,像《阿波罗13号》就只用了一次,那是在影片最后,吉姆·洛弗尔总结整个行动时。也可以用字幕或报纸大标题等来达到同样的目的,比如《伴我同行》(*Stand by Me*,1986,雷纳尔多·吉迪恩和布鲁斯·A·埃文斯编剧)这一剧本结束于由理查德·德莱弗斯饰演的人物坐在计算机前,写我们刚刚看到的故事。你也可以用一些杂志标题或计算机屏幕上的文字来表达。有时主人公的某些事也可以用某些戏剧性的闪回段落来揭示,如在《肖申克的救赎》里安迪的逃跑,或者也可以用闪进(在《阿波罗13号》结尾的画外音基本就属于此类)。

所有这些不同的工具和方法对刻画主人公某些直观的和情感的方面都

是有效的。可你得考虑好用什么方法,因为剧本的完整性是必须维护的。是什么使《低俗小说》那么好?那么幽默?故事沿着非线性的结构,起伏贯穿了整部影片:所有的人物在影片一开头就介绍完了,然后又分成三个故事把他们完整地表现出来。

但是,当你决定采用任何一种技巧的时候,必须回去画个人物表。怎么做呢?先做一个主人公和故事里其他人物关系的图表。你能够成功并清晰地定义这些关系吗?他们是否有足够的深度,或足够有趣呢?在《独立日》(*Independence Day*,1996)里,杰夫·高布伦饰演的人物被描写得很单薄。我们知道的就是他离婚三年了还戴着那个结婚戒指。他妻子离开他的唯一原因,至少就我们所知,就是要想自我发展。他们的关系怎么样?是否正常?和谐吗?孩子怎么样?他们的婚姻是什么样的?虽然这是背景故事,并不需要在影片里说明,但是作者应该知道,这样才能创造出丰富的、有多侧面的人物来。在这个剧本里人物较弱,能让人看下去的唯一理由是:这是一部"事件电影"。像在《龙卷风》和《碟中谍》里,特殊的事件是真正的明星,主人公只是把我们领向事件。这种做法可以一时见效,但我们不能认为这会一直是好莱坞的"流行趋势"。很多这种"事件电影"都挺沉闷、单薄和令人厌烦。

一旦你检验了主人公的人物关系,下一步要做的是使他有更多的质感和维度。这样做的一个办法是进行一两页的自由发挥(自由写作)来重新界定人物关系。在这种关系网里,你尽量从头开始重新创作人物关系。这些人物在哪里相遇?多长时间以前?你可以创造哪类的事变或偶然事件,从而能更清楚有力地帮助你界定他们的关系?

创造性研究意味着你进入人物的世界中,界定和重新界定他们的生活和关系。你对你的人物和他们生活中的事件了解得越多,你就有更多的选择让他们在视觉上更有趣和更激动人心。

探讨一下他们的第一次会面。他们彼此间的印象和感觉是什么样的?是什么使他们之间的友谊发展成熟,或者是什么使他们的关系疏远?他们之间的关系维持了多久?这可以是男人和女人间的各种关系,男朋友、女朋友、老板、合作者等,也可能是网球场上或法庭上的竞争。像在《七宗罪》

(*Seven*,1995)这样的影片里,我们并不真正知道布拉德·皮特和格温妮斯·帕特洛演的人物为什么离开他们生活的地方到大城市来,我们也的确不必知道,最好相信编剧安德鲁·凯文·沃尔克知道这些。他们离开他们居住的社区来到城市,这最终导致了影片强有力的结局。所以如果你不知道你的人物的一些事,不知道那些在他们生活中发生的事件和重要的决定,谁还能知道呢?

如果你认为你的人物说得太多了,或者对白太特别、太直白了,或是人物平淡单一,写得太沉闷和令人厌烦,有几种方式可望解决这些问题。

让我们分成三步。如果一个剧本显得沉闷,你该怎么做?是不是剧本因对白过多而进展缓慢,或者其中的闪回或偶然事件的发展过程太长了,是不是你的叙述太多太密,或者在跟随故事线索方面花了你太多的时间?所有这些都是写作沉闷的症状。你能做些什么?

首先,改变你的写作样式。不一定非要写完整的、很文学化的句子,把精力集中在短的、叙述性的句子,有时会有只写一个词的句子,这种词用来强调色彩或给读者以幽默感。沙恩·布莱克[《致命武器》(*Lethal Weapon*,1987)、《特工狂花》(*The Long Kiss Goodnight*,1996)等作品编剧]在他的作品里采用动态的和富有想象力的词句。例如,在一场穿行在拥挤的车流里并闯进路旁的人行道的汽车追逐段落里,车辆互相刮擦着,他用了一种简短、视觉化而又明了的方式叙述道:"汽车互换着油漆。"沙恩·布莱克用这个极好的方式传达了追逐的惊惧感。

如果你在写一个人物的片段,可以写两三页处理人物关系的短文,回过头重新界定人物。找些方法强化人物,让他们更有趣。进入他们的职业生活、个人生活、还有私生活,看看他们独处时会做什么,包括特殊爱好、修整花园、参加健身锻炼、养宠物等。在《红潮风暴》里,吉恩·哈克曼走到哪儿就带到哪儿的那只小狗就加强和扩展着人物的特征。

然后,当然你得找冲突,寻找那些能深入场景、能使你的人物关系取得最大的戏剧性价值的方式。这可能意味着要重新界定你的人物的观点,即他或她看待世界的方式。冲突是避免写作沉闷的一种正确的方法,但是必须深入到你的人物的生活中才能有效地描写冲突。记住,冲突可以是内在的,像情感问题;也可以是外在的,像作用于人物的某种让人恐惧的力量,如在影片《独立日》中的被外星异物所猎获,或者《龙卷风》里的暴风。这需要你去设计,并把这些冲突组合进故事的线索里。

你可能会想要改变你的人物的观点,在你的场景里寻找对立的观点。你的人物是怎样感受和看待自己所处的环境的?当你的人物进入场景时,你知道他或她是从哪里来的吗?你知道这个人物在这个场景里的目的和动机是什么吗?这个场景是否反映了人物的戏剧性需求?进入场景的情境,寻找创造冲突的途径,你的人物是否有一种不同的观点并在场景中留下了什么痕迹?是否有来自外界的问题,比如一种针对身体或精神的威胁?影片《七宗罪》在这方面是个很好的例子。在凯文·史派西扮演的连环杀手和布拉德·皮特以及摩根·弗里曼扮演的人物之间的关系给人很强烈的紧张感,这是因为我们不知道将要发生些什么,尽管我们知道故事一定会有结局,而且一定会发生些什么不可思议的事。记住,在好的剧本里我们将和人物一起得知发生了什么。阅读一个剧本总是一种发现的行动。这也是《七宗罪》的结尾为什么那么令人难忘的原因。

要是你的剧本太单薄了,你该做些什么呢?

增加点东西填充它,或者可以创造新的人物。你可以增加一些场景,还可以给人物增加更多的细节,或者考虑增加一个动作场面,如果还不够,你就该考虑需要更深层的故事线索,给它以更多的内容和质感,你可能需要考虑增加一条情节副线(见第十章)。

在做出任何要干些什么的决定之前,应该回头检查每场戏,并找出你放进去的动作点都在哪儿。很多时候一个情节进入一场戏会显得太晚或出来得太早,其结果是动作未被充分认识就给截断了。这样便冲淡了叙事进程,而且是剧本显得单薄的原因之一。如果你回过头来进入每一场戏的基本结构,总是可以把这些场景结构分成开端、中间和结尾三个部分的。要尽可能地在前面的场景中建构其开端,然后决定场景的中间,以及最终场景的结尾将发生什么,在这个场景结尾之前要做出向下一场景转换的铺垫。有一个很好的练习就是:列出可以组成场景开端的成分、组成场景中间部分的因素以及在结尾要发生些什么。这样,列出了场景开始、中间和结尾的动作,然

第十四章　沉闷、单薄和令人厌烦　149

后你就可以撷取任何所需的元素并把它们结构入一个新的场景里。

举一个安迪进入肖申克监狱的场景来看一看。你有多少种方法可以安排呢？有上百种方法，它们都很好并有视觉效果。可是，看一看相关的元素，你就可以更深入些，加些事情充实进去，那会使剧本更丰富。在这部影片里，一些人来到监狱，这样我们就有了大汽车的元素，汽车开进了监狱，还会有对新来者的检查等等。可你看看弗兰克·德拉邦特做了些什么呢：首先他介绍了摩根·弗里曼饰演的瑞德，还有假释审查处。在画外音的叙述中他告诉我们关于他第一次见到安迪的情况，然后他创造了那个用直升飞机拍的鸟瞰整个监狱的美妙镜头（顺便说一下，这是这部影片里我最喜欢的镜头之一）。然后镜头切至汽车上，表现安迪和其他犯人坐在那儿恐惧而又困惑。我们看到那恶棍监狱看守哈德莱，我们看到狱友们尖叫着"新来的！"，我们看到新来者被铁链拴着走下汽车和他们怎样观察着这里被监禁的上百的狱友。

所有这些元素都可以被结构到开端、中间和结尾里。这并不意味着你必须把所有的元素都用上，但是必须做出选择：用或不用它们。弗兰克·德拉邦特选用了多种素材来介绍肖申克监狱，但这是通过被剪得支离破碎的影片片段来展示的。首先他从法官的锤子落下切到监狱的一扇门被打开的声音（一个声音到声音的转场），然后我们看到瑞德接受假释审查（这实际上只有半场戏：开始和中间），然后看到被否决的印章，我们跟着瑞德走出来，来到监狱广场，并得到了有关这里的大量信息：

> 瑞德在渐显的光线下浮现出来，懒散地放着风，头上顶着个皱巴巴的旧帽子，向人们问着好，并暗中进行着买卖交易。他是这儿的重要人物。
>
> **瑞德（画外）**
> 我猜，在美国的所有监狱里都有像我这样的人。我能给你弄来香烟，有本事还能弄袋大麻，弄瓶白兰地庆祝孩子高中毕业。合情合理，什么鬼东西都能弄来。
>
> 他塞给某人一包香烟，动作十分利落。

> **瑞德（画外）**
> 是的，先生。我这儿就像正经超市一样。
> 从主监视塔发出两声短促而又尖利的汽笛声，把所有人的注意力都引向了入口处。大门打开了，显露出外面的一部灰色的大狱车。
>
> **狱友**
> 新来的！今天新来的！
> 瑞德和海伍德、斯吉特、弗洛伊德、吉格尔、厄尼、斯诺兹等在一起，大多数狱友都挤在栅栏旁边，边看边嘲笑着新来的人。而瑞德他们一伙爬上露天看台找了个舒服地方。
>
> 内景　狱车内　黄昏
>
> 安迪坐在后面，戴着镣铐。
>
> **瑞德（画外）**
> 安迪是在1947年初因为谋杀他的妻子和她的情人来到肖申克监狱的。
> 狱车驶向前，轰鸣着穿过大门。安迪看着车窗外，狱墙很快挡住了他的视线。
>
> **瑞德（画外）**
> 在外面，他是波特兰一家大银行的副总裁。你要是想到那时那些银行有多保守，就会明白对他这样的年轻人来说这是个很好的工作。

这是一个有深度、有质感、多维度的场景，就像照明理论所提倡的那样，都是通过视觉表现出来的。整个段落（我只引用了开始部分）给了我们故事继续向前发展时所需要知道的基本信息。我们已经了解了主要人物，显露了有关他们的信息，而且通过主人公的眼睛看到故事的展开。我们从瑞德和安迪两个人的视点看到了监狱的生活。

看看这个场景中的元素：首先，监狱和狱友，瑞德和他的一伙人，然后是安迪来了，接着是欢迎、听监狱的规矩，并看到狱友们建立自己的规矩。这些都是叙事线索的建立和推动故事进展的元素。它一点也不沉闷，当然也不单薄,并肯定不令人厌烦。这是优秀的剧本。它是一个运用不同的元素建构起场景的肌理的很好的例子。如果你读了斯蒂芬·金的小说,就会明白德拉邦特加了多少东西才使简单的故事线变成富于动力的、电影化的情节表现。

是什么让我们感到厌烦呢?你是不是在读你的剧本时觉得眼睛累得慌,注意力集中不起来,很难弄明白是怎么进展的,难以坐得住,你总是忍不住想站起来找点吃的,或者得强忍着不把这些烦人的东西撕了?你最怕发生的情况好像要出现了,你该怎么办呢?

首先,有些很实际的标志。最让读者受不了的,莫过于不得不读那种占了半页到四分之三页纸的一句一段的长句子。为了读者,一定要让你的叙述段落每段不超过四到五句话。要是你的叙述段落太长,把它们改得短一点。一定不要让你的散文式的叙述段落"太厚重"和"太密集"了。一个好剧本里每页都会有很多空白的地方。你一定要删除什么,只要把段落改成只有四到五句话就行了。有时候一个剧作者会写出一整页长的叙述性段落,这只会破坏阅读。简单、清楚、紧凑,这就是你所希望的你的剧本应有的样子。

你要想去掉"令人厌烦"的因素还需要做些什么呢?

检查你的写作风格,你想写一种动态的现在时的风格,那么就让你的描述性段落短些、紧凑些。检查一下对白,是不是太长、废话太多或解释太多?删短它。"狠心"一点儿,对白或是要推动故事前进或是要揭示人物——如果不能满足这两个条件,那就删掉它。

你做了所有这些以后,看看你用文字表现的那些地方是否能加上些动作,撞车或者接吻都行。要弄清楚所有你选的动作都必须适合你的故事线索的构造。很明显,你不能毫无理由地添加某些东西,也不能加那些不适合的、与其情境毫无关系的东西。如果仔细检查你的素材,你可能会发现有些东西,如一个动作场面,或一点小幽默都会有助于缓解阅读过程中的沉重和紧张感。

在做完这一评估以后,再深入到各个段落中去。是不是有的地方你的人物仅仅是在那里说话、呆坐在饭店里、单调地开着车或在公园里走?在这些场景里他还做了些什么？在他们周围又发生了什么？比如，如果他们坐在饭店里，可以让他们进行一场热情的谈话，再给他们点儿事做。例如让他们正在吃虾，或者啃玉米棒子，或者把牙硌了，或者你的人物吃了点儿冷饮后就平静下来等等。试着给场景一些细节，让人物不得不去处理。如果你的人物在开车，可以让另一个开车的人打断他一下，你的人物可能会做出些强烈的反应，这样在同一个时间里就有了谈话和对另一个开车人的反应两件事可写了，也可以增加场面的深度和紧张程度。

在《肖申克的救赎》里，当安迪把自己锁在典狱长的房间里播放歌剧咏叹调时，看守和典狱长在砸门。两件不同的事同时发生。所以要找些方法在你的场景里让某种别的事也加入进来。

当安迪第一次和瑞德接触时，瑞德正在教人打棒球，这个行动一直延续了整个场景。在场景进行中给你的人物一点儿事做。你不需要任何解释，只要表现就行了。

常常会有对白场景怎么也弄不好。不管你怎么处理，人物对白一改再改，可场景好像就是凝聚不起来。在这种情况下，有几件事可做：第一，进入场景弄清其元素，定义好场景的目的。主人公的戏剧性需求是什么？他或她在这个场景里想要什么？他们在干什么？这个场景开始前人物从哪里来？这个场景结束后他们要到哪里去？这些信息你不必写到场景里面去，也不必作出解释，但作为剧作者，你必须知道它。不必考虑别的，弄清楚和定义好你的人物的戏剧性需求，一直到你的头脑里很清楚这个场景开始前发生了什么和场景结束后要发生些什么。

如果对这个场景或段落你还是不满意，你还有些事可做：转变人物的线索。如果比尔是主要人物，在这个场景里他是和他的前女友萨莉在一起，他想从萨莉那里得到某样东西、某些信息或者一个包。不管是什么，我们只需将线索转换一下，把比尔的线索给萨莉，把萨莉的线索给比尔，看看能发生些什么。如果这样还不行，重写这一场景并改变人物的观点。如果比尔是主要人物，萨莉是重要人物或次要人物，从萨莉的观点写起，让比尔做第二号人物。这意味着你要从萨莉的观点进入这一场景，通过她的眼睛看到这一场景的目的。

这是一种很奇妙的经验，它可以去掉场景里原有的阻力，化解某些症结以使场景能行得通。这样你改写了这个场景之后，再回过头来从比尔的观点再改写它，看看会发生什么。

这些小事可以明显地改变剧本的语调和质感。他们能给场景增加深度和维度，使其不至于因为沉闷、单薄和令人厌烦而让人不能卒读。

问题清单

主动变被动

- 主要人物太被动、太多反应性动作
- 主要人物太内向、不突出
- 所有人物说话都雷同
- 人物间的冲突太单薄
- 人物的解释太多
- 对话太沉闷、无趣
- 次要人物比主要人物有趣得多
- 冲突通过对白表现,而不是通过动作
- 场景缺乏潜台词
- 故事可以预知以及人为痕迹重

Chapter 15
主动变被动

THE PASSIVE ACTIVE

在剧本写作过程中常会遇到这样的情况,主要人物好像渐渐从字里行间消失了。不管这个人物怎么做,不管他是否充满在故事的所有动作里,还是不断地显示出有关他或她的个性或行为的信息,戏剧性需求却消失不见了,人物在动作的框架里见不到了。而在另一些时候,一个次要人物突然脱颖而出,表现得很强烈和有震撼力,以至于他或她完全盖过了主要人物。

我称这种现象为主动变被动。在这种情况下主人公似乎总是在徘徊,找事做,无论他或她做什么,总是对别的事做出反应而不是主动行动,被表现为被动的而不是主动的。

这真成问题,特别是如果故事线索是围绕着一个特定的人物建构的,而他或她却迷失在故事线索里,或似乎从故事情节中消失了。关注这一问题的最好的办法是检验素材并弄清楚主要人物是对情境被动反应还是主动创造它。

你是在为视觉媒介写作。这门技艺的一个最重要的规则就是你的主要人物必须是活跃的,是动作的催化剂,是导致事件发生的源泉。然而,这并不意味着你不能让你的人物在剧本里对一个特定的情境做出反应。人物总要对作用于他们的事件和外力做出反应。

在《秃鹰七十二小时》(*Three Days of the Condor*,1975,小洛伦佐·桑皮尔和戴维·雷菲尔编剧)里,罗伯特·雷德福饰演的人物出去吃顿午饭的工夫,他的同一办公室的中央情报局的同事(他们正在看书找情报)都被杀光了。当他发现这些时,他明白不用多久杀手就会来找他。进入第二幕时他还不知道该干什么和该信任谁。在整个第二幕的前半截,雷德福饰演的人物只能反应,直到剧情进行到中间,大约60页的地方,他挟持了费·唐纳薇饰演的人物,并又开始主动行动了。那效果挺好。要是你一时没看出来,再好好审视一下。

动作和反应是一个硬币的两面。作为一种事实,牛顿的第三运动定律说明"作用力等于反作用力"。这正是你需要认识到的,而且是一个值得好好遵循的规则。人物发生了什么事,如果他或她遇到了某个偶然事件或必然事件,其反应是揭示这个人物的一种正常的做法。可是当人物不断地作出被动反应,不仅对必然事件或偶然事件,而且对别的人物也是如此,那就成问题了。事情总是在发生以后要他们去应付,而不是由他们导致或引发事件。如果你让你的人物被动反应的时间太多了,他们就会从情节中消失,同样有时也会从电影银幕上消失。

几天前,我在电视上看到一部史蒂文·席格的电影《绝地战将》(*On Deadly Ground*,1994)。这是席格自编自导的影片。影片开始是展现一些美丽的阿拉斯加风光的镜头,然后切到一个油井失控着火。直升机飞跃崎岖的旷野,载着席格饰演的人物去失火现场。他着陆、下飞机,和消防队员汇合。他们控制不了火势,不知该怎样做。那么席格演的人物怎么做的呢?没说几句话他就穿上防火服冲进凶猛的大火。他站在那儿,火焰包围着他,时而还发生油井爆炸,然后他又不当回事地走了出来。别人都散开了,寻找着遮挡物,可席格饰演的人物在油井爆炸时就站在那儿扑火。

很有力的素材,是吧?强烈的动作、有力的人物和一些有力的视觉影像。但是看了三四分钟后我觉得这是一个主动变被动的很好的例子。为什么呢?因为人物的描写太单薄,使影片显得可笑。迈克尔·凯恩,那个很好的英国演员,扮演那个坏蛋石油大亨,但他的表演(我相信剧本是这样写的)是维度单一的,戏剧化的,过分强调了人物罪恶的一面,而把人物性格推向了极致。

与他相对立的当然是席格饰演的好人。席格演的人物形象是主动变被动的一个非常好的范例。作为主要人物的他是强有力的、沉默类型的。这是个话不多的人,他不想惹麻烦,除非被逼得过头了。他被动反应并采取行动,就像我们看到的,他是个可以按部就班地做每一件事的人。他独自一人扑灭大火,是个军事专家,拿起计算机就能用,并破解了密码,还保护了那些受迫害的爱斯基摩人。他是一个对别人,对那些坏蛋所造成的事端做出反应的人。顺便说一句,所有这些都是在开头 15 分钟里展现的。

那个贪得无厌的反面角色石油大亨和席格所饰演的正面人物很快就胜负分明。谁会占上风很容易预见。

很容易理解席格和作者的意图,他们想要把席格所扮演的人物描写成强有力的、沉默寡言的类型,但是由于我们不了解他的思想和感觉,他给我们的印象就成了一个只能对由迈克尔·凯恩所扮演的人物挑起的事做出反应的人物。这使他成了一个由主动变被动的人物。影片从头到尾主要人物就没自己挑起过一件事,他只是对别人发起的行动作出回应。所以,我们了解的有关他的一切,只是他对发生在他身上的事所做出的反应,以及这些对爱斯基摩人的部落社会有什么影响。

这个人物被描写成了强有力的、沉默寡言的类型,他似乎知道所有的事,所做的一切都是对的,并且按照汤姆·米克斯的早期西部的严格的道德准则生活。他忙着做个"好人",并不断与坏人所做的事作对,这使他成了个令人厌烦的人,从银幕上消失了。

比如,有一个可以帮助揭示这个人物的一个侧面的环境。那是一场典型的酒吧打斗,那完全可能发生在汤姆·米克斯时代的西部。席格坐在酒吧的桌旁独自喝着酒,三个高大粗鲁的家伙——石油工人,正和一个已经醉了可还要再喝的爱斯基摩人争吵。他们嘲弄他,推推搡搡地直到把他推倒在角落里。席格什么也没做,只是盯着他们。当他们挑衅地问他看什么时,席格开始没有回答。当他们继续嘲弄他时他站了起来,而那些石油工人还在对他喊着。席格走向他们,没等他们说下去,就走到他们中间,把他们扔到了一边。没多会儿,他就把他们给收拾了。尽管他们有至少十个人,可都只有求饶的份了。

哇!这真是太标准了,我们已见过上百次了。它是场老套的酒吧打斗:

主人公独自坐在那儿想着自己的事时,某些粗鲁的家伙欺负无力保护自己的人,那人是个醉鬼,主人公挺身而出救了他。引起我们兴趣的正是席格饰演的人物是那么被动,表现一种态度而没有表现任何情感。而且这种被动态度贯穿了整个影片的始终。我们不知道有关他的任何事,我们见到的就是这个人物强有力、沉默寡言的态度。他成了一个被动反应型的人物,不很有趣。

编剧的工作是让读者有兴趣一页一页地读下去,在这儿,就是别老让我拿着遥控器想换台。从这个例子里,我们需要真正认识到的是,剧本没给我们足够的时间去了解席格,或弄明白他的想法、感觉和情感;所有他做出的反应都只是他的态度。他的人性、信仰都藏在他的头脑里。

这是个例子,这种人物所做的仅有的事就是对情境做出反应。通过把人物放在这些情境类型里,对其他一些别人的行为做出反应,编剧导致了人物的弱化并使人物从字里行间消失。

在罗伯特·雷德福主演的不少影片里他都塑造了这种被动反应型的人物。看看《潜行者》(*Sneakers*,1992,劳伦斯·拉斯克、菲尔·奥尔登·罗宾森和沃尔克·帕克斯编剧),《桃色交易》(*Indecent Proposal*,1993,艾米·霍尔登·琼斯编剧),或者《走出非洲》(*Out of Africa*,1985,科特·路德特克编剧)。在《潜行者》里,他扮演一个没表现出任何思想和感觉的人物,他似乎只是表明了自己有个计划,然后我们看到他逐步实现他的计划,然后他好像就消失在背景中了,他完全是一个被动的、反应型的人物。

所以你写或改写一个剧本时,你要是觉得你的人物渐渐淡出了,看不出来了,或者主人公被其他人物所掩盖了,或故事线索太人为化、能猜得出来,再不然就是冲突似乎找不到了,这可能就是由于你的人物太被动了,忙于对他人或情境做出反应而不是创造和做出动作。

编剧的一个"规则"就是:行动就是人物。一定要记住,电影就是行为,他做什么,也就是人物的行动揭示出人物是谁。但是需要有一种方式让读者和人物建立联系。剧本要想奏效,必须建立人物和观众的紧密联系。如果这种关系未能建立,那么人物的表现就会完全迷失。在这种情况下,就没什么"情愿暂时信以为真"了。

你该如何解决这种人物被动的问题呢？首先，要从人物入手。很多作者都试图从结构入手解决这一问题，他们认为只要能增加足够的动作段落或紧张的戏剧性时刻，就能解决问题。可是做的这一切都是强调了主人公的被动性。就像在《绝地战将》里，堆了一大堆动作场面也没用，它并不真正解决问题。

那么，怎么才能发现被动性的问题呢？

看看问题清单，你是否能找到类似的症状。当你重读素材时，看看你的主人公是否淹没在动作的背景里了？你是否发现有个次要人物跳出了稿页，并且转移了我们对主要人物的注意力？你的人物是否说的话听起来雷同，或者他们都用同一种腔调说话？冲突怎么样？是否足够？你的人物的观点是否建立和界定得清晰？你是否觉得对白沉闷和令人厌烦？或者是你的主要人物总是在解释着什么，故事主要依靠对白而不是动作来推动？你的场景是否焦点集中，是否有平面化、单侧面、缺乏色彩和质感的问题？

所有这些症状都可看作是人物太被动的标志。

那么你该做些什么呢？有很多方法解决这类问题，从冲突入手检验人物是最简便的方式。你知道你的人物的观点吗？你是否进入主要人物的生活背景并建立了强有力的人生轨迹铺垫呢？这些在你的头脑里是否都弄清楚了呢？每一个场景的观点是关于什么的？你的人物的戏剧性需求是什么？这一切在你的头脑中是否都厘清了？如果没有，回过头去在故事线索的冲突关系里重新定义你的人物的戏剧性需求和观点。回过头检验每一个场景，并确定你已经有了足够的冲突，在每个场景里都有情感层面的潜台词，等等。在场景里或直接的面对面的冲突里是不是还有什么没有说？别让你的人物做事太容易了。要是做事太容易了，动作就会变得人为化，结局也可以猜得出来了。

随之带来了另一点，有时编剧想避免太直接或太"直奔目标"，在写对白时总是试图弄得有点儿微妙、有点儿拐弯抹角，那会创造一个令人费解的场景。这样，人物的需求就会迷失在他没说出来的东西里，对白会显得含糊和不知所云，不知道在发生着什么，故事线索会显得在几个方向间游离。这是一个剧作者需要把想法弄得更清楚些时的一种症状。

在剧本里有的时候对白必须直接，起到说明的作用，以便推动无论是外在层面还是情感层面的故事向前进展。而且有时这种场景正由于太直接、太具有标记性才是最难写的。你也许会认为那还不容易，其实不是那么回事。在这里你不需要把对白和动作弄得很微妙，你需要的是清楚和准确，使你的人物更加生动有趣。伟大的美国小说家 F·斯科特·菲茨杰拉德总是感到对于一个作家来说最难的是"俯就"读者，他的意思是说，要想写得太特殊、太直接，而且又没有思想、动作和说明上的拐弯抹角，是件最难的事了。

当你试图使你的人物鲜活有趣时经常会这样。如果你觉得自己善于写这种"非直接"的对白，那你的人物的需求和表现就有可能被抹煞，消失在字里行间，变得含糊和困惑。

还有次要人物盖过主要人物，或比主要人物更有趣的情况。如果你感到次要人物盖过了主要人物，而显得更生动、更有趣的时候，那往往是一个主要人物被写得过于被动了的有力标志，这时必须加强你的人物特征。应当说明，你的人物是要在很多时候对其他人物、行为或情境做出反应，那没什么不好，可当被动行为成为人物的唯一的回应时，那就会损害主要人物。这就是我们为什么要非常谨慎地掌握行动和反应之间的界限。

这方面有个例子是《意外的旅客》(The Accidental Tourist, 1988)。这是由编剧和导演劳伦斯·卡斯丹和弗兰克·加拉蒂(Frank Galati)根据安·泰勒的小说改编的，影片由威廉·赫特与吉娜·戴维斯主演。这是有关一个刚在一次商场意外枪击事件中失去了儿子的男人的离奇喜剧。威廉·赫特被描绘成一个厌恶旅行的旅游图书作家，他是一个性格内向的人，他只和他的狗为伴。这狗很懂事，还喜欢旅行。他们是挺好的一对。赫特饰演的人物接受了一个新任务，他用狗笼子带着狗，并且遇到了吉娜·戴维斯饰演的那个可爱而又疯疯癫癫的人物。她要完成的"使命"（她的戏剧性需求）就是要把他从自闭的状态中拉出来，因为她要给自己的儿子找一个父亲。

小说是如此优秀，以致在改编成剧本时遇到很大问题。首先，我们有一个离了婚的、孤独而内向的主人公，加上他刚刚由于一场意外失去了儿子就使问题更纠缠不清了。他的主要行为就是为自己感情上的遗憾而忧郁。这在安·泰勒的笔下成为非常适合印刷媒介的绝妙素材。可是，将其转换成银幕所需的素材则是十分困难的。如果你要以视觉的方式表现一个人对另一个人突然死去的反应，必须明白一开始人物的视点就是指向内心的。他必须从悲痛中寻求自我解脱，并让某种外在的或情感的动作发生，这有赖于故事，但在《意外的旅客》里，这是作用于人物的最初动力。

赫特所演的人物因生活的不公正而困惑，退缩到了一种与世隔绝的自我封闭的状态。这在短时间内有效，但是由于我们要让一个被动的人物变得主动，就不得不找到一种方式把某些情感反应一起都表现出来，并给他以更多的视觉化动作。有时，在这种情况下，你可以在悲伤一阵之后就把人物抛入一个新环境里让他重新站起来。比如我的一个学生写了一个剧本，一部惊悚片。影片的开始是一对夫妇的一个充满爱意的结婚纪念晚餐。这个美好的夜晚结束后，他们决定交换汽车开着回家。妻子开着丈夫的车回家，但是，就在她正开着车时，车门、车窗和天窗突然都被关死了，毒气放出来，她被杀了。

这个男人的戏剧性需求就是要追寻和发现杀他妻子的凶手并把他们绳之以法。他从未真正在情感上被动或沮丧过，他一直在行动中，没有理会任何悲伤的情感。你可以说他是由于太强烈的震撼而忘掉了悲痛，可能是这样，不过由于他变得如此执着于公正和复仇，也会使他渐渐变成一个生活在不断的视觉动作之中的被动人物。

这与《意外的旅客》里威廉·赫特扮演的被动反应型人物正相反。所以无论你在讲述一个什么样的故事，不管是动作片、冒险片、剧情片，还是喜剧片，都会遇到类似的问题。赫特饰演的人物是一个作家，这使得编剧从视觉上表现他增加了难度，而且没什么有效的办法。影片里发生的和剧本里写的完全一样：赫特饰演的主要人物正在渐渐地消失。是的，从外在形象上他还在那里，可没有和观众发生联系，观众没对他产生过共鸣。当然这也可以是这个人物特点的一部分。

另一方面，吉娜·戴维斯演的人物则明显是"主动"的。她总是在行动中，这使她跃然纸上。在银幕上也是如此，正是她积极愉快、富于活力的行动把赫特饰演的人物重新拉回到生活中来了。

可这还不够。

赫特饰演的人物的被动性使整部影片走向失败。他试图让一个被动的人物在银幕上活起来，但并不成功。就像在好莱坞人们所说的，这是一个"有趣的失败"。

另一方面你会有一个像《亡命天涯》里的理查德·金布尔医生那样的人物，一直在对一个特殊的情境做出反应。在这个例子里他不断地被谋害他妻子的杀手所追杀，他一直在逃跑，同时又试图逃避由汤米·李·琼斯饰演的人物对他的依法追捕。他的戏剧性需求是去证明自己的清白并找出谁是真正的罪犯，这贯穿了整部影片。这是驱动故事向前推进的动力。所以尽管他不断在做出反应，但他是一个主动的人物，因为他导致事件的发生，他在做着什么事以证明自己的清白。他不顾危险帮助了那个被误诊的孩子，他回到医院并在孩子的病历上做了修改。在医院里，通过他的行动表现了这个人物。电影，就像我反复说的，就是行为。

即使你的人物处于一个很受限制的环境里，也并不意味着他或她就必然被动。在《沉默的羔羊》里的汉尼拔·利克特尔一直被关在监狱里，可他绝不是被动的。他通过自己的洞察力和理解力，刺探并挑动着克拉丽斯·斯塔琳正视自己的过去。为了两个理由：首先当然是指导她把心理变态的连环杀手"水牛"比尔捉拿归案；其次这样做能使他满足自己的戏剧性需求——可以换一个监狱，使自己的牢房能有一个窗户。他的动机，他操纵克拉丽斯的方式，甚至他被关在一个6英尺×8英尺的小牢房里，都可以指向他的戏剧性需求，其他都是第二位的。他操纵她为他的目的服务。这使他尽管处在一个被动的地方却成为一个主动的人物。

我和那位巴西的电影制作者一起编写有关巴西著名的作曲家维拉·罗伯斯的电影剧本时，他非常紧张地给我看他写的剧本，表示那剧本很不同于传统的故事线索，是一个非线性的剧本。它通过一系列闪回追溯了作曲家的五段生活经历：他的童年，他对音乐灵感和发展方向的探索，他和生活中两个重要的女人间的关系，他在世界范围内受到的赞誉和尊重，以及他最后的音乐会和逝世。

他认为，剧本的问题是结构性的。但我发现结构并不是真有什么问题，而主要人物，那个作曲家才是问题所在。由于剧本的特点，作曲家总是对决定他的生活道路的各种力量做出反应。这使他成了个被动型的人物,而不是主动的。这使得剧本只是一篇传记,而不是对一个人一生的视觉化经历的描述。问题不在于五条故事线的迷宫式的结构,它并没有改变什么。整个剧本里主要人物不断地对别人做出反应,而这样构造了一种把他推进背景的视觉景观,而使第二号人物显得更强有力和更富于动势。

一旦认清了问题所在,我们就可以从人物而不是从结构的不足入手,即使问题两者都涉及。于是我们回到剧本中,要使作曲家能更主动,作曲家必须创造动作来让别人做出反应。这需要从头开始设计,所以我们重新结构了第一幕,增加了一些新的场景让作曲家主动行动,并让其他人做出反应。即使这是一个非常规化的剧本,一旦你发现了问题的所在,要解决某一特定问题并不是什么太难的事。

让人物更加主动的另一个方法是回到你的场景里并重新定义戏剧性的需求,既要检查整个故事,也要兼顾每一个场景的情境。如果你决定了每个场景里每个人物的观点,那么你可能要改写场景并增加冲突使之具有最大的戏剧性效果。一个人物显得被动的部分理由是缺乏冲突。十次有九次让你感到你的人物太被动,或对外界的环境和人物的反应太多,都是由于缺乏冲突。所以要回过头来重新定义作用于人物身上的内在和外在力量。

如果是对情境或事件的内在的、情感的反应,试着创造一个视觉化的隐喻让我们看到它。例如在《与狼共舞》里约翰·邓巴这个人物在情节点Ⅰ到达要塞后,他做的第一件事就是自己打扫要塞及周围的地方,他的行为告诉我们他要清理自己的生活并让事情恢复秩序。

如果你发现这个方法太困难了,那就写一个新的人物传记,这样会创作出一个新的人生轨迹,以这种方式你可以建立一个强有力的、敏锐的观点,用以产生更多的冲突。

这就是把一个人物从被动转变成主动的基本方法。

问题清单

闪 回

- 人物说得太多和解释得太多
- 主要人物并不令人同情
- 主要人物是个孤独的人,没人和他说话
- 主要人物没有观点
- 动作太单薄
- 情感不够强烈
- 某些东西缺失了
- 故事线索太零碎、太拘谨,需要转场
- 故事似乎含混不清
- 故事离题并陷在太多的细节里

Chapter 16

闪　回

THE FLASH POINT

　　什么是运用闪回的最好方式呢？什么时候用最有效,什么时候效果最好呢？

　　这些是我想到闪回问题时,考虑得最多的地方。无论是在哪个国家,无论剧作者是学生还是专家,都会遇到有关闪回的这样的一些最普遍的问题。由于某些原因,电影剧本里闪回的应用似乎会造成一种优柔寡断和不安全感。因此,当我问什么是运用闪回的最好方式时,我总是耐心地听大家怎么说。而谈到剧作者为什么首先想到要用闪回时,人们总是变得很严肃,并且说闪回给了故事最本质的信息。

　　那很棒,我回答。但是如果你在这一特定情境里用闪回,能有助于推动故事向前发展吗？或者,它的确揭示了人物的某些信息吗？记住,闪回只是一个工具,一种手段,剧作者用它来提供给读者某些在剧本里不能以其他方式提供的信息。然而有些事多数作者都没弄明白,或没有仔细思考,这就是剧作者对于是否应该运用闪回总会感到困惑的原因。

　　闪回的目的很简单,它是一种揭示有关主要人物的信息或推动故事向前发展的时空桥梁。

　　像在《恋爱编织梦》《非常嫌疑犯》(The Usual Suspects,1995,克里斯托夫·迈考利编剧)、《生死豪情》《特工狂花》《小镇疑云》《英国病人》等影片里那样将闪回结合进故事的叙事线索中,或像在《肖申克的救赎》里那样将闪回与第三幕结为一体,都用得很好。但是,当一段闪回被插进剧本里,只是因为作者不知道该用什么别的方法推进故事发展时,或只是要用某个比对白好一点儿的方法来显示主人公的某些东西时,闪回就只能把人们的注意力拉向它本身,而变成了硬插进来的东西。那是没有用的。

闪回是一个工具,它用于向观看者提供有关人物的信息,或展示一种无法用其他方法讲述的故事。它可以揭示情感的也可以揭示实质的信息(就像安迪从肖申克监狱越狱),它常常是两者都表现,而且可以表现对同一个事件的不同观点,就像在《非常嫌疑犯》或《生死豪情》里面;也可用于揭示思想、记忆、或梦境,就像在《英国病人》或《闪亮的风采》(Shine,1996,简·萨迪编剧)里面。

在那些影片里闪回都用得很有效。如果用得不正确,就会像问题清单里所列出的那样,只会使缺陷显得更明显:太单薄和虚弱的人物,动作太不突出,或穿插零碎,而且故事本身好像迷了路,老在寻找自己,就像小狗咬着自己的尾巴转圈。

我坚定地相信闪回是人物的一个方面而不是故事的。在大多数情况下,我告诉我的学生,闪回其实是一种"闪(映)现(在)"(flashpresent),因为我们真正看到的是人物现在正在想着或感觉着的,无论它是记忆、事件、幻想,还是人物观点的阐释。我们在闪回里看到的是通过人物的眼睛展示出来的,我们看到他或她在现在时态所看到、想到和感觉到的,就是在现时现地,无论什么影片都是这样。再来看看《英国病人》《闪亮的风采》或《小镇疑云》,所有人物记忆中的过去某一时刻的动作都在现在时态里发生。"闪现"是人物在现在时刻的思想和感觉,无论这是一个想法、一场梦、一段记忆,还是一线希望、一种恐惧、一阵幻想,而且时间也没有任何限制。在人物的头脑里,"闪现"是过去、现在或将来都行。

例如,在《生死豪情》里,同一个事件通过不同的人的眼睛看到,每个人的观察都不一样。剧本的主题是荣誉。它戏剧化地表现了当一个人犯了一个错误,导致了朋友的死亡后,自己如何学着活下去。不仅如此,丹泽尔·华盛顿饰演的人物在军方的压力下,还不得不对死者的家属撒谎。是什么把这部影片的脉络结合成一体的呢?就是影片的环境和情境,即海湾战争。每一个特定的闪回都表现了救护直升飞机在营救行动中被伊拉克士兵击落时发生的事。

直升飞机坠落时发生了什么呢？负责执行调查任务的军官是丹泽尔·华盛顿饰演的瑟林上校。执行任务的飞行员要被授予美国军队的最高荣誉奖章，但是上校在调查营救故事时却发现了某些矛盾之处。而且，更有甚者，这位救护直升机的机长还是个女人，由梅格·瑞恩饰演。白宫方面告诉瑟林上校，给她发奖章有个重要的政治原因，那就是，这将是第一次一位妇女由于在战火中的勇敢行为而得到这么高的荣誉。

剧本从海湾战争中的一个激战的夜晚发生的事变开始，瑟林上校下令向一辆不给他的信号以回答的坦克开了火。坦克被炸毁后，人都死了，他才得知那是自己人的坦克，而且是由他的朋友驾驶的。这是这个剧本里的激发事件，这一事故把故事发动起来。当他回到美国后，他接受了调查那个女人的任务，迫使他深入自己灵魂里重新审视自己在战火下的行为，他既难忘又歉疚。

这样我们探讨了"炮火下的勇气"（影片《生死豪情》的片名直译为"炮火下的勇气"）的主题。当他调查梅格·瑞恩所饰演的人物的行为时，顶着来自白宫和军方的压力，迫使自己努力找出真相。他发现自己所采取的每一个步骤，都令他回想起自己过去的经历中的行为。

这当然非常适于运用闪回，是那种我称之为"情感侦探"的故事。救援小分队的每个成员所看到的行为都不一样。这是个"罗生门"式的故事，要靠丹泽尔·华盛顿饰演的人物把那些东西重新整理以发现"真相"。他的调查成了一个自我转化和自我解脱之旅。

在剧本里的确有两个不同的故事，但是两个故事都折射出瑟林上校心灵深处的情感伤痕，他的戏剧性需求就是解决他自己内心的冲突。

另外两个闪回运用得效果很好的例子是《特工狂花》和《非常嫌疑犯》。《特工狂花》讲的是一个失忆者的故事，她只有"3000天"的记忆，只记得八年之内的事。她的名字叫萨曼莎，简称萨姆，除了记得曾在海滩洗圆领衫和牛仔裤之外，她对自己的过去什么也记不起来了。从那以后，她和一个很好的男人哈尔结了婚，还有个八岁大的女儿，她一直弄不清自己的过去。开始的场景里她的画外音说,当她醒来的时候,她的女儿"已经在我的肚子里长到两个月了。我不知道谁让她在那儿的。我可能永远也不会知道了。我就知道她是我的,现在她快八岁了"。

剧本一开始时是快到圣诞节前夜的一天,她正开车送她的公公回家去,不小心撞上了一只鹿,她的公公撞死了,她被送进了医院。但是不知出了什么错,有些事她自己也没法解释。她突然想要抽支烟,尽管以前从不抽烟。当她点烟时,在医院的镜子里看到了自己。突然镜子里的影子活了,浑身是血。影子说她的真名叫查莉,正抽着万宝路烟。由此开始了一系列快速剪切的闪回镜头,从中她才更多地了解了自己的身份。

事情发生在圣诞节前夜,一些唱圣诞歌的人来到时事件加剧了。有什么事不对头;那些唱歌的人走调走得很厉害。而当萨姆冲过去打开门欢迎他们,并祝他们圣诞快乐时,出人意料的事发生了,有一个熟练的杀手用一支短枪指住了她。他叫她查莉。她本能的反应是从他手里夺过枪来。接着是一场混战,让我们看到(同时她也知道)她完全有能力保护自己。她最后残忍地杀了他,她和她的一家人都吓坏了。这是情节点Ⅰ。她自己也难以相信自己做了什么,并震惊地发现在自己的记忆库里竟有这样令人惊异的杀人本领,这使她吓坏了。由此,她开始了她自我发现的旅程,去重新揭示自己的过去。

很容易看出,这个剧本是应用闪回的合适载体。每次萨姆在某个环境里发现自己时,剧作者都找出一个很好的工具给我们显示她过去生活里的某些事件或事变。没等到剧本的中间点,她已经完全走进了自己作为查莉的身份,并且知道了(同时我们也知道了)她曾是一个为中央情报局工作的杀手,由于她"知道得太多了",所以他们要置她于死地。

她真算得上是一种致命的武器——那本领真是致命的。事实上,连她自己都奇怪,我们也一样不能理解:一个妻子、母亲怎么能和那么个"杀人机器"的身份共存,这让她怎么生活呀?这也正是她试图解决的问题。

我们没有在这里谈论写作的质量,以及这个电影究竟有多好或多坏,我们只是在讨论通过特定的环境创造一个电影化的情境,并有效地把闪回组织进素材里面去。所有的闪回都是用在现在时间的点上的,是"闪现"。

在《非常嫌疑犯》里也有很清楚的例证。使剧本独特的是,我们在考察一个特定的事件——在圣佩得罗港的一条驳船上,一次爆炸杀死了27个人,并烧毁了据说价值超过9100万美元的可卡因。这一事件是通过维尔巴·金特(凯文·史派西饰)的画外音叙述的一系列闪回画面来表现的。这个带着一条跛腿、中风的骗术大师很爱讲话。维尔巴是那场爆炸中的两个幸存者之一(另一个是个上了年纪的匈牙利匪徒),他正受到由查兹·帕尔明特瑞饰演的海关官员的无情追问。维尔巴讲述着发生了什么事,剧本的情境经过精心设计,演示了导致影片开头的那惊心动魄的爆炸的一系列事件。

这里没有线性的故事情节推进,它意味着我们不是沿着故事从开始到结束顺时序地完成,而是由闪回在视觉片段里显示出发生了什么。

当维尔巴被盘问时,他在画外音里告诉我们,有五个嫌疑犯被抓,关在同一个牢房里,并因那一卡车的武器零件被盗的事而受审。当维尔巴回答警察的问题时,我们开始把那一片片的拼图般的视觉片段联系起来。审问把许多不同的闪回片段连接到一起,而且这些闪回段落又作为"闪现",因为维尔巴是随着闪回的过程建立起对故事的叙述。这是表现一个事件的一种很电影化的范例。就像在《生死豪情》里一样,在非线性的叙事里,这么表现是时尚。

这又把我们带回到什么时候该用、什么时候不该用闪回的话题上来,另外还有如何解决闪回应用中所产生的问题,是该把它加到故事线索里还是分开等等。

对此并没有严格的"规则"。这完全取决于你是否把闪回设计成故事整体中的有机组成部分,就像在《生死豪情》《非常嫌疑犯》《特工狂花》《恋爱编织梦》或《英国病人》中的闪回一样。

如果你的剧本不能构想出与故事很好结合的闪回,或者构想出了闪回仍然效果不好,看看是否出现了问题清单上列出的症状。如果确实有,而且你认为用闪回可以解决,不管是什么问题,那么可能用得着的最简单的规则是:如果能说出来,就别直接显示。

我相信你一定觉得这听起来好像有点自相矛盾,因为剧本就是要用画面而不是用言词来讲故事的。言语只应当辅助视觉的信息推动故事前进,或揭示人物的信息。例如,你要显示影响了你的人物的事件,并决定用到剧本里去。你把所有的场景过一遍,找出一个地方加进一段闪回,最自然的结果是,你要把场景从中间打断插进闪回。那会发生什么呢？在《英国病人》里的例子里很成功,因为病人是一个未知的神秘对象,渐渐地我们了解到他是谁,看到了他和凯瑟琳的爱情关系,可每次打断都是一个自然的、具体的转换点。而且整个爱情关系都是通过闪回讲述的,闪回是整个影片结构的基础。我们和哈娜(朱丽叶·比诺什饰)同时得知英国病人身上都发生了些什么。这样的效果就很好。

但是同样的做法也很可能毁坏这一场景的整体感,当然,那是因为闪回放的不是地方。如果你在场景中间打断,还会产生别的问题,为什么呢？

不妨看看《沉默的羔羊》。当克拉丽斯·斯塔琳看望刚转到孟菲斯并被关在特制的监笼里的汉尼拔·利克特尔时,她希望得到心理变态杀手"水牛"比尔的名字,也明白利克特尔知道这一杀手的身份,她想要那个名字,但是在她被迫离开之前他们的时间不多。他的回答是"我们不是用同样的方法计算时间的,是吧,克拉丽斯?"然后他坚持要她讲更多的有关她父亲死后的童年生活。由于知道看守随时会回来(这创造了该场景的紧张感),她继续告诉他自己被送到蒙大拿州的叔叔家住。她告诉利克特尔,一天夜里她听到尖叫声醒来,就爬下床想看个究竟,看到人们在谷仓里屠杀小羊羔,好可怕。她企图救下一只羊羔,可只跑了一英里就被抓了回去。她叔叔很生气,把她送进了孤儿院。后来她在孤儿院长大。这是一个很有力的场景,这个场景是点题的,剧本就从这里生发出来的。

这个场景本来的构想是在现在时态里的一场对话中插入克拉丽斯还是个小女孩时的影像的闪回。可是当乔纳森·戴米用电影表现它时,他看到在这个场景里安东尼·霍普金斯和朱迪·福斯特之间的情感动力是如此的紧张,以致如果他切断场面直接显示孩子看到屠杀小羊羔的画面将破坏整个场景的完整性。就像我们曾提到过的,这是全剧最重要的一个场景,因为这是显示她所面对的过去的最重要的闪回。没有她的童年记忆里的这个偶然事件,克拉丽斯的成长,无论是作为一个人还是作为一个联邦调查局探员,都不是完整的。这是她这个人物的主要的部分。在影片里,这个场景是那么有力，使得导演无法将它切断插入闪回。如果他选择使用闪回，付出的代价就太大了。那样将失去场景的情感完整性。于是他决定保持动作的现在时态来保证情感的完整性。而且，如果你还记得的话，整个场景都是由近景镜头表现的，而且是那样的有力，让人永远难忘。用对白来显示有关人物的信息往往比用闪回更有效和更有戏剧性。

这不是一个一成不变的"规则"，然而它是需要记住的。要是你能说出来，就别直接显示。

你可以有很多理由运用闪回，但它最初的目的是作为连接时间和空间的桥梁。就像在《英国病人》里那样，去显示那些现在仍在影响着人物的过往情感事件或实际生活冲突；或像在《生死豪情》里那样，推动故事的发展；也可以像在《恋爱编织梦》里那样，对人物的行为给予更深入的观察和理解；或者像在《小镇疑云》里那样，用于解开过去的某些谜团。

用"闪现"也是一种表现记忆，或者视觉化地表现想法、期待或愿望的有效手段。记得在《真实的谎言》里阿诺一边开车一边想像着向那个勾引他妻子的商人鼻子上狠狠地揍一拳的场景吗？其实那只是一个愿望，你把它表现出来一点问题也没有。你也能用闪回显示事件如何和为什么发生。或者可以用闪进来表现一个在不远的将来可能发生也可能不发生的事件。这些都是把"闪点"用到你的剧本里，并让它有效果的途径。

在《肖申克的救赎》里，在第二幕的结尾处表现安迪越狱的闪回，是如何和何时应用闪回的一个非常好的例子。重要的是要记住：在到了第二幕结尾处的情节点时，你要是还有一两件事没解决，这些事必须在第三幕解决。在《肖申克的救赎》里，这时还有两件事没解决，一件是安迪如何越狱，另一件是他和瑞德发生了什么事。

这个以闪回开始的第三幕结构很美，闪回在这一点上插入使之成为故事的一个有机的组成部分，所有的闪回都应当这样。"不求生就等死。"安迪在汤米被典狱长杀死后对瑞德说。这一段落开场时，安迪在他的牢房里等着牢门打开射进的亮光。瑞德的画外音告诉我们："我已在狱中度过一些漫漫长夜，独自在黑夜里，伴随着我的只有你的思想，时间像利刃般划过……"没人知道安迪要干什么。我们看到他收拾好自己的东西，用绳子捆好；然后切到了瑞德,他正等着,不知要发生什么。

第二天早上安迪从监狱消失了。没人知道他去了哪儿,怎么消失的,这快把典狱长气疯了。当典狱长质问瑞德和看守时,抓起一块石头扔向墙上那张安迪挂的拉奎尔·韦尔奇的大幅海报。但是,奇怪的事发生了,石头透过纸穿了个洞。所有的人都呆住了。典狱长走到海报前,把手指伸到洞里,然后整个胳膊都伸进去了。撕掉墙上的海报,我们发现(和片中人物同时发现)有一条暗道通向墙外。然后切到一组蒙太奇镜头,表现一些警车在高速公路上飞驰,还有看守在荒野上搜寻,他们发现的不过是安迪扔的脏衬衫和凿石头的小锤子,那锤子已被磨秃了。这是那个把我们引向闪回的闪点,在瑞德的画外音的伴随下,表现了安迪是怎样逃出肖申克监狱的。

我们看到几个场景,安迪正在用小锤子在墙上凿他的名字,墙壁上的石块落下来;后来我们看到他向瑞德要丽塔·海华斯的海报;然后是安迪在夜里挖隧道的镜头,以及他在放风时把挖出的碎石头倒在监狱的院子里;接着我们又闪回到前一晚他给典狱长擦皮鞋,这时我们从安迪的视点看到他偷换了账本,把假账本交给典狱长让他放到保险柜里;然后我们看到他走回自己的牢房,这一回我们看到他穿的皮鞋闪闪发光;在安迪的牢房里,我们看到安迪脱下囚服,露出里面穿的典狱长的衬衫和领带,然后他把自己的东西放在塑料袋里开始逃向自由。瑞德的画外音告诉我们:"安迪爬过这臭烘烘的五百米污水管奔向自由。真没法想像,我恐怕不会这样做。五百米呀!足有五个足球场长。差不多有半英里远呢。"

这真是个很棒的闪回。是以一种非线性的方式结构的,它推动着故事向前进展,并揭示了人物从未为我们所知的一个部分。在整个第二幕从未提到过他想逃跑。但是如果你仔细考虑一下,这正是人物的戏剧性需求。出狱肯定是每一个在押犯人的戏剧性需求,我们不必说明它,然而每个剧作者都必须了解这一点。

安迪的逃跑是闪回的一种外在的应用。它演示给我们他是如何逃走的。但闪回也可有一种情感性的应用。在《恋爱编织梦》里有六个不同的故事,分别处理有关爱的不同方面。制作棉被的主题寓意:"爱的归宿在哪里"表明了故事说的是什么。剧本本身的结构也很像是编织棉被,一小段接一小段，一个接一个的故事，包含着一些生活和爱情的情境，让芬知道她需要学些什么以消除她对承担义务的恐惧。

精彩之处在于，闪回的导入点与现在时态吻合得那么好，而且它的叙事线索在过去和现在之间交织，很好地反映出了芬进退两难的境地。女人们做的每一段棉被都让我们对爱情的性质有了更深入的理解。

运用闪回提供了对人物行为的一种独特的观察。在能够为结婚承担义务之前，芬必须学会面对自己的情感恐惧。这是用两种方式表现出来的：一个就是她正在写的论文（她说这是她的第三稿），接着我们了解到她过去的历史，当她的论文接近完成时，她确定那并不是她真想做的题目，于是又另选了一个题目重新开始做。我想我们都在某种方面像芬，因为我们大都曾和恐惧抗争，并在我们的生活中的某一点没能信守情感的承诺。

我们知道的关于芬的第一件事，是从她母亲那里得知的她对承诺的恐惧。她母亲说："她可能就是怕他们之间的关系变成像其他所有人一样。"这也是她为什么要离开父母的原因。所以，当山姆向芬求爱时，她陷入情感困惑，跑到她的祖母家去寻求安宁。

就像刚才提到过的，每一个片段里的特定故事都反映出爱情和承诺关系的某一个情感方面。芬必须从所有的故事里学到点什么，使她解决自己"爱的归宿在哪里"的内心矛盾。这是一个用闪回揭示深藏在芬这一人物心底的情感矛盾的成功的例子。

这把我们带回到本章最基本的问题：什么时候你能用闪回解决一个特定的问题？

以上的那些例子说明了闪回的一些基本的情境，不管是外在的还是情感的，关键是你要把它变成"闪现"。你是否感到闪回也带来了问题，或者说，某一问题用闪回可能有助于解决？你怎么看这个问题？首先问问自己，想用闪回干什么。是用它揭示人物吗？是不是要显示一个事件是怎样揭示人物的？是表现他们的行动还是反应？你要展示什么样的事件，揭示人物的什么方面，还有他们怎么推动故事向前进？

比如，如果你觉得你的故事在兜圈子，或者你的人物不是说话太多，就是解释太多，你可能需要一个闪回来揭示人物的某一方面。如果你的人物太被动、太多反应,或者人物太单薄、维度单一,你可以用一个闪回来为你的故事线索提供更多的深度和维度。

但是——这个"但是"很重要——想要丰富你的人物时可不能只是简单地插入闪回。你需要的是回到人物内心,并定义那些在剧本进程中作用于人物的力量。如果需要,写些有关人物间关系的短文,只是为了让自己的头脑能想清楚:

"什么是决定事件的人物?什么是揭示人物的事件?"

这些问题是当你要用一个闪回解决某一个特定问题时必须要问自己的。如果你决定用它,就从"闪现"的方面想一想你的人物在现在这一刻的想法和感觉是什么?如果你能进入你的人物的头脑,并发现某些在现在这一刻会在人物的头脑里浮现出来的想法、记忆或事件,并且展示其对你的人物的作用,你会取得最佳的成效。进入到你的人物的人生轨迹(参见第十三章)看看你能发现些什么。

闪回的最好的应用,是为你的人物提供一些更深入内心的情感和观察理解。在《特工狂花》里萨姆和查莉间的转换都是在重现这一人物性格里被隐藏了八年的另一面。这就是我为什么总是要把闪回看作是"闪现"的缘故。它是在现在时刻你的人物头脑中所思考的。它既推动故事的前进又揭示主要人物的信息。

你觉得在《末路狂花》中能用闪回显示她的人生轨迹吗?可能。如果有机会展示路易丝在德克萨斯被强奸时发生了什么,这可能会有助于更清楚地说明她为什么在停车场杀死哈兰。不过这样是否会很有成效呢?其实不然。没必要用小勺一口一口地"喂"读者和观众。这种影迷俱乐部式的做法我们干得太多了。我认为,靠闪回来揭示路易丝生活里的这件事是多余的,而且绝不会取得像原剧作者卡莉·克里本来采取的方式那样好的效果。

所以在用闪回时你一定要慎重。

有些影片把闪回作为一个主要的部分用到故事里。他们将其用作主要故事线索的"书挡",这意味着他们用一个事件或事变开始剧本,然后闪回到真正的故事,最后又结束于现在的时间。有限的几部这样做得较好的影片有:《廊桥遗梦》《日落大道》《安妮·霍尔》和《公民凯恩》,当然还有《低俗小说》。
　　决定是否用一处闪回，先确定它没有破坏动作的流程，或打乱了故事的进程，也别把太多的注意力引到它本身上。
　　要是能说出它来，可能你就用不着非要展示它不可。

Part 4

有关结构的问题

《赎罪》(*Atonement*, 2007)

问题清单

场景中的阻断

- 场景没有戏剧性高潮
- 动作不完整,有些事好像要迷失方向
- 故事线索渐渐消失
- 主要人物的戏剧性需求不清楚
- 场景包含了太多的解释
- 对白太直接,太夸张
- 人物太多了
- 对场景的情感现实来讲,人物不真实
- 场面的节奏太慢或太快

Chapter 17
场景中的阻断

SCENEUS INTERRUPTUS

结构是剧本的基础。这个词的意思是"建构,组合",所以当你开始结构剧本时,就是要建构并组合场景、段落和动作,使之统一成一个有开端、中段和结尾的整体,尽管并不一定非要按此顺序排列。结构可以是线性的,也可以是非线性的,这全看你的故事的需要。

结构与剧本写作有关的第二个定义是"整体与部分的关系"。由于你要把剧本的不同部分组合到一起,无论是一个场景,还是组成场景的不同镜头,或者构成段落的各个场景,或者是你需要组织进叙事线索的必要的人物元素,闪回或闪进的穿插等,结构都成为把一切黏合在一起的胶。它像地心引力似的,是支撑整个物质世界的力量。

当你阅读和分析一个好剧本时,就像看到把一些电影片段连在一起的一系列活动影像,是用画面讲述的故事。钟表嘀嗒嘀嗒地走着,小汽车在拥挤的城市街道上缓慢地行进,一个女人推开窗户,婴儿的哭声或狗叫声,汽车开进停车位,所有的这些短小的画面片段结合在一起可以创造出一个紧张而充满悬念的段落,让读者或观众都紧张得似乎要从凳子上站起来。电影就是这样的东西,它像盖房子一样,把各种材料放在一起,这些零散的影像片段放在一起可以创造一个有组织的故事线。记住剧本的定义:"用画面讲述的一个故事,而且把对话和叙述都放在一个戏剧性的情境中。"

当我们寻求解决剧本里的问题的动力时,所有的解决方案,无论是针对什么问题，都要涉及到结构。那是因为当修订或改正某一特定问题时，必须重新结构或重新设计那些构成叙事线的成分和内容。一个故事是由特定的部分构成的整体，包括：行动、人物、地点、片段、场景、段落、幕、情节点、音乐、特技效果等等。所有这些部分经过营建构造工艺组合成一个故事。通过对构成故事的各个部分和故事整体间的关系的理解，你就能获得信心，并从自己正在做的过程里得出解决问题的办法。

是的，结构是剧本的基础，它也是解决问题过程中最基本的步骤。如果你有一个场景处理不好，不管什么理由，你认为问题在于情节、人物还是结构，你都要回过头去创造一个新的故事、插曲或事件掺到素材里去，创造一个新的组合。你加进的所有东西都需要重新结构。这就像牛顿第三运动定律说的"作用力等于反作用力"，每个原因都导致一个结果。如果你不能充实一个特定的场景使其达到所需的水平，就得回到素材中去改变一些东西，而且不管改动了什么，你都得重新结构。就这么简单。

那么在结构的情境里你要解决的是哪种问题呢？

首先，你有一个故事的情境。你的故事是否焦点集中，是否清楚、准确，或者是否能引起人们的好奇心去追寻动作线呢？即使在最复杂的剧本里，比如像《非常嫌疑犯》，故事情景都是清晰简洁的，至少从作者的观点看是如此的。你的故事是不是只在事情的边上兜圈子，或者深入动作和人物的程度不够？你的场景是不是显得缺乏戏剧性的高潮？你的人物是不是拿不准他们的戏剧性需求？

所有这些都是表明你的结构有某些不对劲的症状。它可能是场景太短、缺乏高潮，或者是故事线索没有向有意义的方向发展，记着，这就是所谓的"导向线"。简而言之，结构有问题，某些东西就迷失了。

我相信好的结构在一个剧本里是看不见的。好的结构消失在故事线索的内容里了。当考虑结构的概念时，我会去看电影，同时带上笔记本，仔细地记下各个情节点，因为我想弄清楚剧本的形式。是形式，而不是公式。现在回头看，我明白那时是想找出剧本的结构组合部件。我发现结构就像剧作的 DNA。

现在我看一个剧本或看一部影片时，不再把太多的注意力放在结构上了，只是让这些素材从我眼前流过。如果影片的剧本让我感到不对劲，有些什么问题了，我会去分析结构。我可以通过故事线索里一些特定的环节来认识结构。我总是强调剧作者的任务是要使读者看下去。如果哪里让我觉得读得磕磕巴巴，那一定是结构上有什么不对了。是不是我跟不上故事线索了，它是不是在兜圈子，或者丢了点什么东西，要不就是事情发生得太多了，或者人物太多了，要不就是没有高潮，这些都是有什么地方不对劲的症状。这个时候，我就会开始拆解剧本的结构组合部件。

只有好的结构并不能成为好剧本，这是每个人都要记住的一个事实。许多次有人告诉我，他们写了个剧本，说是"就按你所说的那样"写的，我立刻就会表示怀疑。这话反过来说也是对的：没有好的结构肯定出不来好的剧本。结构只是基础，只是起点，不是全部也不是结局。人物、动作、富于动力的视觉表现和强有力的环境也都是好剧本不可或缺的元素。好多回有人问我结构不好的影片的例子，我总是给不出很多这种例子。那是因为一部影片要是没有好的结构就立不起来。它方向不清，发展缓慢，能留下的只有人物。观众也能感到这一点，这样影片只能放映几周就被束之高阁了。

记住，结构的定义是去建构，或者把一些东西放在一起。这样的事常会发生，你在剧本上改正了一样东西，它就会影响到其他别的东西，你必须再加上某些东西，又去掉某些东西才管用。那就意味着要建构，要把东西放在一起，组成新的场景或段落。

我讲的这一部分所要做的事，就是要揭示由于结构导致的一些问题，而这些问题可以通过重新结构的方式来解决。我还要重复所说过的，不管是情节、人物或是结构上的问题，你都得对素材做重新的结构。在解决问题的领域里，结构是一个重点。

我在教剧作的过程中发现了一个问题，那就是作者在写关键的场景时，无论是动作场景还是对白场景，都写不出高潮来，而这些场景往往是结束得太早。例如，在一个戏剧性的场景里，剧作者常常会在这一特定场景的目的还没有被认识前就切换到下一个场景了。我在读这些素材时，总感觉缺点什么，感到动作不完整。确定了场景的目的，同时能以戏剧性的方式来实现这一场景的意图，做到这一点是很重要的。

几年前，我受托为一个制片人和剧作家阅读和分析一个剧本。这是一个发生在小岛上的动作惊悚片，那小岛是拍这种影片的最好的地方。故事讲一个摄影师偶然卷入这一环境，成了被追杀的对象。故事写得不错，很有趣。剧本结构不错并有很好的动作段落。

但我读这个剧本时，总是跟不上故事线索。有那么多人物卷入故事，又总是让我犯糊涂，弄不清楚谁是主要人物，整个事件是怎么回事。

尽管这个剧本的前提很好，有很富于视觉性的事件和环境，很好的动作段落和有趣的人物，可我还是感到少了点儿什么，有点儿不对劲。我找不出问题在哪儿，于是就开始做更细致的检查。我把整个剧本又读了一遍，发现很多关键的场景都不完整，动作在场景的戏剧性要求还没达到令人满意的程度时就停止了。比如，一个面对面交锋的场景正在进行中，作者就切到了另一个场景，或另一个人物身上去了，这就使故事线索的焦点改变了，所以让我感到有些东西不知所终。

考虑到这些，回过头去重读那些素材，发现这正是这个剧作者在写作中的一个倾向性特点。在一个接一个的场景里，场景建构了起来，但是没等场景的目的实现，就离开了这场戏，结果这场戏就没有真正的高潮。当一场戏的想法提出来了，而最终没有结果，这就会使动作和故事线索显得朦胧不清。

我早就意识到这一现象，但是没能给它起个名字。通过这个典型的例子，我想到这种问题应叫作场景的阻断。离开场景过早就意味着场景的目的没能满足、没能完成。场景没有完成它的戏剧性功能，而动作也留下了空白。发生这种情况时肯定会让人觉得缺了点什么。

这一特定的问题可以从人物或情节方面来处理，而我愿意把它看作是结构的问题，因为你离开场景太早了，就需要增加些内容来重新结构戏剧性的动作。这包括如何建构节奏和紧张度，深入到素材中找出视觉化表现的途径。这就是为什么当你看到钥匙插进锁孔里，或者穿了线的针扎进一片布料，或是子弹压进枪镗，都会造成视觉上的紧张感。电影就是这样一种可以把时间自由延伸和压缩，因而比实际生活要宽泛深远的艺术。故事的进展总是和结构结合在一起的。如果场景里没有足够的元素结合在一起，它往往只能向下滑，不知走到哪儿去了。其中的紧张感就会消散掉。相反，要是你的场景里有太多的东西,故事的进展也会被破坏。故事会有一种缓慢和犹豫不决之感。紧张感又没有了。

在我读过的那个剧本里,有一系列很短的场景,我可以用来举例说明所谓场景的阻断是怎么回事。我知道,完全把剧本的情境抛在一边,不一定能很好地说明问题,但是我还是要来看一看它。

主要人物笛福是一个专业摄影师,他为当的地博物馆拍摄了一些古代艺术品,几天后这些珍宝被盗了,还有几个人被杀了。他被卷了进来,工作室遭到洗劫,助手也被杀了。在剧本的这一部分(那大约是第二幕的后半部),主要人物之一警察加利在追踪首犯。他发现了一个线索,有证人说他在案发时看到一辆货车开离博物馆附近。

通过汽车管理部门查到了车主是个名叫海罗的男人。我们知道他肯定卷入了犯罪。加利正在展开调查,他想发现海罗究竟是否真是那车的主人。他向邻居询问企图证实这件事。我们就从这里开始。

> 内景　海罗的公寓楼　下午
>
> 加利走过狭长、黑暗和凌乱的走廊,来到 207 号房间门前,他仔细地查看了周围后,敲门。
>
> 我们听到屋里有人压低声音说话,然后一个年轻女人打开门。她显然以为是别的什么人站在公寓的门洞里,当看到加利后脸上的笑容消失了。
>
> 加利
>
> 　　对不起,我得认个错。我把车库里停着的那辆白色卡车刮了一下,我想找到车主。那是你的车吗?就刮了一条,我想私了,别找保险公司了。
>
> 那女人端详了他一阵,琢磨着他的话——
>
> 女人
>
> 　　你是个警察?
>
> 然后她"砰"的一声冲着他把门关上。加利站了一会儿,深深地吸了口气,然后走到旁边海罗的公寓的门口。他准备好枪,然后按响了门铃。
>
> 切至:

> 外景　林赛的房子　黄昏
>
> 林赛(那个罪犯)盯着窗外,他背对着一个女人玛塔,她随意地抽着烟,漫不经心地翻看着一本时装杂志。
>
> 切至:
>
> 内景　楼道　白天
>
> 一个侍者端着早餐走过擦得闪闪发亮的木楼梯拐角,穿过沐浴在清晨阳光里的长长的走廊,走到一个门前大声地敲门。
>
> 切至:
>
> 内景　床和早餐　白天
>
> 卡莱躺在床上,睁开眼睛,看看周围寻找笛福(主要人物),但是床是空的。很多照片随意地扔了一地。
>
> 切至:
>
> 内景　海罗的公寓　白天
>
> 海罗站在门口,不友好地看着加利。
>
> **加利**
> 你是说,你对那辆卡车一无所知吗……那车是你的,不对吗?

然后作者就切到了另一个场景,而在那个场景中的情形和刚刚这个场景提到的任何东西都毫无关系。

乍一看这里好像什么问题也没有,可能只需要加写一些对白并让开场更有视觉性就行了。但是如果你连同故事线索的情境一起考虑的时候,就会发现根本就没什么叙事线。作者在这场戏的目的建立之前就切出去了。加利面对海罗的那一小场戏是那么薄弱,而且没有说出任何有助于推动故事前进或揭示有关人物信息的东西。当然,整个部分是在创造情境,但是无疑还有好多东西需要再加进去,这不仅是故事线索的需要,也是人物的需要。海罗是加利接触的第一个罪犯,所以我们在看到他们面对面之前必须看到他们的相互戒备。而现在,就像你看到的那样,作者对每场戏的处理都是在事情真正发生之前就切到别处去了。由于场景的目的还没圆满解决(把海罗和犯罪的联系建立起来),切出太早就导致了动作的消失,所有的紧张感都烟消云散了。

场景的阻断会给剧本带来一系列的问题。一旦在目标完成前就切出了,就可能会影响到一系列的场景,也意味着将影响到整个故事线索。

这就是在刚才这一小段剧本里所发生的。动作零散而单薄无力,切换的人为感和设计感很明显,动作的进展就好像是坐上了一辆瘪了胎的汽车。对于读者来说,注意力集中不起来,对故事线的兴趣渐渐消失了,这样的剧本常常是没被读完就扔到书架上去了。

我认为对于这类问题而言,最难之处就是认识它。有时我们一遍又一遍地重读以寻求改进的办法,费了很大劲才能发现是场景结束得太早了。

一旦你明白了问题的所在,就能解决它。所需的方法就是把场景打乱,重新结构得有完整的开端、中间和结尾。首先,场景的目的是什么?它在那里干什么?人物在这个场景中希望达到什么目的,想赢得什么?场景以什么方式与剧本里的人物的戏剧性需求相联系呢?人物从哪儿来,在场景结束后他或她要到哪儿去?这些问题在场景开始之前一定要提出并找到答案。

如果你不知道场景需要表现什么,谁还会知道呢?而那意味着你要知道你的人物在想什么、感觉如何和情绪怎样,并在场景的进程中对这些一直保持清醒。

你怎样才能知道什么时候才是满足了场景的要求了呢?当然,除非把每个场景都与戏剧性动作的发展链条联系起来,否则没有其他的良方。正如我们提到过的,每一个场景就像个活的细胞,所有的东西都包含在内,它既要推动故事前进,又要揭示有关人物的信息,就像生命细胞里的 DNA 一样。每个场景都有一个特定的功能,这是由你——剧作者——来决定其功能是什么。它的目的是什么?如果你不知道这场戏是什么,要干什么,或为什么如此,可能你就得把这一段扔掉了,把它删掉就行了,那说明它不属于这个剧本。你在写剧本时不得不残忍一点，尤其是当你试图解决某个问题时。全世界的剧作者都会抱怨，他们有时总是不得不删掉自己认为是最精彩的段落，他们写得最好的往往没在剧本里面。

解决场景的阻断问题，可以从重新思考组成场景的各种内容开始。在场景开始时人物的思想、感觉和情绪如何？他或她是从哪里来的，作用于人物的情感现实是什么？你的人物是不是嗓子疼或者感冒了？他或她是不是刚躲过别人的攻击？他或她是否在准备迎接面对面的摊牌或者说正面冲突的大场景？所以，在场景开始时就要定义作用在你的人物身上的情感力量。

下一步，就是要找出你改进这场戏需要处理哪些元素。场景发生在哪里？白天或黑夜中的什么时间？场景设置里是否有能推动剧情戏剧性地向前发展的东西？这个场景的天气如何，发生在什么地方：拥挤的画廊、拥挤的饭馆、市场，或是街道上？或许那是在夜里，空旷寂静的旷野也能创造出特有的气氛。一旦你建立起了环境的因素，就能把这个场景分成开端、中间和结尾。

另拿一张纸，把场景打散。从在这个场景之前，你的人物从哪里来开始。把它写下来。比如假使场景发生在图书馆里，你的人物可能从办公室来，也可能来自一个健身班，要是后者，他可能就得去穿衣服、离开那地方、走过地下通道、开车、停车、下车、上台阶、进入大厅。那就是开始。还得记住要有冲突。可能在场景的中途发生了什么影响人物的事情，这样你可能要为场景创造一小段背景故事。

然后，想办法让场景的目的更戏剧化。为什么人物在图书馆里？是找某本书，上因特网查找什么，还是来参加某个秘密会议？

分离出建立场景的中间段的事件流程：人物来了，走进门厅，寻找某人或什么东西，然后找到了所要找的那个人或那本书，找了张靠角落的桌子坐下来，然后戏剧性的目的开始展开。对白的性质是什么呢？它是不是直接的、说明性的，这样能推动故事的前进吗？或者对白有潜台词、隐藏的含义或间接的暗示？这个场景是否揭示了人物的某些信息，是否让我们从内在情感上和外在环境上更深入地了解了人物？那不一定必须表现得很多。像在《生死豪情》里，当瑟林上校拽出酒瓶来，长饮一口时，我们知道他的想法和感觉,并不需要解释得太多了。

在结尾部分,人物站起身来,离开了图书馆,然后他们要去哪儿,要去干什么呢?你是跟着主要人物,还是跟着其他的人物走?在《低俗小说》里,影片开头文森特在酒吧遇见布奇那场戏最有趣的地方在于,我们可以跟随布奇这条人物线就像我们跟随文森特和米亚"约会"那条线索一样轻而易举。这都是很创造性的选择。在通向下一场景的过程中,还发生了些什么?而从图书馆的场景到下一个场景过去了多长时间呢?

再从头至尾看一遍,你是否认为场景的目的已经满意地达到了呢?这应该看它是否包含了正确的信息,无论是视觉的、情感的、外在的,是通过对白表现的、是完全在场景内表达的,还是与其他场景相联系的。就像我们将在第十九章中看到的,进入场景晚些和出来早些常常会有较好的效果,可是要真正做到的唯一方法就是先得搞清楚场景内的一举一动。

在场景内是否有足够的冲突了呢?人物的观点清晰、凝练而且集中吗?这是你自己一定要弄清楚的事。这是只有你才能做的工作,别人谁也替不了你。

如果你还不太清楚主要人物之间的关系,以及他或她在图书馆要见的人是谁,那就写一下关于他们关系的两三页的自由联想短文。他们第一次是什么时候、在哪里见面的?都发生了什么?你真正要达到的目的是:要有足够的内容充实你的这个场景,能让它有效地完成整个剧本所规定的目标。

当你完成了所需的准备以后,就着手分出用于场景的开始、中间和结尾的不同部分,然后从各部分里选择片段来建构起场景。比如我们可以从一个办公室里的挂钟的镜头开始,跟着是人物看钟和思考的镜头;然后切到他或她在通道里骑车或开车,然后是进入图书馆的门厅,找另外一个人物,他们会面;然后用一组人物离开的镜头结束:走下楼梯或者干脆直接转场,既清楚又紧凑。

这样你可以知道一个场景的目的圆满地达到了,它本身是完整的,提供了与戏剧性动作线索的必要的连接,这样可以靠简洁的技巧和视觉的连接来推动故事向前发展。

问题清单

建置与完成

- 事件和人物没有完成
- 场景缺乏方向(发展的线索)
- 场景间没有转场
- 场景过长、太多说明性
- 节奏太慢
- 所揭示的信息过多或不足
- 太多情节的扭结、转折和编造感
- 故事线索似乎没能很好地结构,动作太多或不够
- 人物的冲突太内向

Chapter 18
建置与完成

SET-UPS AND PAY-OFFS

在《末路狂花》的最初几页里，塞尔玛为了准备周末出去玩正在把东西"扔"（真是按字面上的意思）进手提箱里，最后一件事是拉开床头柜的抽屉，"我们看到一支枪，一支她丈夫买给她用于防身的小手枪，里面没装子弹，但是她有一盒子弹。她像揪着老鼠尾巴似的提起枪放进了她的小提包里……"

这个小场景，更像是一带而过的，也没多长时间，然而就像同时表现的她吃冷冻的糖果当早餐一样，是表现这个大大咧咧的人物的一个组成部分。稍后，在塞尔玛和路易丝开车去过周末时，塞尔玛把枪交给路易丝说："你来照管这玩艺。"路易丝吓坏了："你带这鬼东西干什么？""哦，你知道……"塞尔玛回答，"没准有什么变态杀手在逃呢。"她们都笑话这种荒唐行为。路易丝告诉她："把枪放在我的提包里。"

实际上这就像个小插曲，是个可以昭示人物的细节，并不太重要。但是过了没多久，当哈兰在停车场里要强奸塞尔玛时，那支枪进戏了。路易丝把它拿出来，命令他住手。他非但不理睬，还对她反唇相讥。她忍不住开枪干掉了他。

这枪是剧本情节的一个部分。如果塞尔玛没带着枪，没把它交给路易丝，哈兰就不会被杀，她们也不会变成逃亡者，整个故事就不会发生。简而言之，没有这支枪就没有这部影片。

建构剧本里的一些不同的故事元素是解决问题的一种基本技巧。无论是一个特定的元素、一个对象或一个事件，又或是处理故事的建构，人物和人物特征的建构，好剧本和差剧本的区别就在于明白什么时候需要、什么时候不需要建立一个故事的情节点。

建构这些故事的元素往往就是把不同的东西用"胶"粘在一起。这就是为什么那是结构的问题，而不是情节和人物的问题。好莱坞过去传统的表达方式就是这样。要知道，什么时候建构起某事然后把它完成，这是写剧本的最基本的技巧。

一定要建构起不同的东西来，然后把它结合到故事线索里去——这是所有剧作的首要的原则。最重要的因素之一就是要建构起剧本的戏剧性前提，即故事是说什么的。建置这一部分还包括设计好剧本的前10页，其中既要奠定激动人心的事件，同时又要提供足够的信息以推动故事的前进。建构这些元素是要给出故事叙事的肌理和发展方向以及发展的自然线索。

要按照人物的性格和行为方式把人物建构起来。人物的不同方面完成不同的戏剧化表现功能，如路易丝知道如何用枪。那个人生轨迹，即路易丝刚成年时在德克萨斯的遭遇，是了解这一人物的基本元素。就像前文曾提到过的：那就是路易丝，一个曾在德克萨斯被强奸过的年轻女孩，是她真正扣动了扳机，而不是现在的路易丝。

人物的某些性格一经建构起来，她们就必须向着完成的方向发展。在《肖申克的救赎》里，安迪在被指控为杀害妻子的罪犯之前，原是缅因州波特兰的一家银行里受人尊敬的银行家。他对于造假身份、假驾驶执照和护照，以及弄一套账本的副本那些事都非常在行，所以我们相信他能拿走典狱长的钱。他把这钱都洗干净了并合法地通过缅因州的波特兰的银行转账到了墨西哥。"在外面，"他对瑞德说，"我过去是个诚实的人，但被送到监狱里来不得不学着做个骗子。"而这种信息在剧本里早就建构起来了，不过直到第二幕结尾处才真正点明。所以，故事的节点在哪里并不重要，只要它建构得适当，无论是和人物还是和情节都要建立起联系。

在剧本里还有个东西必须建构好，那就是特定的物件，比如像《末路狂花》里的枪和《肖申克的救赎》里的凿石锤。这些特定的物件是故事线索的基础，所以需要把它们植入剧本中故事的不同情境里。在《肖申克的救赎》里我们看到典狱长把衣服交给安迪，让他送到监狱的洗衣房，还让他把鞋擦亮，所以当他晚上把衣服和皮鞋交给安迪时，使后者得以逃走，这完全是可信的，也说明这一细节是有效的。"情愿暂时信以为真"被建立起来了，并得到了我们的认可。这就是写的很好。

所以，弄明白如何在剧本里建构人物、环境和对象，然后把它们交代清楚，是解决问题过程中所必需的。

这也是我从自己的剧本写作的经验中得来的。当我第一次写剧本时，什么也不懂。我不知道剧本是怎么回事，用画面讲一个故事意味着什么。对此我一点儿概念也没有，对建构故事和环境一无所知。虽然我是加州大学伯克利分校英语专业毕业，也是出过书的电影评论家，但是仍不敢对剧作的特性和技巧掉以轻心。

当探索电影剧本的形式时，我明白必须一步一步地从头学起，就是说必需教会自己如何写剧本。没有书或别的什么材料，唯一能满足我的期望的是拉乔斯·埃格里的伟大的著作《戏剧写作的艺术》(*The Art of Dramatic Writing*)，这本写于二十世纪四十年代的关于戏剧写作技巧的书。我所能做的就是一件事：找两个我最喜欢的剧作家写的一些剧本，开始一遍又一遍地读它们。

那些书真是我学写剧本的良师益友。我在《电影剧本写作基础》(*Screenplay*)和《电影编剧创作指南》(*The Screenwriter's Wookbook*)里提到让·雷诺阿对于我在电影教育方面的理解起了很大作用。我还认为有两位电影编导是我的老师，他们都是电影大师。一个是伟大的山姆·佩金法[Sam Peckinpah,《日落黄沙》(*The Wild Bunch*, 1969)、《比利小子》(*Pat Garrett & Billy the Kid*, 1973)和《牛郎血泪美人恩》(*The Ballad of Cable Hogue*, 1970)导演，这只是他导演的诸多影片中几部的名字]。我对佩金法的《午后枪声》(*Ride the High Country*, 1962)一片印象深刻，我曾在《电影季刊》上写过一篇有关此片的短文。几年以后，在他写《日落黄沙》时我有幸和他在一起，我们在马里布花了一个下午谈论从佩金法的观点理解的西部。这在我一生中是很不寻常的一段时间。佩金法的方式，他对故事的把握，是对于电影剧作艺术的一个很好的学习榜样。特别是他介绍和建构某些故事点的方式。

我学习的另一个电影人是杰出的、富于革命性的、极有影响的米开朗基罗·安东尼奥尼。这个意大利导演是通过他的影片建构、编制情感态度和人物性格的大师。他的《夜》使我印象深刻并启发了我的灵感。他推动着我开始写作并得以进入当代电影世界。《夜》极好地研究了一对富裕的意大利夫妇的价值观和情感关系。安东尼奥尼建构人物的方式、对环境的掌握和对行为的视觉化表现在电影领域里都是富于革命性的。即使我们今天看他的影片，它们仍能超越时间，站在伟大的电影艺术的巅峰。最近这些年，我一直特别关注安东尼奥尼（他是我唯一认为可称为艺术大师的导演），至今我仍像以往那样对他敬畏有加。他只用很少几个视觉形象就建构起一个情感环境的手法非常高明。

这些电影制作者们教给了我一切，就像前面提到过的，我深受佩金法的《午后枪声》的影响，并认定那就是伟大的电影剧作。所以当我拿到《邓迪少校》(*Major Dundee*，1965，山姆·佩金法和奥斯卡·索尔编剧）的剧本时，认为至少要读上一百遍，分析它，分解它，一场一场地、一个一个动作地、一个一个人物地记住它，努力弄明白是什么使它如此之成功。那是一个非常好的学习榜样。

这个剧本像佩金法的许多影片一样，是部西部片（他喜爱"变化的时间里不变的人"的主题，并把它用到几乎所有他的影片里），而且故事发生在南北战争刚刚结束后不久。故事是关于一个困惑的离职联邦官员查尔顿·海斯顿的。尽管战争已经结束，但是他拒绝认可南方和北方之间已经和平了。作为一个联盟军的军官，他没有接受和平协议，而是逃到了墨西哥。他决定打他自己的战争，于是他打败了一帮不法之徒，并把他们集合起来追击一伙在影片开头滥杀无辜的印第安部落阿帕奇人。

剧本开始于万圣节时的一个边疆牧场。男人、女人和孩子们正在准备盛大的节日庆典。这是一个欢乐的节日。孩子们戴着临时制作的节日面具，脸上画着印第安勇士的战争彩绘，正在玩着"牛仔和印第安人"的游戏。大人们跳着舞，自得其乐地准备着晚宴。

就在孩子们玩游戏的时候，我们突然从正在游戏的孩子们和一队阿帕奇叛乱者悄悄接近牧场的交叉剪接中开始感到一场血腥的屠杀就要到来了。他们的脸上十分刺眼地绘满战争彩绘,和孩子们化了妆的脸形成鲜明对照。在小提琴演奏的节日音乐中,人们跳着舞。这恐怖是非常视觉化的冲击。屠杀开始时,孩子们的笑声和尖叫声与阿帕奇人的作战的喊叫声交织在一起,造就了一个让人难以忘怀的段落。

这个开场是表现电影魔力的典型例子(不幸的是,因为太长的缘故,制片厂残忍地删剪了这部影片。佩金法几乎要拒绝署名,但是制片厂还是胜利了)。这是一个特殊的事件,一个激发事件,它为整部影片奠定了基础,故事的线索就是对于这个事件的反应。困惑的离职联邦军官邓迪少校(海斯顿)无情地搜捕阿帕奇人,想为那场牧场大屠杀报仇。

《邓迪少校》的剧本,是一个关于如何建构故事线索的戏剧性前提的极好的例子。有时,回头看看整篇你写的东西,你可能会发现有个场景或段落好像不够清晰,或者你会发现对白需要更犀利,要不就是需要另加一个场景使叙述更清晰,或者使人物更鲜明。许多时候通过确认某一故事元素得到适当的建构就可以解决问题。建构需要故事元素,然后让它们得以完成,而你要推着故事向前进。如果这些节点没有得到适当的建构,读者有时会把注意力从故事中移开。当然这样一来就又产生了一个"问题"。

有几个很好的例子,能让你知道怎样建构某故事,同时能推动它得以完成。如果你真想建构某故事,要从它还没有开始之时考虑,你得建构起"人、地、事",即要有人物,要有环境和对象。就像以前提到的《末路狂花》,它是个很棒的例子:影片开始时塞尔玛把枪放在她的提包里,而在情节点Ⅰ处哈兰在停车场被杀时,枪就完成了任务。在这里建构起了一个对象或一个东西;建构起了人物,使她能在环境里发展,到后来又引出路易丝曾在德克萨斯被强奸的事。很自然,当你阅读这个剧本时,所有东西都从一开始就被细心地建构起来了;路易丝和她的男友吉米的关系实际上是导致两个女人外出到山上去度周末的背景故事;而追寻塞尔玛成长的情感曲线,正是她开始被限制在和达莱尔的婚姻中,使她后来得以成长为一个思想自由和独立的女人。

在一个场景、段落或动作中,在何时和何地建构一件事,以及在何时、何地和怎样使之完成,这要求你对自己的故事和人物有透彻的了解。如果你不了解你的故事线索和人物，也就是说你对事件的进展还有模糊不清的地方，或者是人物的发展曲线信息不够或缺乏准备，都常常会使剧本出现问题。其实写作就是这么一回事，给你自己提出正确的问题，这能使你的创作达到新的水平，使作品更有深度并以更多的侧面来推动故事前进。它给你的作品创造一种普遍适用的框架。这是你作为作者的职责，要是你都不知道自己的故事要往哪儿走，谁还能知道呢？

在很多情况下，剧本里的一点特定的信息或者一个具体的东西在一场戏里建构起来，可以在紧接着的下一场戏里完成。或者信息或对象可在较晚的几场戏里完成，或者比这更晚，就像在《肖申克的救赎》和《红潮风暴》里那样。

《肖申克的救赎》中，在情节点Ⅰ，安迪第一次和瑞德接触并问他是否能给他弄个凿石锤。瑞德问了他几个问题，我们通过安迪的回答开始对这个人物有了一些了解。入狱前，他曾是个"集石迷"。这当然建构起了一种我们需要知道的重要信息，它要到第二幕的结尾时才揭开谜底。稍后，我们看到锤子被送来了。然后在第二幕的进程里，锤子和包石头的布只在很少几个镜头里出现过。锤子出现几次后，我们都觉得很自然了，只是到情节点Ⅱ才真地揭开了谜底。我们通过闪回看到安迪是怎样逃出监狱的。突然，以前那些小场景全都产生出好多意义来了。

如果你没能把这些故事点建构好，或者没有很好地完成这些故事点，你会觉得故事线索缺乏动力并且自己兜圈子找不着方向。当我阅读一个剧本时感到精力集中不起来或提不起兴趣，我就开始沿着故事线看看在发生什么，如果找不着，总得去弄清故事是怎么回事，那肯定是有什么东西被丢了，那可能是某个故事、某个人物或对象需要好好建构，要不就是需要更加强调突出。

故事没建构好的症状是各式各样的，而且在每个剧本中都不一样，那是必然的，但是它们总是有些相近的特点。看一看问题清单，你会发现这类问题会使所写的东西显得很单薄，所以常常看起来缺少冲突，或者故事线索没有焦点，徘徊着寻找发展方向、深刻见解与清晰界定。有时各种不同的故事节点被介绍出来，可后来又被挂起来了，没得到解决。当你阅读这些东西时，可能会问自己："在这一点或那一点处究竟发生了什么呀？"或者"这故事到底说的是什么呀?"动作好像没有结果,而故事好像只是在单一的叙事线上展开,没有更多的维度,也没有紧张感或悬念。

那就是没建构好。建构起一件事就得让它完成,有交代。结构,就像我们已看到的,是部分和整体的关系,而且每一部分都直接与整体相关联。所以如果你建构起某个东西,不管是故事点,还是环境或特定的对象,都必须完成。否则,不管你建构的是什么都不会有意义。你能想象《英国病人》这样的影片如果背离了建构在人物关系上的故事线索的原则,还能有现在这样好的效果吗?

如果你感到有问题是由于什么东西没有建构好,或没有完成,就该回过头去看看你是在哪儿建构它的,然后又是在哪儿完成的。不管它是帮着建构故事的前提,还是一个特定的情节元素,找出你第一次介绍它的那个具体地方,然后考虑你该对它做些什么——可以通过视觉的形象,也可以将对白做些改动。

从《肖申克的救赎》里我们能在建构戏剧性前提和激发事件方面学到好多东西。像前面谈到的,开始的段落包含了三个戏剧性动作的线索:一是安迪坐在停在外面的汽车里喝酒,当他从手提箱里拿出手枪时,我们看到他的妻子和情人正在房里亲热地抱作一团;二是我们看到他在法庭上因妻子及其情人被谋杀一案而被检察官反复地讯问;三是法官判了他两个无期徒刑,然后切到监狱,在那里瑞德被介绍给我们。

这是剧本的前10页。在第二个10页里安迪进了监狱,我们通过他的眼睛看到各种事情,这种观众和人物的视点合一让我们认同于他,并促使我们想到他下一步会怎样。观众和人物总是通过戏剧性的动作结合在一起,由此观众和人物一起了解事情是怎样发展的。

故事刚开始的阶段,我们并不知道安迪究竟是有罪还是清白的。但随着故事线展开,这真的看起来没那么要紧。在情节点Ⅰ,他第一次与瑞德接触,想要弄个凿石锤时,他得知了一个"真理",在监狱里,每个人都是"清白"的。所以在我看这部影片时,从未考虑过安迪是清白还是有罪的问题。那不是这个故事所要说的,这个故事讲的是安迪和瑞德的关系,和他如何适应监狱里的生活。只是在较晚的时候,在情节点Ⅱ,当汤姆告诉他一个前狱友曾承认自己是杀死安迪妻子和情人的凶手时，我们才得知安迪真是清白的。虽然对于这一悬念的铺垫在剧本的前10页就建构了，但是安迪究竟是有罪还是清白直至第二幕接近结尾处才交代完成。

那么你的故事是关于什么的呢？你在前10页里是否建构好了呢？如果你觉得在建构什么东西方面还存在问题，那就回过头去再深入素材，看看是哪儿没打好基础。还需要建构些什么？是故事的基础吗？是剧本里的故事点吗？要不，是像《末路狂花》里的枪，或《肖申克的救赎》里的凿石锤那样的东西？也许是个需要加以建构的人物的某个侧面。也许是像《英国病人》的开头那样，回答发生了什么，以及飞机为何被击中坠毁等问题。这有赖于作为作者的你去弄清楚，并确定需要建构些什么，然后再回到剧本，并决定以最好的方式解决特定的问题。

在《红潮风暴》里，故事从剧本一开始的那场戏就被建构起来了。一个新闻记者正在海上的一艘航空母舰上报道，他在真实的新闻镜头的帮助下解释着，一群俄罗斯叛乱分子威胁要用核弹攻击美国。作为回应，阿拉巴马号核潜艇奉命出海。第一幕致力于建构来自俄罗斯的威胁，介绍并建构起丹泽尔·华盛顿饰演的人物——执行军官亨特，和吉恩·哈克曼饰演的人物——艇长拉姆齐，并建构起潜艇准备发射导弹的背景。在情节点Ⅰ潜艇出发并开始执行水下航行任务。

这样就对故事进行了基本的建构。但同时还有另一个维度，即建构起人物来。我已经提到过艇长拉姆齐的狗。这条小猎犬杰克·拉赛尔跟着船长到处跑，这是个很好的小点缀。而亨特这个人物有点儿不一样。首先，我们知道他在哈佛大学待过一年，这使拉姆齐觉得他有点儿"靠不住"——他是个"知识分子"。这样建构了一种环境：即亨特作为一个熟悉专业的下属和拉姆齐作为一个核潜艇艇长之间的道德规范可能产生出的问题。但是，更重要的是当拉姆齐问亨特有什么爱好时，亨特回答说自己爱骑马。"你骑过的最好的马是什么马？"拉姆齐问。"阿拉伯马。"亨特回答。这似乎对拉姆齐影响很大，而这段对话只是一次小小的交流。粗看它好像是一个很容易被扔在一边的细枝末节，只是可以显出人物的差别而已。

不过这条关于马的线索用在这里有助于建构两个人物之间的对立，这冲突在剧本的中间爆发了。因为那时无线电坏了,紧急行动的命令还没接收完全就断了。

第二幕的前半部分旨在发展人物并廓清他们的观点。记住,戏剧就是冲突。在这个戏剧性动作单元的前几个场景里表现的是军官们坐在那里吃他们的第一顿饭,据说这个场景是由罗伯特·唐尼写的。亨特在这群人里是新来的。船长拉姆齐想弄清楚他的这个新来的执行军官的战争哲学是什么,想知道他是哪种"男人",他信仰什么。拉姆齐解释说:"你和我"之间的不同是,那时候"我被教导在战争环境中事情要简单得多;我被教导怎么按电钮,以及什么时候按"。他陈述到,那不是策略问题,只是一种简单的关于军事和政治程序的问题。而且他还引用了冯·克劳塞维茨的话。他停顿了一下,然后又接着试探:现在不同了,他说,那些当官的——意思是指五角大楼——想让你(指着亨特)知道"为什么这样做"。丹泽尔·华盛顿饰演的人物点头表示同意。然后回应说:"在这个人类掌握了核力量的世界里,真正的敌人是不会被摧毁的,因为真正的敌人就是战争本身。"

这段短短的对话简洁地概括了两个人的战争哲学间的差异。也向我们展示了他们观点的差异。因为这种差异正是整部影片冲突的助燃剂。如果他们观点的差异没有建构好,而且没有打好基础,整部影片就会失败,那就没有冲突,没有兵变的企图,没有故事,阿拉巴马号也就只能在水下游荡,一直等到俄国人自己解决问题。他们俩的不同的观点基本上会像两条平行线,向前延伸永不交汇。那可不是你要建置和结构的一部影片。

有些剧作者可能会质疑这场戏太直露了,他们可能要删掉它,或者用一种更微妙的方式来写,而剧本里有些场景必须写的直接些。不管多明显,哪怕有解释的色彩,这样的场景也得有。这恰巧就是这样的一个场景。建构起来以后就要让它完成,使之可以遵循因果关系和作用力与反作用力的自然法则。如果剧作的最基本的种子种好了,在适当的时间和地点,就能使叙事得到充分发展,并且开花结果,包含着丰富的结构和人物。

这全在于你怎么把它建构起来。从一开始就点明了亨特喜欢骑马,剧本的第三个场景就已很准确地暗示给我们后面将会发生什么。当他们两人之间的冲突在影片的中间点爆发时,拉姆齐坚持要执行第一次接到的命令,向俄罗斯发射十枚核导弹,而且不愿等着再确认那个没有收完全的第二个紧急行动的命令。但结果是亨特控制了潜艇,并把拉姆齐抓了起来。

稍后,当一小伙人又为拉姆齐夺回了对阿拉巴马号的控制权,无线电也几乎修好了。拉姆齐给了亨特三分钟修好无线电以接收完整的命令。如果三分钟内没有接到命令,他就要按原命令发射导弹了。

于是开始了一场三分钟的等待场景。这是一个充满了紧张和悬念的时刻。在这场戏里——据说是昆汀·塔伦蒂诺写的——拉姆齐问亨特是否知道利皮扎种马。它们都是白马,他好像事后忽然想起似的加了一句。亨特点了点头,是的,他知道那种马。这种对话又一次表明人物之间性格上的差别。它表明他俩有一个人"正确",另一个人"错了"。当命令最终接收完时,得知是要阿拉巴马号取消执行之前发动核攻击的命令。亨特被证明是正确的。

在影片的最后一个场景,一个小尾声中,"对"和"错"终见分晓,或者说是完成了。军事法庭受命评判两个人在这一事件中的行为,法庭清楚地宣布两人所采取的行动都是"对"的,法庭指出,军事法对此还没有清晰的界定,以后要补写进去。当他们站在法庭外面时,亨特完成了在影片前面建构起来的关于马的那场戏。他告诉艇长,利皮扎种马来自西班牙,而不是葡萄牙,而且出生时是黑的而不是白的。亨特在另一个问题上的"正确"观点也折射着影片的基本冲突。这是个很有力的表述。正因为在一开始就建构好了基础使之更有力了。

《红潮风暴》是一部很好的影片,它反映了古典"悲剧情境"的本质。十九世纪德国哲学家黑格尔一直宣称悲剧的真正本质不是"善良与邪恶"或"对与错"的冲突,而是在"善良对峙善良"或"正确对峙正确"的冲突里。冲突的双方按各自目的的行动都是对的。《红潮风暴》以一种个性化的方式对冲突进行了激动人心并且赏心悦目的表现。这是一部很好的影片。

故事点的建置和完成是剧本写作艺术和技巧的不可缺少的组成部分。每一个场景、每一个段落、每一个情节点和故事点都必须建置,打好基础,然后在合适的时机来完成它。如果没有后面的完成,什么东西也建置不起来。

记住,对于每一个动作都有一种大小相等、方向相反的反作用力。

问题清单

晚进早出

- 对白太唠叨,解释太多
- 场景太长,没有足够的动作
- 故事线索单薄而且穿插零散
- 情节元素和故事点不得不一遍又一遍反复解释
- 剧本太长
- 故事不够视觉化
- 冲突通过对白而不是动作来表达
- 人物是被动反应的,而不是主动行动的
- 第二幕薄弱且冗长
- 写得太容易,那不是好事

Chapter 19
晚进早出
ENTER LATE AND GET OUT EARLY

　　在威廉·戈德曼的著作《银幕春秋》(Adventures in the Screen Trade: in Screen Writing)里,他谈到了进入一场戏的最佳点,并设计了一个例子说明自己的观点。他说,假如你在写一个记者采访一个对象的场景,场景是这样表现的:记者来到采访地,两个人相互介绍,舒舒服服坐好,聊了一会儿天,然后记者建议开始采访。他打开磁带录音机,拿出笔记本,开始提问。他们围绕着主题讨论,有问有答谈了一会儿直到记者满意。他关上录音机,向采访对象表示感谢,拿起他的东西,说了"再见",走向门口。当走到门边时,他突然停了下来,好像又想起了什么,转回来对采访对象说:"啊,顺便再问最后一个问题……"

　　哪里是剧作者进入场景最好的地方呢?是记者到达?打开录音机时?采访中间的某一时刻?还是在最后?都不是。戈德曼说,他认为剧作者进入场景的最佳点是记者站在门口,就要走出去时想起问"最后一个问题"。

　　每个剧作者都在反复思考这个问题,前思后想,最后决定在某一个点进入场景。什么是进入场景的最佳点呢?我第一次从戈德曼的著作里读到这一观点时,就认定它是个很好的规则。所以我在写《出售剧本》(Selling a Screenplay)一书时,认为可以照样试一试,看看会发生些什么。

　　我约好了见彼得·古伯,他刚刚当上索尼影片公司的总裁,于是我就按戈德曼说的在真实生活里试一试。在一个风和日丽的日子我来到了他在洛杉矶的办公室，我在笔记本里列了一些问题，我们就公司考虑要买剧本时寻求什么样的素材之类的问题，花了些时间进行了很有收获的交谈。

当采访完了要离开时，我关掉录音机，站起来，穿上外衣，走到门口，停顿了一下，转向他说："啊，顺便问最后一个问题，为什么有些影片能开拍而另一些不行呢？"这是我从一开始就要提的关键问题。他笑了，问我为什么我要穿我正穿着的那件上衣，而他却穿他的那件？我还是站在门口，谈起了对市场和个人的口味关系的看法，而当他也加入进来，并回答我的问题时，我又脱了外衣，坐回去重新打开了录音机。彼得·古伯有点吃惊，说话都不太利索了。结果这位制片人又和我坐下谈了45分钟有关为什么有些影片投拍了而另一些则没能投拍的问题。那真是一段很棒的讨论，成为对彼得·古伯的采访中的最有意思和最深入的部分。我的那本书里有关制片人的章节都利用了这个采访部分，并提供了对于电影制作过程的更深入的观察。

我多次在编剧课上以这次采访作为例子来说明进入场景的那个点应该设在哪里。剧作者往往在一场戏开始后，很快就陷入那些什么也没讲明白的废话之中了。而到了该显示这场戏的目的时，场景已经太长了，而且戏剧性的紧张感可能已经被冗长空洞的对白所淹没了。

那么，哪里是进入场景的最佳点呢？一个很棒的规则是"晚进早出"。那意味着在很多场景里（根据它们的目的）最好能在最后一个可能的时刻才进入。我经常告诉学生们，要在一场戏的目的将要揭示出来的前两行——进入。这样的话你就只需要一分钟的对白来说明戏剧性的目的。

当然，现在说的只是一般的规律。它并不是在剧本里的每一场戏都管用，因为每场戏的戏剧性功能都是唯一的和独特的。有些场景必须去结构、去建立，它们需要有开端、中段和结尾。而这完全取决于你想要传播什么信息——要么推动故事前进，要么满足某一特定场景的戏剧性目的。从哪里进入场景完全是个人决定。而且好的场景本身也会规定出最佳的进入点的，这就看你是不是有所领悟了。

同样的原则也可以应用到场景结束的问题上。在什么地方你该离开一个场景而转入下一场景呢？离开一个场景进入下一场景时需要记住的原则如下:首先要带着紧张感离开,以使读者想看下一场景将会发生什么。其次是要使这一场景到下一场景的转场有趣、顺畅,在视觉上能引起人们的兴趣。记住要抓住读者,让他们不停地翻页看下去,这才是写作者的责任。

如果你要写一场本身很完整的戏,它就得有开端、中段和结尾。如果你一直这样做的话,最后会写成一个插曲式的或顺时序的剧本。每场戏都会有一个确定的结尾,在某一个地方可以退出来。你只不过得把这个点找出来。其实是直接转场还是用点技巧(像淡出)都无关紧要。每场戏都要导向下一场,就像一种自然的力量,比如从春季到夏季一样。在这些一组又一组的戏剧性动作的连接中,不管是画面接画面、声音接声音、对白接对白或特技接特技的转场,都必须引导着你从一场戏到下一场戏里去。故事必须一直向前进,一直到结尾。

看看影片《英国病人》,两个人的爱情关系是故事的焦点所在,拉尔夫·费因斯(饰阿尔马西)和克里斯汀·斯科特·托马斯(饰凯瑟琳)两个人物间的爱情关系的产生和开花结果总是不断地在讲述着。当垂死的费因斯躺在病床上,他记忆中的往事被生动的影像表现出来,让观众了解他们之间发生了什么。剧本是由他俩间情感关系的一些片段情境拼合、镶嵌而成的。所以在影片的结尾处可以看到影片的开头,这种"书挡"式的结构很有成效。

要想保持紧张感的延续,让读者能一页接一页地读下去,就要晚进早出。这是写剧本的诀窍。

你要是不注意从哪儿进场,那你的剧本就可能拖拉和松懈。要不就是太长,紧张感和悬念都没有了。要是碰上这样的问题,你一般会因为剧本问题成堆而焦头烂额。这并不是什么罕见的事,很多次我接到很长的剧本,长到150页以上。我看这些东西时,注意到的第一件事就是剧作者常常是让一场戏开始太早了,而且不得不填充大量的不必要的对白。你知道,尽是"你好吗"、"很高兴又见到你"、"你不坐会儿啦"、"怎么样了"……之类的话。

当你要建构剧本的每个特定的时刻时,何时何地进场是中心的问题。此前需要问自己一些问题:这场戏的目的是什么? 为什么它在这儿? 它能推动故事前进吗? 它是否揭示了有关人物的信息? 它是否受剧情发展的需求或转场驱动? 如果你回答不出这些问题,那么谁还能回答呢?

在很多情况下，场景太长和结构松散时，作者不得不重新考虑和创造一种新的解决方式。是什么地方有问题呢？如果是情节的问题，你得找一个点切入；如果是人物的问题，你得从另一个点切入；如果是结构的问题，就再换另一个切入点。作者可以通过这样的方式来解决问题：先把场景分成开端、中段和结尾几部分；然后花些时间重新考虑场景中的元素，描述一下它们的大致情况以及所处位置；再描述一下人物应该得以表现的动态发展方向的各个方面。通过重新把注意力集中在这些元素上，很容易察觉你是不是进戏太早、出戏太晚了。要是太早的话，你可能会发现这场戏写了两三页长，而且塞满了陈腐而又不重要的对白，很啰嗦。也有另一种情况，要是你进场太晚了，真正的戏剧性目的还没实现，一场戏很快就结束了，故事线就会显得含混不清、不够充实。

我们知道，每一场戏都要有开端、中段和结尾。如果你有了在问题清单里列出的问题，就从开端、中段和结尾的基本部分入手重新结构和重新定义这场戏。这种方式可以让你重新评价那些冗长的场景。它们除了让叙事进展缓慢之外完成不了什么戏剧性目的。同样的方法也可以用于解决场景过短的问题，它们往往提供不了足够的信息来推动故事向前进。

你怎样才能确定进入一场戏的最佳点呢？那真是个问题。我想仅有的方法就是问问自己在这场戏开始前发生了什么，在这场戏进行的时候正在发生什么以及这场戏之后还会发生什么？不管你这场戏是发生在办公室、音乐会上，还是在汽车里，都要确定这场戏从哪儿开始、中间是什么和怎样结尾。

让我们假设你有一场最重要的戏显得太长、太唠叨，使得动作进展显得拖沓。这只是个例子，让我们假设，你的这场戏发生在办公室里。你首先要问自己的问题是：在这场戏开始前你的人物是从哪里来的？是从他或她的办公室吗？是从办公室外面参加了一个会议回来？还是从家里或者机场来？这场戏的目的是什么？还有它要有什么功能？换句话说，剧中为什么要有这场戏？而从另一个人的视角看，当你的人物走进办公室时，他在干什么？他们是在打电话还是在交谈？这个场景的背景故事是什么？他们相互交流得愉快吗？你的人物是不是在发火？当你的这些人物进入办公室时，你的主人公可能被要求要排队等候。冲突,记得吗?这场戏可能就该从你的人物进办公室开始。这样开场后,就该跟着人物进入办公室的具体行动继续发展。

中间部分必须有真正的谈话发生。这是怎样的谈话呢?它怎么和故事的情境相呼应呢?它有什么功能呢?它是否推动故事前进,或揭示了有关人物的信息呢?它是一场有戏剧性变化的戏吗,还是那种没说出来的比说出来的更重要的以潜台词为主的戏呢?

正如我曾经谈到的,如果可能的话,潜台词应成为每场戏里的主要成分。比如在《英国病人》里,在一次正式的晚宴上,凯瑟琳和她的丈夫科林正要离开。战争真的来了,而且来得这么快,他们的考古探险不得不停了下来。现在我们知道阿尔马西和凯瑟琳深深地相爱着。这场戏开始时是一群人围坐在长桌旁,阿尔马西醉醺醺地走进门来,只说了几句话,嘲笑着自己。在这些话里还看不出这场戏的戏剧性目的,它可以从没说出的东西里看出来:看,凯瑟琳不安地看着他,她的丈夫既紧张又焦虑,其他人都不愿干涉阿尔马西这令人尴尬的举止。在这场戏里,凯瑟琳的丈夫科林怀疑,也可能知道妻子同阿尔马西有染。而阿尔马西知道自己与她陷入了没有希望的爱情,也不希望她离开,而且看不得她和丈夫在一起。在视觉效果上,这是一场很好的戏,让我们领教了一个内心受到了深重伤害的人的举止和醉话,但更重要的是通过那些没说出来的话揭示了人物的思想、感觉和情绪。这次邂逅对白本身是文不对题的,但它的表义是潜在的。

再回到我们的办公室那场戏,结尾发生了什么呢?人物间是不是说了"再见",还是就那么走了?人物是回他或她自己的办公室了,离开了大楼,还是进了一辆汽车或计程车,然后进到下一场戏?换句话说,这场戏怎么结束?

我的学生们发现他们也都得处理同类的问题,我让他们把一场戏分解成开端、中段和结尾。再看,这场戏的目的是什么?它发生在哪里?人物怎样进场?这些都有了答案,我就让他们把这些分别列在不同的纸片上,这样他们就可以决定是什么元素导致人物进场,在这场戏里发生了什么事件,以及这场戏结束之后又发生了什么。当他们分别在纸片上做完了这些练习,他们有了开端、中段和结尾三个完整的部分，这些事件是组成这场戏的引子，同时也是它的一部分和它的结局。

然后我要求他们检查人物的情感状态。人物进场前是怎样想的，感觉是什么样的？是否有一个情感上的潜台词？在这一场特定的戏里他们的戏剧性需求是什么？他们实际上想说的是什么（奠定这场戏的目的）？而他们说出了什么？如果学生们的头脑里还有什么怀疑或问题，我就要他们用一种直观的方式把这场戏写出来。这场戏实际上是要说什么的？只管把它写出来，别管写出来的是不是你原来所想的。这得要花些时间来完成。我让他们用自由联想的方式来写一些，几段或者一页长。这只是这场戏的背景。

然后，继续向前进：在这场戏的进程里，人物的观点是什么？它是否能改变或影响这场戏？如果答案为"是"的话，是什么样的？这场戏里其他的人怎么样？他们在这场戏开始前的思想、感觉和情绪是怎样的？还有在这场戏里他们的观点是什么？在这场戏里他们的戏剧性需求是什么？他们的这种需求是否得到了满足？在这场戏里每个人都会有自己不同的议程、不同的戏剧性需求。对于剧作者来说，这是很重要的，绝对是基础性的：剧作者知道了需要什么，以视觉的或对白的方式表现出来都可以。

如果你对这场戏里的人物关系还不很清楚，写一篇有关的两三页长的短文，可以自由联想：他们的关系如何？他们在哪儿和怎样会面？他们走到一起的目的是什么？他们相互之间是否融洽？他们的观点是什么？是什么让他们在一起的？这场戏开始前他们从哪儿来？而且再看看，他们带进这场戏里的，是什么思想、感觉和情绪？他们为什么出现在这里？他们想从这场戏里得到些什么？所有这些你都要作出决定，这样才能在最好的时刻戏剧性地进入剧情。一旦找到了这些问题的答案，那么就在进行到揭示这场戏目的的前两三行之处开始进入这场戏。

晚进早出。这能产生好的阅读感受，也能推动故事前进。这儿有个来自《肖申克的救赎》的例子。这是在第二幕前半部的一场戏，就是紧接房顶上那场戏之后。在上一场戏里，安迪教给监狱看守哈德莱怎么保住从兄弟那里继承来的 35000 美元，作为交换条件，狱友们喝到了啤酒，然而他却不喝。我们将具体分析下面这场戏的开端、中段和结尾：

外景　监狱院子　露天看台上　白天

安迪和瑞德在下方格式石子棋,瑞德走棋。

瑞德

将我？

安迪

好哇,现在有了个王者的游戏,文明的、有头脑的国王……

瑞德

……真他妈闹不明白,我讨厌这玩法。

安迪

没准哪天得让我教教你。我在想着怎么能弄套棋子儿。

瑞德

你可找对了。我就是专能弄来东西的人。

安迪

我们可能可以做这棋子儿的买卖,就些小块石头。我喜欢自己刻石头———一边是石英石的,另一边是石灰石的。

瑞德

那得消耗你数年时间。

安迪

我有的是时间,可我没石头。在这操场上捡的都太小。

瑞德

你要凿石锤干嘛？要把你的名字刻在墙上呀？

安迪

还没刻,我想将来有可能。

瑞德

安迪？我想我们可以交个朋友,是吧？

> **安迪**
>
> 我想我们是朋友。
>
> **瑞德**
>
> 我问你个问题行吗？你为什么要干那事儿？
>
> **安迪**
>
> 我是清白的，记得吗？像这儿的每个人一样。
>
> 雷德把这话当成安迪在婉转地拒绝谈论此事，就又接着下棋。
>
> **安迪**
>
> 你为什么进来的，瑞德？
>
> **瑞德**
>
> 谋杀，和你一样。
>
> **安迪**
>
> 清白的？
>
> **瑞德**
>
> 在肖申克监狱里我是唯一有罪的。

然后就切到下一场戏了。

这一小场戏是"欲说还休"的杰出例子。虽然很短，但是它揭示出人物的许多不同方面。甚至通过这场戏还带出了上下文，这是晚进早出效果的一种很生动的实例。首先，这场戏的目的是什么？你可以说有好几件事在里面。首先和最重要的是揭示了人物的信息。就像前面提到过的，这一场特定的戏是发生在第二幕刚开始处，所以这实际上是巩固两人关系的戏，就像瑞德说的："我想我们可以交个朋友，是吧？"

我们还可以看到安迪和瑞德间的差别在背景和兴趣上都有不同。他们在下棋，这棋几乎所有的人都会下。安迪挺愿意，而瑞德面对这棋则说："……真他妈闹不明白，我讨厌这玩法。"这揭示了他们在背景和兴趣方面很大的不同。两个人会面是因为安迪想要个凿石锤，以便更好地满足他集石头的爱好。他还说想要做一套"一边是石英石,另一边是石灰石"的棋子。这说明了他的一些事。他可能出身于一个中产阶级或中上阶层家庭,是一个聪明、有逻辑、手巧的人。他对细节很注意,喜欢做东西,而且总是为了弄清一个东西的原理而把它拆开。他是个勤于动手的男人。而由于瑞德说他"要把名字刻在墙上",实际上是暗示了他从肖申克监狱逃走的方式。

但这场戏里还有另外的元素:当瑞德问他为什么杀死妻子的时候,安迪幽默地回答:"我是清白的,你记得吗?就像这儿的每一个人一样。"剧本提示说:"瑞德把这话当成安迪在婉转地拒绝谈论此事,就又接着下棋。"安迪看出了这一点,就又问:"你为什么进来的,瑞德?""谋杀,和你一样。""清白的?"安迪微笑着问。但是瑞德却严肃地回答:"在肖申克监狱里我是唯一有罪的。"停了一会儿后,切到了下一场景。

这场戏结束于一个陈述,不过它实际上提出了比所回答还要多的问题:瑞德谋杀了谁?为什么?他犯罪的时候有多大岁数?当时周围环境中发生了什么事?我们没得到任何回答就离开这场戏了。我们在一个经过深思熟虑的时刻很自然地结束了这一场戏,但它仍刺激着我们想更多地了解瑞德。不久我们就知道了使瑞德进入肖申克监狱的那次犯罪。然而这里的晚进早出的办法保持了紧张感并让读者能读下去。

这是一个应当好好记住的"规则"。

我们要把这场戏分解成开端、中段和结尾的话,它可以开始于安迪和瑞德在院子里,走上露天台阶,摊开棋盘、棋子,开始下棋。中间部分将是两个人挪动棋子时说出那些对话。棋下完了这场戏也就完了。他们可以收拾东西,说不说话都行。然后他们可以走回牢房,房门锁上。他们已经是好朋友了,不过他们之间仍有距离。另外,瑞德也可以用一种更严肃的语调回答安迪的问题。他以这种态度说话时,含蓄地暗示他真犯了罪。当然,在以前的建构中一直是要我们相信他有罪的。

这场戏的结构直接把我们带到了中段部分的结尾处:"将我?"这是瑞德的第一句话。这意味着他们已经下了一会儿了,因为我们要是不多走几步棋是将不到对方的,所以这场戏一开始就向着中段部分的结尾发展了。那短小的对话交流像开了个"小窗口",让我们感到需要了解这两个人物,然后剧情再向前发展。

　　那是我们进戏的地方。我们出来的也早，瑞德想了想之后，承认了自己有罪。他说出来了，却又没说完全。要是作者想要继续这场戏，安迪就该问瑞德为什么有罪，怎么犯的谋杀罪。然而他没问。我们一直等到影片发展到后面才知道原因。我们进这场戏晚，而出来的早，没等瑞德解释他是怎么犯罪的和为什么那样做。

　　我们从哪里进入场景有赖于场景的戏剧性目的，而在哪里结束则有赖于你要把什么带到下一场戏里去。结构一场戏，然后晚进早出，但是要保持动作流畅地向前。当我阅读一个好剧本时，阅读经验是流畅和轻松的，一页页就像有一种向前流动的推动力。每场戏连续地推动着故事向前发展。我唯一可以形容美好的阅读经验的话是："在纸页上好像有蜂蜜似的。"

　　好的阅读经历是我们大家都在寻求的。

问题清单

好，系好你的安全带

- 动作停不住
- 动作场景细节太多，描述太多
- 场景间没有转场
- 故事线索单薄、零散
- 支点不够高
- 动作沉闷、枯燥，总是在内景里展开
- 说明性场景太多，对人物的解释太多
- 人物太单薄，而且对于自身不能揭示出任何东西
- 我没考虑预算问题

Chapter 20
好,系好你的安全带
OKAY, FASTEN YOUR SEAT BELTS

"好,系好你的安全带,走……"

这是在《终结者2》里第三幕开始时的台词。这是近十年中最令人难忘的影片之一。不仅由于非凡的动作表现和人物的声音,而且这部詹姆斯·卡梅隆导演的独一无二的影片让电影深入到我们的心灵深处。许多伟大的影片都是这样,不管它是动作冒险片、科幻片、惊悚片,或者只是嵌入一个好的戏剧或侦探故事情节里的一个很棒的动作段落都会如此深入人心。《星球大战》三部曲重新发行并取得了惊人的效果,这又一次证明了动作片与电影制作者神话般的想像结合在一起,就能把电影送上经典杰作的殿堂。

动作片真是我们的电影大餐里的一道主菜,至少有一半的主要制片厂的制片计划里都在筹备着发展这一特殊的娱乐品牌。而现在,伴随着电脑成像技术的革命,它会变得越来越流行。写动作片,甚至只写一个动作段落,当真是一门有自身规律的技艺。我常读到那种一整页纸上都充斥着无休止的动作的剧本,事实上太多的动作反而造成沉闷和重复,很少或没有塑造人物。读者或观众由于被过多的动作淹没而麻木了。有时,一个动作片剧本有很激烈的、有特色的动作段落,而故事的戏剧性前提却很弱,或者和以前的影片雷同。换句话说,我们以前都见过。它需要一个"新的面貌",或一个更有趣的点子。要是碰到这种情况,你就有麻烦了。

为什么呢？因为出问题了，有好多问题。不光情节或人物，动作本身可能也有问题。有些作者天生具有写动作片的能力，而其他许多人都认为写人物更顺手。最需要说明的是，你在能写任何一种动作片或动作段落之前，首先要弄明白动作片是什么，其性质是什么。我的一个学生写了一个剧本，讲的是一个海军飞行员被派到外国去执行一项解救被绑架做人质的科学家的故事。这是一个很好的前提，而且可以创造出很多引人注目的动作段落，并保持故事能迅速地在各种空间变化中向前推进。所以他就这么干：整个剧本一个动作段落接着一个，故事的进展变得没有分量，效果也不好。他没有塑造出一个令人感兴趣的主人公。由于并不了解自己的主人公，他写的所有的对白都集中于推动故事前进的元素方面而使得我们对这个被派去解救科学家的人一无所知，不知道他的思想、感觉和作用于他的各种力量。

这并不是很特殊的现象。当我们写一个动作片剧本时，焦点必须集中在动作和人物身上，两者必须是共存的，并且是互相影响的，否则非出问题不可。常常发生的情况是，动作超越故事并决定着人物，结果是剧本不管写得多好，都显得平淡无趣。这需要有高潮和低谷间的平衡，在剧本里要让读者和观众能有停下来喘口气的工夫。

所以，我们要了解，如何才能避免在一部动作片的剧本里产生这些问题？让我们从头开始吧。动作在字典里被定义为"一个运动或一系列运动"，或者"处于活动中的状态"。电影是一种每秒 24 格画面的媒介，是显示动作的天然媒介。写一部动作片剧本或一个动作段落却是一种技巧，好的动作片剧本还包含着色彩、节奏、悬念、紧张感，而且在多数情况下还需要有幽默。记得在《虎胆龙威》里布鲁斯·威利斯所演的人物的自言自语，或者《生死时速》里公共汽车跃过高速公路上的巨大缺口吗？我们记得在像《侏罗纪公园》和《亡命天涯》或《猎杀红色十月》（*The Hunt for Red October*, 1990, 拉里·弗格森和唐纳德·斯图尔特编剧）等好的动作片里看到的独特的动作戏，但是我们往往会忘记那些充斥剧场的表现汽车追逐和爆炸场面的相当数量的动作片。它们看上去内容和形式都差不多。

创作任何动作影片的关键是写动作段落（情节和人物都放在其后）。

比如一部像《终结者2》这样的影片，是由六个主要的动作段落组成的。在对终结者 T-1000 及约翰和萨拉进行了介绍之后，第一个主要的段落是讲年轻的约翰·康纳被终结者救了。第二段是终结者和约翰把他母亲救出精神病院。第三段是一个"休整期"，在恩里克的加油站他们补充武装。第四段里萨拉要杀死那个发明了后来可能导致机器人统治时代的微型集成电路芯片的迈尔斯·戴森。第五段是受困于天网公司。第六段是逃跑、追逐和钢铁厂里的大战。整个第三幕是很长的不停顿的动作段落。这些动作段落（在结构功能上）把整个故事拧在一起，但是在这个结构框架里，首先有卡梅隆和威舍尔富于动力的、迷人的戏剧性前提，同时还有一些有趣的人物。这些东西和特技效果结合在一起构成了一部真正令人难忘的动作片。我们别忘了在全片的中间点是一段"休整期"，在那个没人干扰的加油站我们能喘一口气，更多地了解人物。然后再投入更激烈的行动。

是什么使那些好的动作片能那么吸引人呢？是那些动作段落的魔力。记得《警网铁金刚》(*Bullitt*, 1968)里的追逐场面吗？或者《日落黄沙》结尾的"散步"场面？还记得《虎豹小霸王》里布奇和"太阳舞"小子被超级警队无休止地追逐后跳进河谷的场面吗？还能列出很长的这类佳片的片目。

写一个好的动作段落的关键是它的设计的方式。记住，一个段落是被一个统一的意图联系在一起的一系列场景，包含开端、中段和结尾。一个段落通常由一个整体、一个意念把各部分结合起来：可以有追逐段落、婚礼段落、聚会段落、战斗段落、爱情段落、风暴段落等等。像以前提到的，《龙卷风》是由四个主要段落组成的影片，并由人物的一场接一场的与巨龙卷风的竞赛拧在一起。当然，还有每一个新的段落都比前一段紧张得多。

现在我们来看一个动作段落。这是发生在《终结者2》第三幕开始处的一个小段，终结者、莎拉和约翰刚在迈尔斯的帮助下进入天网公司去摧毁在《终结者1》里于七年前留下的芯片，警察被引来了，这是一场激烈的枪战段落。在情节点 II，他们冲出了大楼开着一辆特种部队的旅行车逃跑了。T-1000 开着一架警察的直升机追踪他们。这是第三幕的开始——

"好,系好安全带,走……"

内景/外景 特种部队旅行车　高速公路 夜晚

当终结者把那辆方头方脑的旅行车开到一个高速公路的岔口时,回头看看车上的两个人——莎拉和约翰喘着粗气,还没有从催泪毒气所造成的一阵咳嗽中缓过气来。终结者看着后视镜——警灯在车后面闪动着,而且越来越多。

莎拉在车里四处扫视着,那里有步枪、防弹背心和其他各种设备……她从枪架上抓起两支 M-16 步枪,装上子弹。她又开始装一支大口径的散弹枪,这时——

旅行车在高速公路稀疏的车流间快速穿行着。终结者操纵着摇摇晃晃的旅行车在小汽车和大卡车间钻来钻去。旅行车开到了时速 80 英里的极限速度,他们躲在了一辆白色 18 轮大集装箱车的后面。

由 T-1000 开的直升机紧追着他们已很接近了。T-1000 飞到旅行车的上面,用机枪开火。旅行车的尾部被打得掀开了,车门上的窗户也被打掉了。

终结者操纵车子企图躲开 T-1000 的攻击。有点儿失控的旅行车刮撞着路边的防护栏。一扇门打开了,莎拉穿着防弹衣,蹲在门口,举起 M-16 步枪开了火。

当 T-1000 还击时,子弹打得车棚叮当作响。

在车里,由薄薄的钢板制成的车厢已被打得满是枪眼。子弹射进车里,约翰盖的防弹衣也连连中弹。莎拉拿了两件防弹衣堵在车门口,她躲在后面,子弹在她身边横飞。她时快时慢地开枪回击。一支枪子弹打完了,她又抄起另一支。

当终结者企图绕过一辆正在转换车道的汽车时和那车相撞,使那车滑了出去。

莎拉又装上子弹继续开火。旅行车又超过一辆丰田车。不一会儿,直升机也赶上来,直升机的起落架都划到了旅行车的车顶。

T-1000 在直升机上用机枪开火。

莎拉探出身,向直升机射击。她的腿被子弹打中,她的防弹衣也连续中弹。她挪回车里,倒在地板上,躺在那儿的她成了一个暴露的靶子……

终结者看到 T-1000 又要开火,猛地一踩刹车,轮胎尖厉地响着,莎拉被惯性抛向前面,被挡在约翰身旁的车厢后面。

这时,直升机撞到了旅行车的后面,螺旋桨被折断了。车的后门又被撞得关上了。直升机的前半部被撞得一塌胡涂,里面的 T-1000 也被撞成了一堆歪七扭八的金属。直升机摔到了地上,滚到了路边……成了一堆废铁。它在旅行车后面不停地翻滚着……

哇！那只是第三幕的开头。追逐的段落从这里开始不断地延续着，它本身是由动作建构起来的，节奏很快，紧张度很高。即使不把它和整个故事联系在一起，只读这么一小段，就够让我胆战心惊地只敢小心地坐在椅子沿上了。

要是你在写一部动作片，又感到写不好，必须找找问题在哪儿。查看一下问题清单，看看你的剧本是不是也存在那些问题：动作是不是太沉闷或太慢了？你的故事是不是从内景到内景又到内景而一直没转到个外景地点去？场景的说明是不是太多了？支点是不是不够高？你的人物是不是在谈论一场对话时已经发生了的动作？有没有可能在他们谈论的同时展示这个动作？在改编一出舞台剧时，常会遇到这种情况。你要展示人们正在谈论的事情，而且意味着创造出一个动作段落来推动故事向前进，并揭示主要人物的性格。

而且你还一定得对影片的预算予以足够的注意。像《终结者2》《生死时速2》(*Speed 2 : Cruise Control*,1997)、《未来水世界》《侏罗纪公园》《失落的世界》(*The Lost World*,1992)或《泰坦尼克号》(*Titanic*,1997)这类影片的预算都是数以亿计。而且它们是由那些一向制作高投资影片的编剧和导演拍摄的。要注意预算。现在拍一部电影，每分钟至少要12000到15000美金。如果可能的话，你必须努力控制制作费用。如果你很幸运：有一家大的制片厂或制片公司要买你的剧本，那很棒，那么就让他们提高预算，增加更多的视觉效果来改善你的故事。

如果你的剧本看起来不如预想中的效果那样好，或者你有某些节奏方面的问题，要不就是显得沉闷和枯燥无味，你可能要考虑增加某种动作段落以保持故事向前推进和增加紧张感。检查剧本，看看动作的表现是否与你最初的设想相吻合。你的剧本只是一个起点，有时你不得不做出一些很重大的创作上的选择，才能改好剧本。但是一定要一直记住：你不能因为你的故事线索拖拉松懈或者沉闷枯燥就扔一个动作段落进去。任何动作片或动作段落都要经过精心设计，你所应该努力做到的是：将动作与故事线索很好地结合。

在今天的市场运作中，我想最基本的是每个剧作者都应当了解怎样写一个好的动作段落,无论他或她写的是哪种电影。要研究像《闪亮的风采》《英国病人》或《小镇疑云》这样的影片里的不同人物,甚至像《天使不设防》(*Michael*,1996,诺拉·艾芙隆编剧)这样的喜剧。你会发现多数能通过制片厂筛选的剧本都有某种与故事线索交织在一起的动作性段落。这个窍门确保它能适合所有的构想和设计。对此怎么强调也不过份。

在编剧过程中有好多问题都能通过创作好的动作场面的方式来解决,不过也常会出现为了动作而牺牲人物的倾向。窍门就是要用人物来支持动作,同时和以动作支持人物的方式结合起来。《红潮风暴》《虎胆龙威》《致命武器》和《终结者2》都是很好的例子,其中动作和人物两者都很好地结合在一起。

在我漫长的教学经验里,许多作者告诉我,他们觉得写动作段落很困难。当我问为什么时,他们的回答基本都是一样的。他们说,因为电影其实是个"导演的媒介",他们所写的导演根本不理解。而当我刨根问底时,事情便清楚了:这取决于哪些是他们的强项或弱项。有这样的结果,他们首先应承认他们的故事线不够集中。尽管他们写了很多细节,但只是在纸上堆了一大堆词。其结果便是我说的"厚页纸",即这些页塞的太满,读起来很费劲。二十世纪九十年代以来,设计动作场面或段落由剧作者在剧本里负责,你不应把这责任交给导演。写出尽可能好的动作是编剧的工作。

当然事情并不是一直都这样的。在二十世纪六十到七十年代,剧作家可能只写一句话:这里有场追逐。而剩下的,都由导演来做了。在《法国贩毒网》(*The French Connection*,1971,欧内斯特·泰迪曼编剧)中,那段堪称动作片中最令人难忘的动作场景的富于动力的追逐段落,就是这样写的,那是由威廉·弗莱德金成功地导演的。今天不再是这样了,动作段落必须是经过非常仔细、熟练和细心的策划和设计的。

那么,你怎样写一个好的动作段落呢?

编剧小威廉·威舍尔[William Wisher Jr.,代表作有《终结者2》《特警判官》(*Judge Dredd*,1995)]说,"理论上,动作应在一页内完成。这是件很聪明的事,因为剧本在(电影制作)过程中的不同时间是用于不同的目的的。第一个读剧本的人是制片人。你的人物可以让他们从文字中看出影片将成为什么样子,并促使他们极为激动,以至于开给你一张巨额支票,让你的影片投拍。而第二批要读剧本的人是导演和演员。你的工作不仅是要让他们激动,还要使他们理解影片中的人物和结构。剧本中有足够的信息让演员知道如何扮演角色,并使导演了解如何制作这部影片。

剧本要有一个限度,因为重要的是不能写得太长了。大卫·杜西(代表作有《未来水世界》等)说:"要是写出太多的细节,你就干了导演的活了,就从他那儿抢戏了。他可不愿意这样。最好是能用最少的词语创造出最大的效果来。"

这意味着要正确地发掘视觉元素,以便叙述好这一段落。大卫·凯普写过《碟中谍》《侏罗纪公园》《失落的世界》等等。他说写一个好的动作段落的关键,"是发现以更多的方式去说某个人在跑。你要用好多种形容词。比如:他跑过去藏在石头后面,他冲着石头跑过去,他爬过石头去,他连滚带爬地翻过石头……那些事真能让人发疯:急忙、小跑、快跑、跳、跃、冲、撞;这个撞字可能会经常出现在你的剧本里。"

"在一个动作场面里,"凯普继续说,"读者常常需要迫使自己往下读,因为那些在电影上非常好看的并不需要读来那么震撼。我想最富挑战性的是能让你想像中的节奏在电影里得到同样的表达。所以你需要找到那些方法,使动作段落易读好懂,让读者能在头脑里想像出画面来。"

什么是写一个动作段落的最好的方式呢?

设计好它,设计从开始到中段再到结尾的动作。在写作时仔细选择所用的词汇。动作不是在纸上用很多又长又华丽的句子构成的。就像在汤姆·克兰西写小说时所做的那样,克兰西建构了他的交叉切换的场景和快速的运动,试图引导读者快速地从这一场景到下一场景。这是非常电影化的风格。而写一个动作段落势必要更紧张、更视觉化。就像比尔·威舍尔所说,读者必须能像在银幕上见到的那样来看这个动作。我们是在处理活动的影像,希望能把你粘在坐椅上,感到激动、恐惧或巨大的期望,要让来电影院里的人都集合成一个巨大的"情感社区"。只要看看那些伟大的动作段落:《警网铁金刚》《法国贩毒网》《精神病患者》《终结者2》,还有《日落黄沙》中长时间的"散步"和最后的开枪镜头等等。所有的动作段落都是经过全面精心的策划和设计而产生的。

有时人们也会写得太少,结果动作线索变得单薄,达不到一个好的动作场面所需的强度。

比如,假定你的剧本缓慢、拖沓和松懈,并且有点沉闷和枯燥。当你重新检查那些素材时,可能需要在叙事中插入某种动作来撑起故事线。但是你必须注意让所要插入的动作融入剧本的格调和形式。那些插进一场汽车追逐、一次接吻、开一枪或一种谋杀企图等等的简易的方式只会把注意力引向它们本身,并不会有什么好效果。

有的时候问题并不在动作,而在于动作是如何被构思和写作的。我们已经变得太世故了,在读剧本时,读者期待实现某种程度上的"介入",所以我们希望使读者得到"介入感",把他或她拉进动作。

编剧沙恩·布莱克可以说是这方面的大师,不过在《特工狂花》里他做得有点儿过了头,使动作失去了效力。耍点小聪明并不总能产生效果。进入剧本没几页,主人公萨姆和公公在夜里开车赶路,周围是茫茫白雪。"亲爱的读者,就在这时,一只鹿出现在前面的路上,把他们的夜晚搅得一团糟。"

> **鹿事件** 场景25:刚说了,面对挡在前面的鹿,最好的动作是踩油门。这大概是想让那动物从车顶上飞过去,而不是让它卡在车轮底下。

这样写,一两次可能行得通,当然这一次还算可以。剧作者有时对于动作段落会写得太多。他们陷在了细节里,想把每一点"商业"上需要的东西都写出来并不厌其烦地进行解释。这样剧本就变得"太厚"了,读起来很困难。

要让读者看超过密密麻麻一整页或四分之三页的戏剧性动作,阅读会成为很烦人的事。我认为一个好的动作段落应当是简洁、紧凑的,并且是完全视觉化的。每个动作段落最好不要长过四或五句,多于此就显得"厚"了。而且别忘了每页还得留不少空白呢。

下面有个动作场面的出色例子,它简洁、紧凑、效果很好、完全视觉化而且没有陷入细节。这是出自大卫·凯普写的《侏罗纪公园》里的一小段。这场戏发生在属于哥斯达黎加的一座小岛上,这里刚经历了一场暴风雨。一个工作人员为偷恐龙蛋而关掉了保安系统。而公园里还有两辆正在运行的遥控电动游览车,一辆车上坐着两个孩子(蒂姆和莱克丝)和舍那罗律师,另一辆车上是由山姆·尼尔和杰夫·高布伦饰演的艾伦博士和伊恩。他们被困在用来隔离恐龙的电网墙边,但是这会儿全岛都停了电,孩子们又害怕、又紧张——

  蒂姆拉下护目镜看着放在托盘里的两只透明塑料水杯。他正看着,杯里的水开始振动,泛起层层波纹……
  过了一会儿,波纹平静下来……然后又开始振动起来,似乎很有节奏。好像听到了脚步声。
  砰、砰、砰!
  舍那罗也感到了,他睁开眼,抬头看了看后视镜……
  有个保安轻快地跃过栅栏,那栅栏也在摇晃着。
  当舍那罗再看时,他的影子也在镜子重跳动起来了,后视镜也振动着。

舍那罗(半信半疑地)

  可、可能是要来电了。
  蒂姆跳上了后排车座,又把护目镜戴上。他转过头,看着窗外。他能看到拴小羊的地方。现在羊不见了,只有一条空链子。
  砰!
  这回他们都跳起来了。有什么东西落到游览车的塑料顶棚上,莱克丝尖叫起来。他们朝上看……
  那是一只血肉模糊的羊腿。

舍那罗

  啊,上帝,上帝!
  蒂姆又向窗外看,他张开大嘴,但是一点儿声都没敢出。他看到一只动物的爪子,十分巨大,正抓着"电围栏"的电缆。蒂姆拉下眼镜,倾身向前,贴着窗户。他再往上、往上看,然后抬起头……从天窗向外看。视线穿过羊腿,他看到……
  雷龙站在那儿,可能有25英尺高。它从头到尾有40英尺长。巨大的、像盒子般的大头就有5英尺长。雷龙的嘴里还露出没吃完的羊。它歪着头,正在大口地吞咽着。

好了，剧本就引用到这儿……相当动人！这个段落是动作的开始，这动作将带领人物的逃命行动贯穿整部影片。我们随着动作的展示将一步一步、一点一点地看到它。注意，这个段落非常视觉化，用的都是简短的句子，使表达好像是断断续续的，纸面上有那么多的"空白"。这就是个读起来很舒服的动作段落。

在像《终结者2》和《侏罗纪公园》的这些段落里有什么共同的东西吗？首先是读者和人物同时经历一件事。我们和人物"合而为一"，这样我们可以体验人物当时的感觉。

看看段落里的动力：动作从开始、中段到结尾，每一时刻都以视觉化的方式建构着动作线，一件事接着一件事——

一开始，托盘里的杯子振动了，我们知道有事要发生了，可不知道是什么事。

注意这儿多有视觉化呀，看看这段写的是怎么引起人物的恐惧的："砰、砰、砰！"无情的脚步声一声接一声、越来越响，强烈地刺激着我们的感官。在写作方式上，除了视觉化之外，用的是很短的句子、词汇或短语。这里没有很长、很优美而完整的句子。当然，斯皮尔伯格是写这种段落的大师。回头还可以看看《第三类接触》的开始段落。

虽然很多事还没有看到，但是高度的恐惧使我们期待着更坏的事情发生。小山羊是另一个被用来强化紧张感和节奏的视觉形象。一般说来，一个好的动作段落是慢慢建构起来的，引着我们渐渐激动起来，动作也就越来越快。好的节奏处理是让紧张感自己建立起来，不管是《生死时速》里的追逐段落，还是《七宗罪》里的惊悚段落，以及《末路狂花》里的杀人场景，还有在《红潮风暴》等待行动命令的那种紧张时刻。

好的动作段落是由一个接一个的影像、一个接一个的词汇构成的。注意在小山羊没有了，只有一条空链子在乱晃的镜头之后，突然"砰！"的一声。我们都快从椅子上跳起来了。然后我们看到了"血肉模糊的羊腿"。这使人物的恐惧激增。我们也开始手心出汗、嘴发干，等待着担心将要出现的——雷龙。

这一段写得真好。有时作者会用插入动作段落的方式来掩盖人物描写的薄弱，回避对人物性格化的任何尝试。有时动作段落被描写得那么细致，以致让人感到好像就是为了要凑页数。这样会因为空话连篇而破坏了一切想要创造出好的阅读感受的努力。

　　写一部好的动作电影或者一个好的动作段落会出现很多问题，但你能解决它们。如果你觉得自己的剧本拖沓、松懈，需要加写什么镜头，就可以考虑某种能跟故事线索较好结合的动作段落，可能有助于从视觉上帮助表现人物。

　　动作和人物结合在一起常能使你的剧本焦点更清晰，并使它读起来感觉更好，而且这是唯一的办法。

问题清单

结 尾

- 故事结局里高潮没有完成
- 结尾效果不好
- 结尾太软、太弱、含混不清
- 结尾显得人为化,太容易预见,不让人满意
- 主要人物死了(容易的结局)
- 主要人物在结尾处消失了
- 不知从哪儿冒出一个让人吃惊的纠葛
- 所有的事都发生得太快了
- 结尾不够宏大,没有足够的商业效果
- 结尾太宏大,可能会带来预算的问题

Chapter 21
结　尾
ENDINGS

　　如果有一个必须引起剧作者更多注意的问题,那就是结尾。如何结束一个剧本,使之效果更好、更充实、更令人满意？它要对读者产生情感的冲击力,而且不是人为化的、可以预言结局的,它应该真实、可信,而不是矫揉造作。结尾要给所有主要的故事点提供解决。简而言之,它要起作用。

　　结尾常常是作为梦幻工厂的电影工业的推动力。谁没听到过关于《卡萨布兰卡》(*Casablanca*,1942,朱尔斯和菲利普·斯坦编剧)或《致命吸引力》(*Fatal Attraction*,1987,詹姆斯·戴尔顿编剧)结尾问题的议论？还有关于《情挑六月花》《沉默的羔羊》或每年出品的无数其他影片的结尾的议论？许多电影的结尾都效果不好,电影编剧和制作者的苦恼就是希望能找到一种"正确"的结尾方式。

　　结尾问题之所以值得研究,是因为在很多情况下结尾本身并不是真正的问题所在,而影片却只是表现为结尾的效果不好。它可能太软、太慢、太唠叨或含混不清,耗资太大或者投资不够,也许结尾太低沉、太高涨或太多人为色彩,是可以预见后果的或不可信的等。有时候只是戏剧性没强烈到足以解决故事线索里的所有问题,也可能是故事里不知又从哪儿冒出一个让人吃惊的纠葛,而这纠葛与故事和人物又没什么关系。它只是给剧本制造了一个结尾,是结束故事的一种偷懒的办法。对于很多学拍电影的年轻学生来说,结束剧本的最容易的方法就是让主人公死掉,或让每个人物都死掉。

  我听说过很多关于影片在试映之后改变结尾的故事。在多数情况下，剧本的结尾已经得到了认可，然后又改变了。有时在拍摄时准备了两三个结尾留着到剪辑室或者试映之后再选定一个。这种情况总是发生，因为拍电影是一种承担很高经济风险的事，电影制作人和制片厂得从试映里寻求启示，所以改变结尾已经成了电影制作过程的一部分了。

  强有力的结尾是剧本的一个基本组成部分。不管是剧情片、喜剧片、动作片还是惊悚片，不管是什么类型，这并不重要，重要的是结尾应该是故事线索的一个有推动力的结论。

  结尾本身意味着是最后的部分，是结束，是结论。剧本结尾的最好的方式是让它从故事的解决中生长和演化出来。就像星星是从星际尘埃里生长起来的那样，一个好的、适当的结尾总是从故事的结局中生长出来的。那就要注意开始的点，即一个好结尾的开端。

  理解故事结局的基本动力是最重要的基础。结局的本义是"一种解决、解释或弄清楚"。而这一过程是从刚一着手写剧本时就开始了。当结构故事线索时，你首先得决定结局。你的故事的结局是什么？在你最初的剧本构思里，也就是当你刚有想法，并把这一想法揉进戏剧性的故事线索里去时，你就做出了一个创作上的抉择，一个决定——确定要有个什么结局。你的人物是生还是死？成功还是失败？在《肖申克的救赎》中能不能成功地逃出肖申克监狱并安全地跑到墨西哥？在《阿波罗13》里能不能重返地球大气层并从已经坏了的太空船里生还？在《恋爱编织梦》里能不能正视自己对承诺的恐惧而鼓起勇气面对婚姻？在《性书大亨》(The People vs. Larry Flynt, 1996，斯科特·亚历山大和拉里·卡拉斯泽斯基编剧)中，拉里·弗林特能不能在那场关于宪法第一修正案的法律之战中胜利呢？在《红潮风暴》中，紧急命令是否能及时收到，以阻止核导弹的发射呢？

  所有这些影片的结局都根植于每个特定的结尾。重要的是要清楚：结局(resolution)和结尾(ending)不是一回事。它们是互相联系的，就像冰块和水、火和热、绿色和叶子是有关联的那样，它们是整体和部分的关系。结局是一个整体，而结尾是组成部分。结局根植于结尾，如果种植和成长得好，它会开花结果发展成完整的戏剧性经历。这正是我们努力的目标。结尾只是结局的表象,而结局是从一开始就构思好了的。结尾和开头相关联,这是一般性的法则;某事的结尾总是另一件事的开始。一次婚礼、一次葬礼、一次换工作或换职业一类的生活转折、一种旧的关系的结束或一种新的关系的开始、来到一个新的城市或国家、一场赌博赢了或输了等等,都一样,一件事的结尾总是其他某事的开头。

要保证你的结尾能行得通就得知道结局,然后找到最好的方式来展示特定的场景和段落,让你能将它视觉化和产生戏剧性效果。

在你的故事结尾发生了什么呢?要是你不知道(当你头一回设计自己的故事线索时,这种怪事常会出现),就问问自己你希望结尾会是什么样的?先别管它是不是太简单、太老套、太欢快或太悲伤。请别陷入"什么样的结尾他们会喜欢?"一类的游戏。不管那个他们是谁,什么是你想要的结尾?

剧本的结尾是整个故事线索完成的那个点,所以你得从情节点Ⅱ就开始仔细地设计。《七宗罪》有个很好的结尾,正是它才使得影片广受欢迎,让你离开剧场后还念念不忘。如果需要的话,回过头,到你的情节点Ⅱ去。

当你到了第二幕结尾处的情节点时,看看还留下了什么因素没有解决?得有一两件事需要在第三幕里解决,它们是什么?你能不能弄清楚它们?在《英国病人》里,第三幕开始时还有两件事没解决。第一件是阿尔马西是否能及时回来救凯瑟琳,她在飞机失事时受了重伤,正在山洞里等着他回来。第二件是卡拉瓦吉奥能不能按计划完成杀死英国病人的任务。其他有待解决的点都是有关英国病人和护士哈娜之间的。

这些因素在你考虑如何结构结尾前必须得到解决。我们跟着阿尔马西艰难跋涉穿越沙漠找人帮忙救凯瑟琳。但是,戏剧就是冲突——他被英国人抓住了,并被认定是德国间谍。我们看到他逃跑了,然后知道他用沙漠的地图和德国人换了架飞机。等他来到山洞时,已经太晚了。凯瑟琳已经死了。但是她在笔记本里记录了她的爱和死来与他分享。他把她抱上飞机离开了。当然,这也正是影片开始时的镜头。

我们又切到现在时态,卡拉瓦吉奥告诉英国病人他本来是要杀死他的,但是那个垂死的人回答说,他不能,因为他要杀的人"已经死了",这是他的声明。而哈娜满足了他的愿望,给他注射过量的吗啡,使他能离开自己的躯体而进入自己真爱的世界。天亮了,我们看着哈娜爬上卡车,作为一个新的人去开始一种新的生活。她过去经历的幽灵随着卡车的离去而被埋葬了,她开始了新的旅程,走入新的一天的光明之中。

结尾是需要设计和被勾画出来的。它要考虑到情感,还要考虑到象征性。在《肖申克的救赎》里也是如此,我们已经谈过,第三幕开始时还有两件基本的问题没解决,安迪怎么逃跑,瑞德怎么样了?第三幕解决了这两个故事点。它表现了安迪的逃跑,在这一过程中典狱长和哈德雷被绳之以法。瑞德也得到了假释,但是他知道自己已难适应外面的生活,便决定违反假释规定,跑到墨西哥找安迪去了,那就是结局。结尾展示了瑞德在太平洋的沙滩上奔向安迪,他们重见时紧紧拥抱。

结尾不能是分离和相互无关的事件或事变。剧本里所有的事都是互相联系的,所有的事都是依据整体和部分的关系而存在的。所以,要是你认为结尾效果不好,要是它太软或太单薄,不是因为走题或主人公好像迷失了,就是你真不知该怎么写结尾,那就该坐下来,从情节点 II 开始重新设计你的结尾。

首先,建构你必须要让它实现的东西,决定哪些元素在剧本结束时必须得到解决。如果需要的话,写一篇短文,说一说在第三幕里都要发生些什么,故事才能有结果。然后你可能会想一遍这些动作经过。用自由联想的写作方法,写一篇一两页长的短文,列出这部影片可能的结尾方式。别写任何镜头、场景或段落,就只是集中列出不同的结束故事的方式。如果动作不清晰,你还拿不准怎么用现有的材料结尾的话,就只简单写出想怎样结尾。做这件事时先别顾及预算、可信度和其他别的东西。只是把你的想法、词汇或主意先列出来,先别考虑怎么实现。那只是整个过程的第一步。把叙事线索里那些零散的结尾都拢在一起使剧本能发展成为一个有头有尾的故事,从叙述中能感受真切并让动作和人物结成一体,这是很重要的。

还有别的方法来结束你的剧本。可以考虑把第三幕变成一个完整段落,一种充实而完整的动作组合。《阿波罗 13 号》是这样的一个例子,还有《证人》《红潮风暴》,而且你要是看过《低俗小说》,那结尾真是一种"书挡式"的,结束在蒂姆·罗斯和阿曼达·普拉莫尔饰演的角色在饭馆里试图抢劫上,这正和影片的开头相吻合。结尾和开头是相互照应的,对吗?在这些剧本里,结尾完成了第三幕的人物动作。

在《阿波罗13号》里,整个第三幕聚焦于他们重返地球,我们从登月舱和飞船分离的那一刻开始就跟着动作走,切回到指挥中心,然后度过那让人担忧的三分钟,等着他们进入大气层,却不知道隔热舱是否能保护他们。当他们最后穿过云层安全地落在大海上,得救,这就是结局。结尾只是吉姆·洛弗尔的画外音告诉我们,在他们这次痛苦的经历后的三次太空旅行又发生了什么。镜头表现的背景是他们在飞船上。

在《证人》第二幕结尾的情节点,约翰·伯克和拉切尔在伯克第一次来时弄坏、现在已修好了的鸟窝下面的拥抱,完成了他们之间的爱情。第三幕开始于那三个假警察把车开到路边,停好车,拿出武器走向农场小屋。他们闯进农场小屋将拉切尔和祖父扣作人质,想抓住伯克和小萨缪尔,并且要杀死他们。所以整个第三幕实际上又伸出一条枝蔓,并且和这个行动一起结束。在片尾字幕出现的同时,约翰·伯克同拉切尔及小萨缪尔道别,开车走上了回费城的满是尘土的公路,而由亚历山大·戈都诺夫扮演的拉切尔的求婚者丹尼尔走向那间农场小屋。《证人》是少有的在各个层次上效果都很好的影片。一件事的结束总是另一件事的开始。

在《红潮风暴》中就不一样。在情节点Ⅱ紧急命令没收听完,丹泽尔·华盛顿饰演的人物在核导弹发射进入倒计时的时候夺取了潜艇的指挥权。第三幕是一个完整的段落,他们最后接到了取消导弹攻击的完整命令。这就是结局。

结尾还有些别的东西。那是在动作完成后加上的一点儿小装饰。从上级来了命令,说他们两个人的行为都是对的,因为海军的规定在这一特定情况下不够清楚,需要改进。吉恩·哈克曼饰演的人物退休了,丹泽尔·华盛顿饰演的人物当了艇长,指挥自己的舰艇。当两个人走到外面,丹泽尔·华盛顿饰演的人物告诉吉恩·哈克曼:利皮扎种马实际上来自西班牙,而不是像哈克曼饰演的人物以前说的那样是来自葡萄牙,他们出生时是黑的,长大后变白了。那是影片最后的观点,即冲突并非对与错之间的,而是对与对之间的。这是整个剧本所要说的。利皮扎种马是阿拉伯、意大利和西班牙种的混血,它是在的里雅斯特被发现的,却是在维也纳的西班牙骑术学校训练的。

两种不同的观点得到了完全的、卓有成效的解决。这也说明了一个好的结尾要做些什么。

一个好的结尾就像第一幕一样有力,换句话说,一个好的结尾是从剧本一开始就建构起来了的,它总是出自故事的整体。在许多剧本里结尾似乎可以预见,就是说我们知道将要发生些什么,但是只是不知道要怎样发生。《甜心先生》(*Jerry Maguire*,1996)就是这样的剧本。我们从一开始就知道要发生什么,两个人要走到一起,而有趣的是要看一看那是怎么发生的。

当然,还有别的方法结束故事里的人物关系。一个我很喜欢的例子是米开朗基罗·安东尼奥尼的《蚀》(*L'eclisse*,1962),由阿兰·德龙和莫尼卡·维蒂主演。在开始的镜头里一对男女沉默地坐在屋里。我们能听到的唯一的声音是一个小电扇来回摆动的声音。大约有四分钟人物什么也没说。那是因为他们之间已经没什么可说的了,这就是影片要说的。窗帘是关着的,除了电扇声就是寂静。通过没有说出的话,我们知道了两人间的关系,不管过去怎样,现在已经结束了。那女人突然转过身来,拉开窗帘,新的一天的阳光射了进来。"好了,"她说,"我得走了。"看上去已很疲惫的男人跳起来说,"我开车送你。""不,不用……"她回答。他坚持要送。女人走了出去,男人跟着。"求你了,"他乞求着,"我们今晚一起吃晚饭吧……我们一块走走吧。"她没有回答,打定主意向前走去。

那是开头,很出色。因为它虽然什么话也没说,但是让我们马上明白了两人间的关系已经完了。电影就是行为。

莫尼卡·维蒂饰演的人物回到了她自己的生活中,她遇到了阿兰·德龙这个很有魅力的成功的股票经纪人。他们相互喜欢,并开始约会;他们越来越接近,在一起的时间也越来越多。观众也喜欢他们,他们是吸引人的,他们在很多方面有共同点,我们"希望"他们能走到一起。但是在影片的进程中,我们开始看到有些事是让他们分开的,他对客户撒了谎,她不能容忍,有时他做了不诚实的事,又试图向她证明是必要的。而她坚信应该完全诚实，要正直地生活。当我们注意到她对他的品格做出反应时，她并没说什么，我们只是看到了。

影片的结尾是出乎想像的。有两场戏连得很紧。第一场在男人的公寓里，他问女人是否考虑了"我们可以住在一起"。她想了想，犹豫不决地回答："我不知道。""你又来了，"他说，"我不知道，我不知道，我不知道……那你干吗要见我呀？……别跟我说你不知道。"她停顿了好长时间，然后说："我希望我不爱你……要不就是爱你爱得更深一些。"他看着她，没听懂。

然后，紧接着第一场戏，我们切到他的办公室，下午已经很晚了。电话机没有挂好。经过一场热情的做爱后，他们正拥抱在一起谈这谈那。突然门铃响了。他马上停下来，也叫她别出声。当她准备离开时，他穿上上衣，把电话听筒放好，电话一个接一个地响起来。该是回头工作的时候了。"明天见？"他问。她点头同意。"还有后天、大后天……"他开玩笑地说。"还有今天晚上……"她微笑着回答。"8点，老地方。"他说。他们继续互相看着，电话铃声不时地响着，他们热情地拥抱，然后她转身走下楼梯，我们跟随着她走到外面。

随后的7分钟是最匪夷所思的段落。我们在整部影片里一直跟随着的两个主人公都不出现了，只剩下他们曾在一起呆过的那些地方。整个场景从头到尾都是这样的一个空镜头跟着一个空镜头。我们看到一个从背影上看很像她的人，但不是她。我们看到有人走出他的房子，但也不是他。镜头对准了各种地点、脸庞和对象，最后是明亮的路灯充满了画面。影片在不和谐的音乐声中结束。

这真是动人心魄，可能是我见过的最棒的结尾。我们一致希望再看到那对男女，最后我们明白了，他们之间的关系没有好到让他们结合在一起的程度。这是一个视觉上找寻的段落，其力量源自于开头的场景。在影片的开头和结尾，人物关系都沉重得让她难以承受。让我们思考她在与男人的关系里究竟想要些什么，这究竟是现实的还是空想的。我们永远也无法知道，因为爱情和两性关系的领域总是非常富于挑战性。

从一个方面看，这也是一个暧昧不清的结尾，但是它完全是已经完成的了。我们知道她是一个寻求爱情的人，而且我们也明白她一直也未找到爱情。而由于我们并没有直接看到两人关系的结束,剧本让我们自己来决定真的会发生的是什么。作为一个结尾,它的效果非常好,但这不是写实主义的,尽管按我们本来的期望想有个更浪漫的结局。但这结尾的力量就像日蚀:是那么非同寻常。

那么,什么能造成一个好的结尾呢? 首先,它得能行得通,使故事圆满。当我们看到影片最后一个淡出的时候,或走出影院的时候,希望能感到充实和满意,就像刚离开一场盛宴的餐桌时的感觉。这种充实的满意感使结尾能有很好的效果。当然,那得可信。在惊悚片《血网边缘》(*Jagged Edge*, 1985)里,有一个不令人那么满意的结尾。其故事讲的是一个退了休的女律师复出为一个被控谋杀妻子的有钱的出版商辩护(剧本就以这场谋杀开始)。她完全相信他是清白的,并不顾一切地爱上了他。她说服了陪审团,相信他是清白的并宣判他无罪,只是后来她开始察觉他可能有罪。当调查她的嫌疑犯时,她搜寻到了一个柜子,发现了一些不利于证明他清白的证据。哇! 太巧了,设计痕迹太重、太牵强、太简单,完全不让人满意,这样的结尾行不通。

影片《无罪推定》(*Presumed Innocent*, 1990)的真实性也是一样。这部影片改变自斯科特·图罗的畅销书,由弗兰克·皮尔森和艾伦·帕库拉改编(后者也是导演)。一个著名的检察官受命调查一个和他曾有染的漂亮的助理检察官被谋杀的案子。当证据不断积累起来时,他被指控为杀人犯,要争取无罪判决,猜猜怎么样? 老套而又不令人信服。

把这部影片和《说谎游戏》(*Deceiver*, 1997, 佩特兄弟编剧)对比一下。蒂姆·罗斯饰演一个有钱的说谎者,他被指控杀了个妓女。两个侦探都认为他有罪,但是,当他做测谎检查时,他竟挫败了测谎仪,侦探知道无法证明他有罪。在他突然神秘地"死"了以后,案子结了。而在最后一个镜头中,我们看到蒂姆·罗斯又在接近一个女人。我们心悸地发现,是他导演的自己的死亡,以逃避刑事惩罚。这个独特的结尾比前两部影片的结尾更令人满意。这是旧主题的一个新演绎。

要让结尾真正能行得通,它必须满足可信的要求。《绝对权利》(*Absolute Power*, 1997, 威廉·戈德曼编剧)很精致,克林特·伊斯特伍德的导演也很出色。故事在紧张和轻松的奇妙结合中向前发展,至少对我们来说是个好例子。我高度评价这部影片,尽管它并没有做到"情愿暂时信以为真"。我从没有相信美国的总统可以只带三个人进行秘密活动,还弄出这么个故事来:开头的段落是一个激发事件,表现一对男女醉醺醺地、步履蹒跚地进入一处大房子的卧室,这时房子的圆顶上正爬着一个夜行贼。小偷刚好目睹了这场艳遇变成一场恶战。那女人为了自卫,抄起裁纸刀准备刺向那男人。门突然被撞开,两个秘密特工冲进来杀了那女人。

当那首领和两个密探发现克林特·伊斯特伍德饰演的夜行贼目睹了整个事件之后,便开始追踪他。很自然,他们查到了他是谁,当然,他们必须不顾法律去杀死他。对这些我都不很在意,让我感兴趣的是父亲(伊斯特伍德饰)跟他的疏远的女儿之间的关系。这种关系是影片很重要的一部分。当总统下令秘密机构的杀手去杀伊斯特伍德的女儿时,这是在情节点Ⅱ,这个贼真被激怒了,他决定找总统算账。最后,公正胜利了,父女间也和解了。

所以,尽管我没有"情愿暂时信以为真",但是我接受了这个结尾,它让我感到充实和满意。

你所希望的事是让结尾尽可能地好,你想让你的故事线索真实可信,而不一定要靠一些雕虫小技或人为设计的元素。要做到这一切,什么是最好的方式呢?首先,这不是只靠发议论就可以成功的。你先得弄清楚你要写哪种影片,然后才能开始设计和完成一个适当的结尾。

那么你喜欢它怎样结束呢?结局是什么?然后,你得做些什么来达到目的?如果现有的结尾行不通,你想它应当是怎样的呢,放松一点儿换几个角度去思考。从让观众和读者满意的方面想想结尾,因为成功结尾的关键就是得让人感到充实和满足。不管它让人欢快还是悲哀这都没什么区别。故事线索是不是都有结果了?在《英国病人》里,结尾和开头是一样的。

如果我来归纳结尾的概念,并指出须记住的最重要的一件事,我会说是:结尾来自于开头。某人或某事带出了某个动作,以及这个动作怎样被解决,这就变成了影片的故事线索。

所以,不管你有什么样的问题,不管它是情节的、人物的或是结构的,知道自己有了问题,你就得解决。你别害怕重新考虑你的素材,别害怕改写。

安东尼·明格拉告诉我他改写了二十一稿,一直到影片《英国病人》剪辑时,他还在剪辑室里改写呢。并不是说你一定要改写多少遍,是你要做些什么好让你写的东西尽可能地最好。这意味着无论你有什么样的问题,都要能够认识它、确定它、然后解决它。

我感到如果有一种在解决问题的炼丹炉里所必需的最根本的素质的话,那就是耐心,如果你变得对自己所写的东西没有耐心,对你自己也没耐心,对于微小的进步没耐心,对一遍遍地改写没耐心,对结果也没耐心,那就要把那些没耐心扔到一边,只把你的工作任务留在手里。你的工作、你的责任就是让你所写的东西尽可能地好,不管要花多长时间。我知道人们在写初稿时,常常在场景里只放上一点儿东西,就送出去。它还没成形,返回来的结果也不出你的所料——没人感兴趣,可每个人都有一套修改意见。你无助地四处碰壁,最终可能把剧本扔在书架上,再也不想看它了。

硬币还有另一面:你把剧本给更多的人看,会有更多的不同的和相互矛盾的意见,让你在改写时增加、修改或删掉某些部分。太多的情况是,作者把他的稿子给别人看,他得到的意见和批评是那么不同、那么相互矛盾,他要对故事线作出如此多的改动以至于他都快不认得那稿子了,那是因为那已经不再是他原来的故事了。

在制片厂制度下制作影片每次都是这样。制片厂拍电影的花费已经涨得太高了,每分钟几乎要 12000 到 15000 美元,加上洗印、广告、发行费用,几乎以每年 15% 的比例增加,使制片厂的下注谨慎起来。所以他们得尽可能扩大观众的分母:越高的预算,就会有越多的人卷进来给剧本加东西。这无所谓"对"与"不对",也同能不能行得通无关。制片厂的执行主管和制片人总是要往剧本里加东西。他们的意见和建议对稿子来说并不一定对。但是钱堆在那儿,这些想法就会被接受写进分镜头剧本去了。在多数情况下这是个灾难。看看《未来水世界》和《特警判官》就是两个例子。

这种情况在写作课上也同样发生,班里每个人都出主意想让作者把剧本改得更好些。由于每个人都有自己的意见,你会有一种考虑:"可能他们是对的",而你是"错的",因为你离稿子太"近",看不到更多的东西了。你要是这么想,真把那些意见都吸收了,那很快就会变得"一头雾水"了。

如果你跟着每个人的建议走,只是跟着这些建议,就会发现那不再是你的剧本了,但这也不是他们的错。如果他们的建议对,而且你考虑它们是正确的,就用上。但是要是你觉得他们错了,或者他们的建议对于你的故事行不通,就别用。哪些用,哪些不用,根据是否奏效来决定,就那么简单,至少在理论上是如此。

　　你要是在你的剧本里做了你认为不对的改动,那就真的会成问题,到头来是一场噩梦,它绝不会行得通。唯一行得通的是:等到你对剧本满意的时候再把它拿出去。深入到内部,当你面对自己的时候,你得知道自己干了所能干的最好的活儿。至少在这次是如此。你必须能够确切地知道,你信任自己的本能以及你自己富于创造性的自我。

　　就像我说过很多遍的,每个人都是作者。每个人都有自己的一套看法:如何让你的剧本更好,怎么改善人物,怎么使它更具"商业性",怎么样更能为时代潮流和流行趋势所接受。

　　有时会有某人做出的一个特定的评论或观察打动了你的心弦或触动了你内在的感觉。那正是你要找的,正是你在解决问题的道路上要追随的,那将是真理的火花和激发你创作想像力的指明灯。

　　你是否愿意去做那些能使你的剧本变成最好的剧本而不得不去做的事呢?你想不想信任自己的创造想像力呢?你愿不愿意坐下来,释放出你自己的心声,挖出稿子里所有的问题并把它们都改好?你能不能把这解决问题的过程变成一个自己成长和发展的机会,不管你最终是否成功,这个过程是不是也帮助你改善了作为一个剧作者的技巧了呢?

　　解决问题真是一个硬币的两面,这个过程里不仅有牺牲也有义务,既是挑战也是责任。

　　写作是一种个人化的职责,不管你是不是去做,"世界即你所见",体会一下这句古老的格言吧。不管你把它看作是个机会,还是看作负担,也不管你是否为自己的创作想像力而自豪。

　　你要作出自己的选择。

Chapter 22
疑难解决指南
THE TROUBLESHOOTER'S GUIDE

　　这个疑难解决指南就是一个检查清单,或叫指南,以帮助确认和界定"问题",不管可能是什么问题。当你通读文稿,开始把你的剧本里的问题逐一挑出来并界定清楚,你可以与疑难解决指南对照一下。如果你感到有很多问题,通读以下这个指南和每章的检查清单,在那儿可能会发现解决的办法。一个一个地来界定这些问题,不管是情节、人物还是结构的问题。

1. 你是在:
   - ☐ 准备写你的剧本?
   - ☐ 正在开始写草稿?
   - ☐ 改写?

2. 是哪方面的问题
   - ☐ 情节?
   - ☐ 人物?
   - ☐ 结构?

3. 你在哪里遇到了问题?
   - ☐ 整个剧本?

- 第一幕？
- 第二幕的前半部分？
- 第二幕的后半部分？
- 第三幕？

4. 问题发生在哪里？

如果问题出现在第一幕，是在

- 在最初的 10 页？
- 在第二个 10 页？
- 在情节点 I？

如果问题出现在第二幕，是在哪儿？

- 在第二幕的前半部分
- 在情节点 I 和紧要关头 I 之间
- 在紧要关头 I 与中间点之间
- 在中间点
- 在中间点和紧要关头 II 之间
- 在紧要关头 II 和情节点 II 之间
- 在情节点 II

如果问题出现在第三幕，是在哪儿？

- 在情节点 II 还有哪一两个点留着没解决？界定它们……只是把它们写出来
- 结局是什么？
- 结尾的效果好吗？
- 它是如何与开头相联系的？

疑难解决指南

"情节"症状：	第八章	第九章	第十章	第十五章
故事是由文字讲出来的，不是由画面讲述的	√			
动作没有推动故事向前发展	√			
戏剧性前提不够清楚	√			
谁是主要人物呢？	√			
对人物解释太多	√			
主要人物太被动、反应太消极了	√			
人物过多了	√			
每件事都得解释	√	√		√
第一幕太长	√			
故事线索不断变换方向和相互脱节	√			
事件发生得太多太快了	√			
视觉场地太拘谨了		√		
故事好像太混乱、太复杂了		√		
事件太人为化了，可以预见		√		
支撑点不够高		√	√	
没有足够的视觉动作		√		
故事建构太慢，并在太多的方向间摇摆不定		√		
人物没有很好地界定		√		
人物太内向了		√		
次要人物似乎过于积极了		√		
故事缺少紧张感和悬念			√	
故事线索太错综复杂、事件发生得太快			√	√
故事太含混不清、太单薄、太人为化了			√	
太多的情节纠缠和转换			√	
对白太唠叨、太直接			√	
人物是平面的、单维度的			√	
主要人物不太令人同情			√	
人物只是对环境做出反应、缺少真实的观点			√	

"情节"症状：	第八章	第九章	第十章	第十五章
次要人物比主要人物更突出			√	
剧本太长				√
故事是插曲式的，说明太多				√
发生了太多的事、故事线索缺乏焦点				√
太多人物				√
主要人物太弱、被其他人物盖过了				√
场景太长、太复杂了				√
太多情节副线				√
好像两个故事套在一个里面				√

"人物"症状：	第十二章	第十三章	第十四章	第十五章	第十六章
主要人物谈论自己太多	√	√		√	
主要人物不很值得同情	√				√
主要人物太多被动反应、太内向或不够突出	√			√	
我就是主要人物	√				
所有的人物雷同	√	√	√	√	
次要人物比主要人物更有趣、有力	√			√	
人物关系太含混、定义不够清晰	√				
对白太文学化、太华丽、太直白	√				
主要人物沉闷、枯燥无味		√			
人物缺少深度和多面性		√			
人物的情感发展曲线太单薄并未界定清楚		√			
没有足够的冲突		√			
情感支撑点不够高		√			√
对白虚饰和笨拙		√			
主要人物的戏剧性需求不清楚		√			
紧张程度似乎不够		√			
故事向太多的方向发展		√			
人物太唠叨和解释得太多			√		
对白太直白,太明确			√		
人物是平面、单维度的			√		
没有人生轨迹回顾			√		
人物下一步的行动能猜得出来			√		
素材平淡和枯燥无味			√		
人物间的关系太软弱、界定不明晰			√		
我在一遍遍地说同一件事			√		
没有潜台词,故事太单薄			√	√	
主要人物太被动,太多反应性动作				√	

"人物"症状：	第十二章	第十三章	第十四章	第十五章	第十六章
人物间的冲突太单薄				√	
对白太沉闷、无趣				√	
冲突通过对白而不是通过动作表现				√	
故事可以预知且人为痕迹重				√	
主要人物是个孤独的人，没人和他说话					√
主要人物没有观点					√
动作太单薄					√
故事线索太零碎、太拘谨，需要转场					√
故事似乎含混不清					√
缺了点什么					√
故事离题和陷在太多的细节里					√

"结构"症状：	第十七章	第十八章	第十九章	第二十章	第二十一章
场景没有戏剧性高潮	√				
动作不完整，缺了点什么	√				
故事线索渐渐消失	√				
主要人物的戏剧性需求不清楚	√				
场景包含了太多的解释	√				
对白太直接，太夸张	√				
人物太多了	√				
对场景的情感现实来讲，人物不真实	√				
场景的节奏太慢或太快	√				
事件和人物没有完成		√			
场景缺乏方向（单线索发展）		√			
场景间没有转场		√		√	
场景太长和太多说明性		√			
节奏太慢		√			
所揭示的信息太多或不足		√			
太多情节的扭结、转换和编造感		√			
故事线索似乎没能很好地结构		√			
人物的冲突太内向		√			
对白太唠叨，解释太多			√		
场景太长，没有足够的动作			√		
故事线索单薄和穿插零散			√	√	
情节元素和故事点不得不一遍遍反复解释			√		
剧本太长			√		
故事不够视觉化			√		
冲突通过对白而不是动作来表达			√		
人物是被动反应的，而不是主动行动的			√		
第二幕薄弱且冗长			√		
写得太容易，那不是好事			√		
动作停不住				√	

"结构"症状：	第十七章	第十八章	第十九章	第二十章	第二十一章
动作场景太多细节,太多描述				√	
支撑点不够高				√	
动作沉闷、枯燥,而且一个内景接着一个内景				√	
场景太多说明性,对人物的解释太多				√	
人物太单薄,而且对他们自己揭示不出任何东西				√	
我没考虑预算问题				√	
故事结局里高潮没有完成					√
结尾效果不好。					√
结尾太软、太弱、含混不清					√
结尾显得人为化,太容易预见、不让人满意					√
主要人物死了(容易的结局)					√
主要人物在结尾处消失了					√
不知从哪儿冒出一个让人吃惊的纠葛					√
所有的事都发生得太快了					√
结尾不够宏大,没有足够的商业效果					√
结尾太宏大,可能会带来预算的问题					√

附录：中英文片名对照表（以英文字母为序）

Absolute Power 《绝对权力》

The Accident Tourist 《意外的旅客》

All the President's Man 《总统班底》

Annie Hall 《安妮·霍尔》

Apollo 13 《阿波罗 13 号》

The Ballad of Cable Hogue 《牛郎血泪美人恩》，又译《凯布尔·雷格传奇》

Beyond the Clouds 又译《云上的日子》，《云端之外》

Blade Runner 《银翼杀手》

Blue 《蓝色》

Bridges of Madison County 《廊桥遗梦》

Broken Arrow 《断箭》

Bullitt 《警网铁金刚》，又译《布利特》

Butch Casidy and the Sundance Kid 《虎豹小霸王》，又译《神枪手与智多星》《布奇·卡西迪和"太阳舞"小子》

Casablanca 《卡萨布兰卡》

Citizen Kane 《公民凯恩》

Clockers 《黑街追辑令》，又译《计时员》

Close Encounters of the Third 《第三类接触》

Coming Home 《归家》

Courage Under Fire 《生死豪情》，又译《炮火下的勇气》

Crimson Tide 《红潮风暴》，又译《血浪》《赤潮》

Dances With Wolves 《与狼共舞》

Death of Salesman 《推销员之死》

Deceiver 《说谎游戏》，又译《欺诈者》

Die Hard 3 《虎胆龙威 3》，又译《终极警探 3》

Die Hard 《虎胆龙威》，又译《终极警探》

Die Hard with A Vengeance 《纽约大劫案》

Dumb and Dumber 《阿呆与阿瓜》

Eclisse, L'（*The Eclipse*） 《蚀》

The Englishman Who Went Up a Hill but Come Down a Mountain 《山丘上的情人》，又译《情比山高》

The English Patient 《英国病人》

Four Weddings and a Funeral 《四个婚礼和一个葬礼》

The French Connection 《法国贩毒网》

The Fugitive 《亡命天涯》

Gandhi 《甘地传》

How to Make a American Quilt 《恋爱编织梦》

The Hunt for Red October 《猎杀红色十月》，又译《追击红色十月号》

I'll Do Anything 《我将尽力而为》

Immortal Beloved 《永恒的爱人》，又译《不朽真情》

Indecent Proposal 《不道德的交易》，又译《下流的建议》

Independence Day 《独立日》

Jade 《玉焰》

Jagged Edge 《血网边缘》，又译《锯齿边缘》

Jerry Maguire 《甜心先生》，又译《杰里·马奎尔》

Judge Dredd 《特警判官》

Julia 《朱莉娅》

Jurassic Park 《侏罗纪公园》

Lethal Weapon 《致命武器》，又译《凶器》《轰天炮》

Lone Star 《小镇疑云》，又译《孤独之星》

The Long Kiss Goodnight 《特工狂花》，又译《长吻夜安》

The Lost World 《迷失的世界》

Loved 《爱过》

Major Dundee 《邓迪少校》

Marathon Man 《霹雳钻》，又译《马拉松人》

Maverick 《赌侠马华力》，又译《马弗里克》

Michael 《天使不设防》,又译《迈克尔》

Midnight Cowboy 《午夜牛郎》

Midnight Express 《午夜快车》

Mission : impossible 《碟中谍》,又译《非凡任务》《不可能完成的任务》

Nixon 《尼克松》

Notte, La (The Night) 《夜》

On Deadly Ground 《绝地战将》

Ordinary People 《普通人》

Out of Africa 《走出非洲》

Pat Garrett and Billy the Kid 《比利小子》

Pentimento 《潘提蒙托》

The People VS. Larry Flynt 《性书大亨》

Platoon 《野战排》

Presumed Innocent 《无罪推定》

Psycho 《精神病患者》,又译《惊魂记》

Pulp Fiction 《低俗小说》

Ransom 《绑架》,又译《赎金风暴》

Red 《红色》

Ride the High Country 《午后枪声》

The Rock 《勇闯夺命岛》,又译《石破天惊》

Sense and Sensibility 《理智与情感》

Seven 《七宗罪》

The Shawshank Redemption 《肖申克的救赎》,又译《刺激1995》

Shine 《闪亮的风采》,又译《钢琴师》

The Silence of Lambs 《沉默的羔羊》

Sneakers 《潜行者》,又译《卑鄙的人》

Speed 《生死时速》

Speed II 《生死时速2》,又译《生死时速续集:海上惊情》

Stand By Me 《伴我同行》,又译《和我一起》

Sunset Boulevard 《日落大道》,又译《夕照林荫道》

Terminal Velocity 《终极速度》

Terminator Ⅱ: Judgement Day 《终结者2:审判日》

Thelma & Louise 《末路狂花》,又译《塞尔玛和路易丝》

Three Days of Condor 《秃鹰72小时》,又译《秃鹰的三天》

The Three Sisters 《三姐妹》

Titanic 《泰坦尼克号》

Top Gun 《壮志凌云》,又译《最好的枪》

True Lies 《真实的谎言》

Truth About Cats Dogs 《爱情叩应》,又译《关于猫狗的真理》

Twelve Monkeys 《十二只猴子》

Twister 《龙卷风》

The usual Suspects 《非常嫌疑犯》,又译《普通嫌疑犯》

Waterworld 《未来水世界》

White 《白色》

White Palace 《情挑六月花》

The Wild Bunch 《日落黄沙》,又译《一帮无法无天的人》《放荡的一伙》

Wings of Desire 《柏林苍穹下》,又译《欲望的翅膀》

Witness 《证人》,又译《目击者》

出版后记

《电影剧作问题攻略》为美国著名编剧、制片人、剧本写作教师悉德·菲尔德的全球热门剧作丛书之一,是畅销多年、被世界多所大学用作教材的《电影剧本写作基础》的续篇,进一步揭示了剧作的奥秘和技巧。本书在我国曾经以《电影剧作者疑难问题解决指南》为译名翻译出版,广受欢迎,堪称影视专业师生及职业编剧公认的权威编剧教程。

悉德·菲尔德自称为"好莱坞的孩子",他自幼年起便常常在剧场中观看电影,是在好莱坞电影工业氛围里成长起来的。在他的生命历程中,电影逐渐成为了大众文化的重要组成部分。而敏锐的悉德·菲尔德在观片历程中积累了大量剧作经验,把握了好莱坞模式下的编剧创作规律,并且针对剧本写作的常见问题,撰写了本书,以提供辨识、确认与解决这些问题的方法,为电影剧作者奉上了一份剧本诊疗工具,一册剧本写作征途上的攻略书。作者在书中绘制了剧本结构图示,以助剧作者确定问题;结合众多著名影片剧本个例分析,指出人物、情节、结构是解决剧本问题的三大方向。这些创见极富洞察力,使之无愧"最畅销的电影编剧著作作家"的名号。

本书的译者钟大丰、鲍玉珩老师为了能为读者奉上准确生动的译本,曾与悉德·菲尔德取得联系以交流译文想法,在此,我们向两位老师致以深深敬意。希望通过阅读本书,读者能像作者的学生所说的那样,"以前困惑的问题现在茅塞顿开,过去阻滞的地方如今游刃有余"。

后浪电影学院
2016年3月

图书在版编目（CIP）数据

电影剧作问题攻略 /（美）悉德·菲尔德著；钟大丰，鲍玉珩译. — 修订本. — 北京：北京联合出版公司，2016.11（2024.12重印）

ISBN 978-7-5502-8546-0

Ⅰ.①电… Ⅱ.①悉… ②钟… ③鲍… Ⅲ.①电影剧本—研究 Ⅳ.①I053.5

中国版本图书馆CIP数据核字(2016)第219385号

THE SCREENWRITER'S PROBLEM SOLVER by SYD FIELD
Copyright © 1998, 2006 By Syd Field
This translation published by arrangement with Dell Publishing, an imprint of Random House, a division of Penguin Random House LLC
Simplified Chinese edition copyright © 2016 Ginkgo (Shanghai) Book Co., Ltd.
All rights reserved.
本书中文简体版权归属于银杏树下（上海）图书有限责任公司

电影剧作问题攻略（修订版）

著　　者：［美］悉德·菲尔德
译　　者：钟大丰　鲍玉珩
出 品 人：赵红仕
选题策划：后浪出版公司
出版统筹：吴兴元
编辑统筹：陈草心
特约编辑：陈仲瑶　曹　佳
责任编辑：夏应鹏
营销推广：ONEBOOK
装帧制造：墨白空间

北京联合出版公司出版
（北京市西城区德外大街83号楼9层　100088）
嘉业印刷（天津）有限公司印刷　新华书店经销
字数230千字　690毫米×960毫米　1/16　16印张　插页6
2016年12月第1版　2024年12月第8次印刷
ISBN 978-7-5502-8546-0
定价：55.00元

后浪出版咨询（北京）有限责任公司　版权所有，侵权必究
投诉信箱：editor@hinabook.com　fawu@hinabook.com
未经书面许可，不得以任何方式转载、复制、翻印本书部分或全部内容
本书若有印、装质量问题，请与本公司联系调换，电话010-64072833